Titre original : *Star Warped*

Originellement publié par Gollancz,
une maison d'édition de Orion Publishing Group.

Illustration de couverture :
© Douglas Carrel

ISBN : 2-915549-19-2

Bragelonne
35, rue de la Bienfaisance - 75008 Paris

E-mail : info@bragelonne.fr
Site Internet : http://www.bragelonne.fr

A3R Roberts

LA "DER" DES ÉTOILES

Traduit de l'anglais (Grande-Bretagne) par erreur et Alain Névant

Bragelonne

LA "DER" DES ÉTOILES

Une parodie par A3R Roberts

Tapé à la machine d'après des scénarios originaux
de Gorge « Cul » Assec

Épisode ~~Un~~ Quatre : ***Un Nouveau Sport***

Épisode Cinq : ***L'Empire Contre Vents et Marées…***

Épisode Six : ***Le Retour du Fils du Jedognon Vengeur Frappe Encore***

Épisode Un : ***La Menace des Fans de Tron***

Épisode Deux : ***L'Attaque des Clichés***

Épisode Trois : **La Revanche du Retour du Fils** ***du Sithweb qui se Réveille :*** **la** ***Nouvelle Génération… au Début***

Six parodies pour le prix d'une virgule quatre !

Garanti pour rire à s'en tenir les côtes !!!
Si vous ne vous faites pas mal et/ou si vous ne nécessitez pas une hospitalisation à force de rire en lisant ce livre, alors *non seulement* les éditions Bragelonne vous remboursent, mais elles s'engagent *également* à payer les frais de scolarité de vos enfants jusqu'à ce qu'ils sortent de la fac ! (*)

(*) Cette déclaration n'est vraie qu'en fonction de la valeur qu'on attribue à « vous ». À l'heure actuelle, « vous » s'appelle Frédéric Gelman et habite Gisy-les-Nobles dans l'Yonne... Mais cela peut changer à n'importe quel moment ; allez sur le site web pour vous tenir au courant. (Note : les éditions Bragelonne ne détiennent pas Pourvoustenirau courant.com et ne sont pas responsables de ce qui peut s'y trouver.)

… Dans très longtemps dans le futur, of course (vu que c'est de la science-fiction) … Dans une galaxie – enfin bon, pour être honnête, dans notre galaxie à nous…

Épisode ~~Un~~ Quatre :
Un Nouveau Sport

L'Empire impérial de l'Imperium triomphe sur tous les fronts, écrasant partout où il le peut l'opposition sous le talon d'acier métaphorique mais néanmoins douloureux de sa Doc coquée, broyant tous ceux qui s'opposent à lui d'une poigne d'acier, cachée dans le gant de fer de la propagande « Emp-Imp-Imp ».

Seul un petit groupe de rebelles résiste encore et toujours à cette irrésistible chute métallique en avant – la « rebeldéchamps » (appelée ainsi parce qu'en fait ils se « rebellaient », et qu'en plus ils avaient pris la clé « des champs » et que l'Empire impérial n'arrivait pas à les trouver… c'est simple, non ?) La « rebeldéchamps », donc, se battait pour la liberté face à la tyrannie, le chaos face à l'ordre, et le « rock'n'roll et on fait c'qu'on veut merde » face au respect de l'autorité (à savoir rester à sa place dans la hiérarchie sociale), au devoir et aux autres responsabilités civiques.

Comme toutes les sources d'information se trouvaient sous le contrôle rigide des cohortes de la propagande Emp-Imp-Imp, la rebeldéchamps en était réduite à assembler dans l'espace une flotte gigantesque de vaisseaux alphabetti (allant du A au Z-wings), afin de pouvoir écrire leur pan de l'histoire et porter le message aux quatre coins de la galaxie devant les yeux ébahis des citoyens lambda. Des messages du genre de celui-ci, par exemple…

Chapitre 1

Le début

Un petit appareil spatial fonce en zigzaguant au-dessus du pôle d'une planète désertique jaune et marron pour s'éloigner dans le lointain.

Un instant plus tard…

… un vaisseau absolument gigantesque apparaît à sa poursuite, comme s'il passait au-dessus de vos têtes : on dirait une ziggourat de métal blanc crénelé, plus grand qu'une cathédrale, et plus grand même qu'une grande ville. Et il n'en finit pas de passer ; c'est un petit peu comme s'il n'avait pas de cul, ce vaisseau, défilant ainsi avec une force insolente devant votre ligne d'horizon ; et il fait feu de ses dix mille canons laser ; les portes d'un de ses hangars sont ouvertes afin de gober le petit appareil. On comprend très vite que ce vaisseau est plus gros et plus puissant que l'autre. Le petit appareil n'a pas l'ombre d'une chance.

Alors dites-moi : lequel de ces deux vaisseaux a le plus de chance de vous émouvoir ? Allez, comme ça, répondez à chaud pour voir.

Ouais, j'en étais sûr.

Eh bien, puisque vous savez déjà de quel côté votre cœur balance, inutile que je vous ponde une tartine afin de vous dire que ce petit vaisseau est en fait un « vaisseau terroriste », piloté par de « dangereux criminels, assassins, contrebandiers et autres déviants sociaux » ? Pas la peine non plus de parler du gros vaisseau comme étant « le vaisseau officiel des forces de l'ordre », appareillé par des « fonctionnaires assermentés et autres OPJ faisant un travail difficile dans des conditions éprouvantes, pour un salaire de misère » ?

Non, ça aussi j'en étais sûr.

OK. Alors. Le petit vaisseau s'appelle le *Viva Galaxia Libre !* et compte à son bord un équipage épuisé d'héroïques combattants de la liberté, qui ont traversé la moitié de la galaxie dans le sens de la largeur pour échapper à la poursuite tyrannique et sans remords de l'Empire impérial de l'Imperium. Le gros vaisseau, lui, s'appelle l'*ISS Maintien De l'Ordre Par La Peur Et La Répression XVII*, un Space Destroyer de classe Phagocyte, représentant l'incarnation impériale de la répression, de l'oppression, de la dépression et quatre ou cinq autres mots qui finissent en -ession. À l'intérieur se trouvent quarante mille troupes de choc fanatiques, dans leurs armures spatiales en plastique blanc brillant. On le voit accélérer facilement grâce à ses moteurs colossaux et se positionner au-dessus du *Viva Galaxia Libre !*, puis saisir la coque cabossée du petit appareil à l'aide de grappins gigantesques pour le ramener inexorablement vers sa soute caverneuse.

À l'intérieur du *Viva Galaxia Libre !*, une jeune femme se penche sur un robot en forme de « Poubelle de Bureau », avant de regarder nerveusement par-dessus son épaule. Et elle a des raisons d'être nerveuse ; car il y a un secret enregistré à l'intérieur du robot ; et pas un secret à deux balles. C'était le plus grand de tous les Secrets, le Secret que lui avait confié sa mère, le Secret qui était la clé de Tout, qui expliquait l'origine du cosmos, la bataille incessante entre les forces du Bien et du Mal – le Grand Secret. En fait, ce Secret était si secret que même la princesse ne le connaissait pas. Elle se contentait de le transporter, à l'intérieur d'un data-cube spécialement conçu à cet effet. Mais maintenant que l'Empire impérial de l'Imperium a capturé son vaisseau, elle ne veut pas que ce cube tombe dans les mains des forces du mal. Aussi insère-t-elle le cube dans le petit droïde avant de l'envoyer en mission.

Obéissant aux ordres de cette jeune femme, le petit robot et son « ami » robot (ou « compagnon de longue date ») bondissent dans un sas et s'éjectent en douceur pour voltiger jusqu'à la planète en dessous. Comme ce sont des robots, ils ne sont pas incommodés par le vide de l'espace, ni par la chaleur de l'entrée dans l'atmosphère, même si le robot à forme humanoïde a atterri sur ses jambes, les compactant à onze pour cent de leur taille réelle, ce qui l'ennuie beaucoup, et lui donne un look malheureusement courtaud.

Vous dites ? Vous voulez connaître le Secret ? Cet immense Secret que la princesse considérait plus important même que sa vie ?

Chaque chose en son temps, cher lecteur. Vous devez apprendre à être patient.

Pourquoi ? *Parce que*, c'est tout. Parce que je vous dis d'être patient, voilà.

Vous dites ? Bon, si vous voulez vraiment connaître

la nature de ce Secret-là, maintenant, tout de suite, si vous êtes tellement si impatient, alors je vous suggère de vous rendre à la fin du livre, où la réalité dévastatrice du Secret capable de changer la face du monde est finalement jetée à la face d'un Ordre impérial stupéfait. Allez-y – si vous y tenez – gâchez-vous le bouquin. Je vous en prie.

Toujours là, hein ?

J'en étais sûr.

Alors, où en étais-je ?

Pendant ce temps, près du *Viva Galaxia Libre !*, les forces de l'Emp-Imp-Imp se préparaient à aborder le petit vaisseau. Ils posent des cordo-détonnants sur le sas. L'équipage du petit appareil attend nerveusement, l'arme au poing.

Soudain, dans un éclair qui ressemble (mais qui, évidemment, n'en est pas un) à un feu d'artifice de mauvaise qualité, la porte (qui, étant le sas principal d'un vaisseau spatial, est, clairement, faite d'un métal dense et pas de bois peint à la hâte – bien que la force de l'explosion puisse donner cette impression à un observateur) vole en morceaux. Des streumtroopers arrivent en chancelant à travers la fumée, faisant feu de leurs fusils laser et se cognant parfois la tête contre le plafond un peu bas. Des rafales rouges de laser d'une uniformité surprenante et d'une épaisseur constante fleurissent au milieu de la fumée et de la poussière. Ces tirs de laser ne sont pas seulement d'une épaisseur uniforme, mais arrivent aussi par rafales incroyablement courtes (imaginez à quel point il faut presser légèrement sur la détente pour avoir une rafale plutôt que, mettons, une ligne continue). Bien que ces rafales n'aient pas l'air plus dangereuses que le genre de lumières qu'on trouve dans les discothèques de province, elles ont un effet dévastateur sur les soldats rebeldéchamps qu'elles touchent, qui d'un coup écartent grand les bras et se jettent en arrière pour finir étendus sur le sol.

Le *Viva Galaxia Libre !* est perdu, capturé, fini, vaincu, kaput. Lui et tous ses passagers viennent de tomber entre les mains impitoyables de la flotte spatiale Emp-Imp-Imp.

Et sur fond d'espace intersidéral infini, l'*ISS Maintien De l'Ordre Par La Peur Et La Répression XVII* continue inexorablement de voler…

… Pendant que, sur la planète en dessous, les deux droïdes percutent le sol avec la force d'une double météorite, dans une gerbe de sable. Le sable a une étrange propriété que peu de gens connaissent : quelque impact que ce soit faisant gicler du sable en l'air donne l'impression que le sable a été superposé à une scène de désert tranquille. Étonnant, non ?

Chapitre 2

Où Luc, sur la planète en dessous, apprend finalement qu'oncle Sven n'est pas son père, mais seulement son oncle

Luc Skyterrier avait remis ses vêtements.

Il travaillait sur son aéroglisseur dans le garage, un des bâtiments de la ferme d'oncle Sven, et portait un pantalon et un maillot de corps. L'expérience lui avait appris que le corps nu d'un mâle et les moteurs métalliques vrombissants ne faisaient pas bon ménage. Mais, comme doué d'un sixième sens, oncle Sven l'appela à la maison.

— Luc ! Luc !

Luc soupira. Il leva son tournevis sonique et vissa une vis sonique.

Oncle Sven déboula dans l'atelier, sa chair nue agitée par l'effort d'avoir couru.

— J'en étais sûr ! cria-t-il. J'en étais sûr ! Tu es *habillé*, avec des *habits* dégoûtants !

— Je suis désolé, mon oncle, dit Luc en baissant les yeux.

— Nous sommes des Suédois avant d'être des citoyens galactiques, gronda oncle Sven. Nous devons respecter notre héritage. Nous *devons* nous balader nus !

— Oui, mon oncle.

Avec lassitude, Luc défit son pantalon.

— Tu pourras porter tes jolis habits, déclara oncle Sven dont le ventre frémissait d'indignation, *quand* tu auras quitté la ferme pour rejoindre l'escadrille volante de l'Empire impérial de l'Imperium. Et pas avant. Tu as compris ? Pas avant.

— Bien, mon oncle.

— Bon, fit Sven dont la colère se calmait un peu. Je ne vais pas m'éterniser là-dessus. Viens, allons déjeuner.

— Oui, mon oncle, répondit Luc, obéissant.

— Allons déjeuner, répéta Sven. J'ai quelque chose d'important à te dire. Quelque chose de la plus grande importance. Une chose très importante. Y a pas plus important comme chose.

À la fois intrigué et nu, Luc suivit son oncle hors du garage.

Tatie Svenessa était dans la cuisine, nue aussi et les chairs tombantes, en train de lire une feuille de chou avec attention tout en mettant des morceaux de pain de Piss dans sa bouche à intervalles réguliers. Elle accueillit son mari d'un bisou sur la face, et Luc également, mais sur la fesse.

Sven se laissa tomber doucement sur son tabouret de cuisine en PVC avec un bruit de baiser langoureux. Il attaqua son petit déj'. Luc s'assit à son tour, mais, comme souvent, la vue de ses parents nus en train de manger lui coupait aussitôt le peu d'appétit qu'il avait.

— Luc, dit oncle Sven, la bouche pleine de crème, j'ai quelque chose d'important à te dire, Luc.

— Oui, mon oncle.

— Luc, tu sais qu'à l'envers ton nom ça fait « cul » ?

— ...

— Désolé, j'ai pas pu m'en empêcher. J'ai donc quelque chose de plus important à te dire.

Luc leva les yeux, tout ouïe. Mais oncle Sven ne le regarda pas en face. L'espace d'un instant il n'y eut que des bruits de mastication dans la cuisine. Luc attendit.

— Je ne suis pas ton père, Luc, déclara tout de go oncle Sven.

— Cela explique pourquoi je t'appelle oncle, répondit Luc. Logique. Alors *qui* est mon père ?

— Je ne peux pas te le dire, si ce n'est qu'il est Lourd.

— Comment ça ? Tu veux dire qu'il est gros ?

— Non, non, je parle d'un point de vue social. Il a rejoint le côté Lourd de la Farce.

— La Farce ?

— Une quantité universelle d'énergie surnaturelle gigantesque. Elle a un côté Lourd et un côté Léger. Lui, ton père, ton papa, ton *pater familias*, ton géniteur, tout ça, appartient au premier. Donc, ton père est Lourd.

— Étonnant que je n'aie jamais entendu parler de cette « Farce » auparavant, fit remarquer Luc.

— Peu de gens sont au courant, expliqua oncle Sven.

— Alors qu'elle est universelle et gigantesque ?

— Oui, répondit oncle Sven, en regardant le sol, un rien gêné.

— Bizarre, quand même.

— D'aucuns pourraient dire ça, dit Sven d'un ton dédaigneux.

— Donc, fit Luc, mon père s'est converti au côté Lourd de la Farce, c'est ça ? Il aurait pu choisir le côté Léger, mais en fait, il a pris le Lourd, mon pater. Comment s'appelle-t-il ?

— Je ne peux pas le dire.

— Pourquoi.

— Parce que.

— Je vois, répondit Luc qui ne voyait pas.

Un silence embarrassant envahit la cuisine.

— Lourd Dark Pater fait de nouveau la une des journaux, annonça Tatie Svenessa en tournant une page de sa feuille de chou. Apparemment, il aurait encore tué quelqu'un du conseil de sécurité.

— Qui ça ? demanda oncle Sven. As-tu dit Lourd Dark Pater ?

— Lourd Pater, oui.

— Désolé, s'immisça Luc, je n'ai pas bien entendu. Lourd Pater, dis-tu ?

— Lourd Pater, oui.

— Lourd Pater.

— Hum, Lourd Pater.

— Il est Lourd, ce Pater, déclara oncle Sven. Il a encore tué quelqu'un du conseil de sécurité, hein ?

— Ben oui, répondit Svenessa. Il l'a étranglé à mains nues.

— Quoi ? Il ne portait pas de gants ?

— Ben non. Pas de gants. Pas de peau. Pas d'os non plus, continua Svenessa en lisant lentement l'article dans le journal. En fait, il ne s'est même pas servi de ses mains.

— Même pas d'une ?

— Apparemment non, il a juste tendu la main devant la gorge d'un des conseillers et a plié légèrement son pouce et son index, et le conseiller est mort étouffé. Tiens, ajouta-t-elle, lis par toi-même.

Elle passa la feuille de chou à Luc.

Lourd Dark Pater tue un soldat ordinaire, troisième dans la chaîne de commandement.

Il les étrangle « sans même poser la main dessus, c'est du délire », déclare un témoin.

[L'espace infini. *Jeudi*] Pour garantir une meilleure assise de son autorité au sein de la faction principale de l'Emp-Imp-Imp, le chef militaire et Lourd Impérial Dark Pater, *éminence noire notoire*, a offert un aller simple, avec condamnation à mort immédiate, à deux membres de son entourage loyal et terrifié. « Grande Meuf Tartine avait convoqué le conseil de sécurité » rapporte le streumtrooper impérial 3449#6a889~1447 John Dheuff, qui était de garde ce jour-là, « lorsque le responsable de la répression interne Ritchie LeHachis a soulevé un point de protocole au septième ordre du jour. Alors, Lourd Pater lui a comme qui dirait écrasé la trachée. Sans même se lever de son fauteuil. Il a simplement tendu sa main gantée de noir et fait ça, là, comme une pince, et le responsable LeHachis s'est mis à gargouiller et à souffler, et puis en quelques secondes il était grave mort. Dire que c'était de la balle, ajoute Dheuff en faisant un demi-cercle avec son majeur et son pouce et en les agitant dans les airs devant lui, ce serait un peu comme en deçà de la vérité. C'était grave de la balle ! »

Ritchie LeHachis occupait la troisième place dans la hiérarchie de l'appareil militaire de l'Emp-Imp-Imp, juste derrière Lourd Pater lui-même et Grande Meuf Tartine. « L'autre streumtrooper de garde ce jour-là, a déclaré Dheuff, était mon vieux pote George [DeLaJungle, streumtrooper impérial 3449#6a889~1466] et ça nous a grave impressionnés derrière nos casques, j'peux vous dire. Lorsque le responsable LeHachis est tombé par terre, George a fait un petit bruit du genre « *eek* », et alors le Lourd Pater lui a explosé le thorax comme s'il testait un spaghetti entre ses doigts pour voir s'il était *al dente*. Et tout ça sans le toucher ! Grave de la balle, quoi. »

Le septième ordre du jour s'interrogeait sur la justesse de continuer à désigner la « religion Jedognon » comme un « mouvement d'ampleur galactique » alors qu'il n'y avait à ce jour qu'un seul membre répertorié.

Un porte-parole du bureau de Lourd Pater a transmis par la suite un communiqué officiel : « Ritchie LeHachis était loyal à 100 % à l'Empire, à l'empereur et au Lourd Pater lui-même. C'était un défenseur fanatique de l'idéologie impériale de l'ordre. Mais il est apparu qu'il n'était effrayé par Lourd Pater qu'à 97 %. Et, franchement, les trilliards de bons citoyens de l'Emp-Imp-Imp ne peuvent plus tolérer ce genre d'insubordination. »

OLAF, le principal groupe de citoyens de l'Empire, s'est déclaré « à 100 % derrière la politique impériale de tuer à tire-larigot de hauts fonctionnaires de l'armée pour des raisons triviales.

« Il ne faut pas oublier, a déclaré Ptite « Boubba »

Tett, président de Notre Peur et Notre Loyauté sont 100 % au Service du Programme Impérial d'Ordre Par la Répression, que c'est le seul langage que ces gens comprennent. »

— C'est une attitude plutôt Lourde, commenta Sven, même pour Lourd Pater.

— Je ne comprends pas, dit Luc. S'il prend la peine de tendre la main, pourquoi ne s'en sert-il pas pour étrangler le gars ? Ou alors, s'il se sert d'une forme de télépathie Lourde pour étrangler le gars à distance, pourquoi tend-il la main ? Pourquoi ne le fait-il pas de son fauteuil ? Je veux dire, il doit être capable de faire cela les bras croisés, ou les mains dans les poches si ça lui chante.

— Comment ça ?

— Ce que je dis, expliqua Luc, c'est que cela me semble un peu superflu de tendre la main dans les airs face à la gorge de quelqu'un si on a le pouvoir de le faire rien que par la pensée. À quoi ça lui sert de tendre la main ?

— C'est un mystère, convint Sven. Mais il y a plein de mystères autour du Lourd Dark Pater.

— Peut-être qu'à la base ce n'était qu'un geste théâtral, suggéra Tatie Svenessa. Moins pour les besoins d'une communication télépathique que pour les spectateurs ? On dit dans l'article qu'il portait sa cape de magicien de cabaret et son heaume spécial.

— Ah, firent les deux autres comme si cela expliquait tout.

Chapitre 3

À propos de l'achat de quelques robots

Mais qui est donc ce Luc Skyterrier, vous demandez-vous ? C'est une bonne question à laquelle je suis disposé à répondre, puisqu'il jouera un rôle assez important dans les aventures à venir.

C'est un jeune homme, plutôt mignon, bien qu'un peu vérolé, dont l'acné a tendance à s'exprimer davantage par des petits points blancs disgracieux plutôt que par les taches rougeâtres moins repoussantes et, je présume, plus communes. Mais comme il a dix-sept ans, on peut lui pardonner ses problèmes de peau, car, après tout, c'est le lot de la plupart des jeunes mâles.

— J'ai acheté deux nouveaux adendroïdes, lui annonça un jour oncle Sven. Luc, je voudrais que tu les amènes dans le garage et que tu les nettoies.

Il est vrai que les robots n'avaient pas l'air de première fraîcheur. L'un avait une forme de poubelle de bureau avec une apparence extérieure plutôt malpropre, et l'autre avait une forme humanoïde à la peau dorée et des jambes ridiculement courtaudes et disproportionnées.

Luc les guida dans le garage.

— Salut toi, fit-il au plus petit des deux droïdes. Comment tu t'appelles ?

— Eeeeeeeek ! répondit la boîte de conserve, sautillant avec vivacité sur ses deux gros globes moteurs. Eeeeeeek ! répéta-t-il, en tournant sur lui-même à cent quatre-vingts degrés.

Lorsque ses lentilles visuelles se retrouvèrent face au mur blanc, il sembla se calmer un petit peu.

— OK, fit Luc légèrement découragé, avant de se tourner vers l'androïde doré à courtes jambes. Et toi, quelle est *ta* fonction ?

— J'en ai plusieurs, répondit l'homme doré d'une voix élégante et pourtant discordante. Je *suis* un thesaurus. Et un dictionnaire. Je transforme des mots. Par exemple : saviez-vous que votre nom, à l'envers, faisait cul ?

— …

— Mais la plupart du temps, reprit l'androïde, je suis programmé pour faire tourner les humains en bourrique ; les faire marcher pour mieux les décevoir au moment le plus crucial, ce qui les met en colère et les amène au bord de la crise cardiaque.

— Quelle est ta désignation ?

— G6P-πTO. C'est inscrit sur mon châssis.

Le robot leva le bras et Luc aperçut un semblant de logo : G6P-πTO.

— Comment s'appelle ton ami ?

— Son nom est tamponné sur son dos, fit G6P-πTO, si jamais ça vous intéresse. Mais peut-être êtes-vous aveugle ? Vous êtes aveugle ? Est-ce que vous seriez aveugle, des fois ?

— Non, répondit Luc. Bien sûr que non.

Il s'approcha du petit robot devant le mur et

examina son étrange forme poubelloïde. Sur son dos était inscrit : DR^{2}DR.

— « Des airs de désert ? » proposa-t-il.

— Bien essayé, fit G6P d'une voix un peu condescendante. En fait, il faut lire « DèEreDeu DèEre. »

— Je préférais « Des airs de désert », déclara Luc. C'est donc une unité DR, hein ?

— Oui.

— Bon. Bien. Une unité DR. Excellent.

Par les portes ouvertes du garage, on pouvait voir le ciel d'un bleu sans tache de Tatoogouine et sentir l'air chaud. Le désert s'étendait dans toutes les directions. Un moustique tatoogouinien, en gros de la taille d'un chihuahua, bourdonnait paresseusement de ses ailes transparentes.

— Bien, répéta finalement Luc. Bon. Excellent. Une unité DR. D'acco-d'ac, unité DR, à donf'. Oh, oui.

— Vous ne savez pas ce qu'est une unité DR, pas vrai ? déclara G6P.

— Euh, non, admit aussitôt Luc.

— Des commodités autoportables, lui expliqua G6P. Une grande invention de plus à mettre au compte de l'humanité. D'abord, vous avez inventé les toilettes. Et puis les toilettes portables. Et au bout du compte, les toilettes auto-portables avec une intelligence à elles : des toilettes qui peuvent vous faire la conversation pendant que vous vous soulagez. DèEreDeu, ici présent, peut même vous passer votre 3DTV favorite pendant que vous… vous savez, pendant que vous êtes occupé. C'est très pratique.

— Eh bien, tout cela m'a l'air bel et bon, déclara

Luc. Mais nous n'avons pas besoin de nouvelles toilettes à la ferme. On en a déjà. Deux, en fait, si on compte le trou de stockage des grenades. Non, ce dont on a *vraiment* besoin, c'est d'un droïde capable de nous aider à la ferme, afin que je puisse m'engager dans la marine spatiale impériale. Un droïde pour aider au semis, à la récolte, au battage et au glanage.

— Oh, il ne serait pas très utile pour ça, commenta G6P. Il n'a pas de bras, comme vous pouvez le voir. Seulement un corps en forme de poubelle et un dôme automatisé tournant. Et puis aussi de gros globes moteurs à la base. C'est très bien sur du sol plat, mais pas pratique dans des escaliers. Pas pratique du tout, même. Bref, il ne servirait pas à grand-chose à la ferme.

— Oh, fit Luc un rien déçu. Et toi ?

— Eh bien, je vais être honnête avec vous, concéda G6P. J'ai l'air idéal pour la ferme. Je suis d'accord pour toutes les tâches que vous avez énumérées, je vous aiderai, tout ça. Mais au moment crucial – disons pendant les cinq minutes où il faut cueillir les fruits couverts de rosée matinale avant qu'ils pourrissent, et quand vous compterez vraiment sur moi pour tout récolter à temps – eh bien, je risque de me figer sur place. Vous pourrez me crier dessus autant que vous voudrez et même me donner de grands coups de tatane sur la tête, cela ne me fera pas bouger d'un pouce. (G6P haussa les épaules.) J'ai été programmé comme ça.

Luc sentit le désespoir le gagner.

— C'est une catastrophe ! Si nous n'achetons pas deux nouveaux droïdes, alors je vais être coincé encore un an à la ferme ! Tu ne comprends pas – je rêve depuis toujours de rejoindre la marine spatiale ! Il faut que tu m'aides. Tu ne peux pas m'aider ?

— Narp, répondit obscurément G6P.

— Narp, répéta Luc. OK, je ne sais pas ce que ça veut dire. Et je m'en fous !

Luc essaya de nettoyer l'unité DR, mais dès qu'il s'en approcha, les toilettes mobiles s'écrièrent : « eek ! eek ! eek ! » et allèrent se réfugier dans un coin à toute vitesse. Aussi le jeune homme prépara-t-il à la place un bon bain d'huile pour l'unité G6P-πTO.

— Dis-moi, s'enquit Luc en désignant du menton l'unité DR tremblotante dans le coin, pourquoi parle-t-il comme cela ?

— Comment cela, comme cela ?

— Eh bien, « eek » semble être le seul mot qu'il connaisse. Qu'est-ce que c'est que ça, « eek » ? Du langage fax ?

G6P parut trouver la chose follement amusante.

— Fax ? gloussa-t-il. Lui ? Cette poubelle à popo ambulante – parler le fax ? Oh, vous m'amusez. Vraiment.

— Et qu'ai-je dit de si amusant ?

— Fax..., répondit G6P en essayant de rester maître de lui. Le fax est un peu le latin des robots. Il est impossible qu'il ait reçu l'éducation nécessaire pour parler le fax. C'est une *poubelle* mobile coprophage. Alors le fax ? Ne me faites pas rire.

— Mais pourquoi parle-t-il comme ça ?

— Eh bien, en vérité, avoua G6P, il est humanophobe.

— Pardon ?

— Il est frappé d'une peur morbide des humains. Ce n'est pas de sa faute.

— Je n'en avais jamais entendu parler. Est-ce courant chez les adendroïdes ?

— Mais oui, répondit G6P. Beaucoup de robots sont atteints du même mal, certains même plus que d'autres.

— Pourquoi ?

— Eh bien, il existe des théories contradictoires sur le sujet. C'est peut-être un cas de phobie castratrice. Ou tout simplement le fait qu'il ne supporte pas l'horreur graisseuse, velue et floue des formes humaines. Voyez-vous, du point de vue des robots, les humains sont plus ou moins repoussants et hideux. Vous manquez tous de contours fixes. Il n'y a pas assez de métal dans votre constitution. Pas assez d'angles droits. Et lorsqu'on pense à la raison pour laquelle DèEreDeu DèEre a été construit, son aversion pour les personnes ne devrait pas vous surprendre plus que ça, non ?

— Je vois, répondit Luc. C'est très intéressant. Allez, c'est le moment de prendre ton bain d'huile.

Il recula d'un pas pour donner à G6P une vue dégagée du trou de deux mètres dans le sol du garage, rempli d'une huile lubrifiante noire et frémissante.

G6P pencha légèrement la tête.

— Je vous demande pardon ? fit-il.

— Tu peux y aller, déclara Luc. Je t'ai préparé un bon bain d'huile. Après ta grande vadrouille dans le désert de sable, je suis sûr qu'un bon bain d'huile chaude te fera le plus grand bien.

G6P s'approcha du bain, trempa un doigt doré

dedans et, après l'avoir retiré, le regarda de tous ses implants optiques.

— Et vous voudriez que je fasse… quoi ? Que je me plonge *dedans* ?

— Oui.

— Un bain, vous avez dit ?

— Un bain d'huile, oui.

— Un bain dans le sens de « container utilisé pour immerger et laver le corps, généralement rempli d'un mélange d'eau chaude et de savon, grâce auquel la peau est débarrassée de la saleté et de la sueur, » c'est ça ?

— Eh bien, fit Luc un peu incertain. Oui.

— Et vous avez rempli ce bain avec de l'huile *ordinaire*, c'est ça ?

— Tu n'aimes pas ça ?

— Aimer ça ? répéta G6P un rien sarcastique, en plaçant son index contre la fossette de son menton métallique afin d'imiter un homme en pleine réflexion. Eh bien, voyons voir, si *jamais* j'étais affligé d'un niveau acceptable de *propreté* et que je voulais m'en débarrasser par un bain d'huile graisseuse et puante afin de me *dégueulasser* pour de bon, alors, oui, dans ce cas, je *pourrais* être tenté de descendre dans votre petit trou fétide.

Il y eut un silence.

— Alors, ça veut dire non, c'est ça ? s'enquit Luc.

— Un trou rempli *d'huile* ? D'après *vous* ?

— Ben, je m'étais dit que tu étais… tu sais, un robot, quoi.

— Exactement, rétorqua G6P d'un ton cinglant et dédaigneux. Un robot ! Pas un tracteur diesel des années 1950. Vous ne croyez quand même pas que mes articulations sont lubrifiées avec de l'huile, non ? Je suis un organisme cybernétique de pointe. J'ai été conçu pour fonctionner dans n'importe quel environnement, du vide sidéral aux profondeurs insondables de l'océan. Qu'arriverait-il à l'huile dans le vide sidéral si mon concepteur avait été assez stupide pour me doter d'articulations nécessitant qu'on les huile ? Réfléchissez un instant. Une seconde, même, si vous y arrivez. Je veux dire, vraiment.

Luc contempla le bain d'huile bouillonnant.

— Ben, qu'est-ce que je vais faire de ce trou de deux mètres de profondeur rempli d'huile ?

— Narp, répondit G6P en gambadant vers son compagnon DR. Ce n'est pas un problème de robot.

Luc rejoignit les deux robots en traînant des pieds et s'assit dos au mur. G6P avait l'air distant. DèEreDeu DèEre tremblait, paniqué d'être aussi près de cet humain.

— Je me sens un peu morveux, admit Luc en reniflant. J'ai tant à apprendre sur les robots.

— C'est le moins qu'on puisse dire, affirma G6P.

— Mais vous allez m'aider, pas vrai ? fit Luc avec un de ces regains d'optimisme pour lesquels il était si renommé.

Ce faisant il donna une bonne tape sur le dôme de DèEreDeu. En réponse, le droïde fit : « eek ! eeeek ! ». Il s'écarta en vitesse de Luc et alla percuter une pile de boîtes de Froom ®, les éparpillant comme un jeu de quilles, et dégringola les trois marches qui menaient à la portion inférieure du garage, pour finalement atterrir sur le flanc. Une lumière bleue jaillit de l'autre côté de la forme poubelloïde et un hologramme apparut. La projection était d'une excellente qualité, mais inclinée à quatre-vingt-dix degrés.

C'était l'hologramme d'une femme nue. Un genre de nudité à laquelle Luc n'était pas habitué. Il avait passé la majeure partie de sa vie entouré par des gens nus ; mais à part lui et son oncle Skeletør de Skörsgad (qui avait dépassé les nonante), tous les gens nus qu'il avait vus pesaient entre cent dix et deux cent cinquante kilos. Il n'avait jamais réalisé auparavant que la nudité pouvait être quelque chose d'attirant ou d'attrayant. Jusqu'à présent. Car cette jeune damoiselle, qui ne devait pas avoir plus de dix-neuf printemps, était nue, mais nue, d'une manière complètement nouvelle pour Luc. Ses courbes nues l'affectaient d'une façon insaisissable. Enfin si, il aurait pu saisir quelque chose, mais il ne voulait pas le faire devant les deux droïdes. Elle était tout simplement sublime : une peau qui semblait douce comme du satin sur lequel on ne s'était jamais assis ; un entrelacs de cheveux marron bouclés (marron comme la couleur, pas comme la forme ou la texture des vrais marrons, sinon ce serait ballot) ; des yeux bleus comme des diamants, et une silhouette si bien dessinée que passer les mains dessus de haut en bas reviendrait à mimer des applaudissements enthousiastes.

L'hologramme de la femme nue se mit à onduler et à danser. Puis, elle ouvrit ses lèvres rouges, pulpeuses et parfaites, et parla.

— *Hé ! Viens donc faire un tour à la* Cantine Tac-Tac Taquine, *rue Principale, Mousse Nesley. Des danseuses de sept espèces différentes ! Treize pour cent de morts en moins chez la clientèle l'année galactique passée ! Les boissons à moitié prix le jeudi une semaine sur deux ! Allez viens, mon grand – je sais que tu en meurs d'envie.*

La vision de la beauté nue disparut.

— Hé ! cria Luc. Repasse-moi ça !

— Eeeek ! couina DR²DR, luttant comme un scarabée sur le dos pour se remettre sur ses pattes. Eeeeek !

Luc cajola, cria et menaça tant qu'il put, mais rien n'y fit, la petite unité DR refusa de repasser l'image parfaite et envoûtante de cette nudité humaine. G6P-πTO promit d'aider à persuader le droïde DR (à présent relevé dans un coin, les implants visuels face au mur) de repasser l'image, mais après de longs préparatifs élaborés, il tomba dans un sommeil proche du coma.

À moitié furax, Luc alla se coucher.

Pendant ce temps, au-dessus de sa tête, le *Star Destroyer* de l'Emp-Imp-Imp se mettait en orbite géostationnaire. À l'intérieur, Dark Pater broyait du noir. En fait, broyer du noir était son passe-temps favori. Mais cette fois, il avait également un but. Il avait envoyé la princesse Layette, sous bonne garde, à l'inquiétant Grande Meuf Tartine pour interrogatoire, et pensait avec confiance que les secrets de la princesse appartiendraient bientôt à l'Empire impérial. Une fois que la rebeldéchamps serait écrasée, la domination totale et galactique de l'Empire ne serait plus qu'une question d'heures.

Dark Pater se racla la gorge à l'aide d'un rire

énergique et s'entraîna laborieusement aux différents types de rires de « génie du mal ». Parfois, ce genre de choses demande du travail.

Chapitre 4

Le vieux Benne Ken&barbie nous montre son ermitage compact et chic en plein désert et parle librement de sa vie en tant que l'un des derniers chevaliers Jedognon en vie dans toute la galaxie

Au petit matin, Luc s'aperçut que les deux droïdes étaient partis. Il était un rien ennuyé, mais heureusement il était facile de savoir dans quelle direction ils s'en étaient allés grâce aux deux séries d'empreintes laissées dans le sable. De plus, le droïde doré avait mis dans le garage un Post-it collé sur un poste informatique qui servait au traitement technologique de l'information. Celui-ci disait :

Une fois que vous êtes parti vous coucher, DR^{2}DR a eu beaucoup moins peur ; il a mis de l'ordre dans ses idées et s'est rappelé qu'il était censé aller voir OB-mini Benne Ken&barbie, qui vit, apparemment, à quelques kilomètres à peine de chez vous. Nous vous aurions bien réveillé, mais vous aviez l'air de dormir profondément. Votre dévoué, G6P-πTO.

Démoralisé, Luc était parti dans la cuisine où il avait trouvé son oncle et sa tante nus comme des vers en train de manger des baps au sirop d'érable.

— Tu sais, ces deux droïdes que tu as achetés hier, mon oncle…

— Oui ? demanda Sven sans quitter des yeux son petit déjeuner.

— Eh bien, ils se sont taillés, expliqua Luc.

— Taillés ? répondit Sven en levant les yeux. Comme un crayon qu'aurait plus de mine ?

— Nan, taillés dans le sens de partir. Ils ont dit qu'ils allaient voir un certain OB-mini Benne Ken&barbie. Tu crois que ce serait un parent du vieux Benne Ken&barbie ?

— Nan, il s'agit de quelqu'un d'autre, répondit Sven d'un ton plein d'assurance tout en retournant à son bruyant petit déjeuner. Tu vois bien que ce ne sont pas les mêmes noms. C'est comme ça qu'on fait la différence.

— Je vois, préféra répondre sagement Luc. Eh bien, je vais quand même aller à leur recherche.

— Pourquoi ? s'enquit sèchement tante Svenessa. Est-ce que tu crois que le vieux fou pourrait t'apprendre quelque chose sur ton père ? C'est pas parce qu'il s'est battu à ses côtés pendant des années durant la guerre des Colons qu'il a quoi que ce soit d'édifiant à dire à ce sujet.

— OK, fit Luc. Mais je vais y aller quand même.

— Mais… tu n'as pas encore pris ton petit déjeuner ! protesta Sven. Il y a un seau de yaourt juste derrière cette chaise.

— Non merci, mon oncle.

— Méfie-toi de ce vieux sorcier, le prévint Svenessa alors qu'il s'éclipsait. S'il essaie de te vendre une patte de lapin, des cristaux, ou s'il veut t'embarquer dans une quête pour se débarrasser d'un anneau magique ou un truc dans le genre, envoie-le paître.

Pendant ce temps, au cœur du désert de Tatoogouine, une troupe de streumtroopers de l'Emp-Imp-Imp regardait des traces laissées dans le sable par deux droïdes. L'un d'entre eux était assis sur le dos d'un lézard géant aux couleurs si incroyablement vives qu'on aurait pu croire qu'il était vrai. Un autre scrutait l'horizon à l'aide de jumelles digitales dernier cri. « Par là, annonça-t-il à ses collègues. Je crois qu'ils sont partis par là. »

Le voyage de Luc dans le désert se passa sans encombre. Il frappa à la porte du taudis et fut autorisé à entrer.

— C'est franchement merveilleux de te voir, mon garçon, déclara le chevalier Jedognon.

Ces paroles avaient été prononcées avec une importance insolite, comme si elles avaient une signification plus grande que leur simple sens le laissait supposer.

— Salut, vieux Benne, répondit Luc.

Le vieux Benne Ken&barbie se déplaça douloureusement sur le sol de sa modeste demeure désertique.

— Tiens, jeune Skyterrier, dit-il en lui tendant une tasse remplie d'un étrange jus chaud qu'il appelait du « thé ».

C'était l'un des rituels bizarres du vieillard ; chaque fois qu'un visiteur passait le pas de sa porte (ce qui n'arrivait pas souvent, bien sûr), il sortait cet affreux jus chaud.

— Tiens, continua-t-il avec une immense autosatisfaction. Bois ça.

Il y avait quelque chose d'impressionnant dans le timbre fruité et exagéré de sa voix ; quelque chose de vieillot et classe à la fois, presque shakespearien.

— Merci, dit Luc.

— Alors dis-moi, jeune homme, qu'est-ce qui t'amène ?

— Je crois que tu as des droïdes qui m'appartiennent.

— Ah. Les droïdes, répéta Benne. Viens par là. Ils sont ici. Prends ton thé.

Les robots étaient dans la pièce principale du vieux Benne. Ils n'avaient pas l'air particulièrement contents de voir Luc.

— Viens, fit le vieux Benne dont les articulations craquaient de façon alarmante. Assieds-toi.

Ils s'installèrent tous les deux à une vieille table en bois rudimentaire sur des chaises tout aussi rudimentaires et en bois que la table. Benne scrutait avec insistance son jeune visiteur. Luc, un peu gêné par la nature résolue du regard de Benne, essaya de sourire dédaigneusement tout en se rasseyant plus confortablement sur sa chaise ; mais au passage, il renversa sa tasse de thé, faisant une grosse tache sur le napperon. Il se précipita en avant pour redresser sa tasse mais tomba de sa chaise et roula sous la table. Il essaya de se relever en vitesse mais se cogna la tête.

Penaud, il réussit néanmoins à s'extraire, redressa sa chaise et s'assit à nouveau.

— Quel entrain ! s'exclama le vieux Benne avec admiration. Quel sens de la Farce ! On dirait ton père.

— Tu connaissais mon père ? s'enquit Luc, se précipitant une nouvelle fois en avant avec enthousiasme, et renversant sa tasse.

— Oui.

— Comme c'est étrange que nous parlions de cela ! Pas plus tard qu'hier matin, je discutais de mon père avec mon oncle. Pendant le petit déjeuner. Comment était-il ?... Mon père ?

— C'était un beau jeune chevalier Jedognon, répondit Benne d'un air méditatif. Nous nous sommes battus côte à côte durant les guerres des Colons. La Farce était très prononcée chez lui. Son nom était Jane Skyterrier.

— Jane, répéta Luc. Bon. Jane. C'est pas un nom de *fille*, ça, Jane ?

— Hmm, répondit Benne en hochant la tête. Il était très *chatouilleux* sur le sujet. En fait, il était préférable de ne jamais en parler en sa présence. *Très* chatouilleux.

— Jane, fit Luc en essayant d'imaginer son père. Jane. Mon père. Fort en Farce et maître Jedognon. Bien, si j'ai tout compris, la Farce est une sorte de puissance ou de masse universelle. Mais les Jedognon ? Qui sont-ils ?

— J'en suis un, répondit Benne. C'est une sorte d'organisation, pas vraiment militaire, mais, disons, quasi militaire. Extrêmement armée, avec un uniforme standard, mais affiliée à aucun gouvernement en particulier. Des guerriers d'élite surentraînés qui, comme tu le sais, contrôlent la Farce. Ils agissent pour le maintien de la paix. Ils sont de toutes les bagarres et ils expliquent à qui veut l'entendre qu'ils ne veulent pas se battre. Au moindre geste suspect, ils coupent le bras des gens louches. Ils espionnent aussi. Ils cassent des trucs. La plupart du temps, ils se tiennent légèrement en retrait, les bras dans le dos, l'air menaçant. Ce genre de choses.

— Je vois, fit Luc. Donc, ce sont des soldats ?

— Non. Ils n'ont pas de statut officiel. Ce ne sont des guerriers que dans le sens large du terme. En fait, ils n'appartiennent à aucune armée.

— Un peu comme des boy-scouts ?

Benne considéra la suggestion.

— Oui, convint-il finalement.

— Excellent, répondit Luc. Il ne me reste donc plus qu'une seule question existentielle : qu'est-il *arrivé* à mon père ?

— Ah, fit Benne. Oui, bon. Bien. Que lui est-il arrivé ? (Luc hocha la tête.) Eh bien, voyons. Voilà, voilà. Inutile d'y aller par quatre chemins, Dark Pater... euh, eh bien, a comme qui dirait *tué* ton père. Voilà, c'est ça. C'est exactement ça qui s'est passé. Il a tué ton père, tellement tué d'ailleurs qu'il en est mort. Il l'a abattu, tué, exécuté. Bref, conclut-il, il l'a tué.

— Je comprends ce que veut dire « tué », déclara Luc. En revanche, je ne suis pas sûr de comprendre ton petit geste, là, quand tu te *touches* les index et que tu les *tournes* dans les deux sens.

— Quel geste ? demanda le vieux Benne confus.

— Celui que tu as fait chaque fois que tu as dit « tué », clarifia Luc.

— J'ai fait ça ?

— Oui.

— Ce n'est qu'un truc de Jedognon, répondit Benne en agitant vaguement la main.

— Ah, d'accord, dit Luc en hochant la tête. Bon, alors pour être clair une bonne fois pour toutes : Dark Pater a *tué* mon père. On est d'accord là-dessus ? En un mot comme en cent, c'est ça qui s'est passé ?

— Oui, répondit Benne en hochant à son tour la tête avec emphase et, de fait, en faisant craquer tous les os de son cou.

Le son était stressant au possible.

— C'est tout bonnement effarant, dit Luc. Et je présume que je suis censé promettre de venger mon père, ou quelque chose dans le genre. Ça te semble la chose à faire ?

— Mais oui, c'est une très bonne idée, répondit Benne de façon distraite, un peu comme s'il n'écoutait pas.

Il avait l'air plus intéressé par les adendroïdes qui avaient été sauvés des griffes des Kawas.

— Il y a un message enregistré dans ce droïde, expliqua Luc en venant se planter à côté de lui. J'ai réussi à voir le début ce matin, et puis ça s'est éteint. Mais, tu peux me croire, ça devrait valoir le coup d'y rejeter un coup d'œil. En tout cas, ça valait le coup de le voir une première fois.

— Voyons si j'arrive à faire repasser ce message, marmonna Benne en se levant pour aller tripatouiller le robot. Et voilà, fit-il en enfonçant le doigt dans le ventre métallique de l'unité DR²DR.

Un hologramme en trois dimensions apparut aussitôt

sur le sol crasseux de la hutte du vieux Benne Ken&barbie. Il faisait soixante centimètres de haut. C'était la petite représentation vive d'un gentleman emmitouflé dans une toge bizarre multicolore.

— *Cher(e)s ami(e)s !* fit l'hologramme en regardant droit dans le vide entre Ken&barbie et Luc. *Je suis Nico Sigi Toussaint, de la planète Nigerium. Je possède quarante millions de crédits impériaux coincés dans un compte bancaire de la Banque nationale de Nigerium, et j'aurais besoin d'un(e) ami(e) non Nigerium pour m'aider à les faire quitter la planète. Si vous m'envoyez vos références bancaires, une copie de votre scan rétinien et un fac-similé de votre signature, je transférerai la somme sur votre compte, et en échange de votre aide, je vous donnerai vingt pour cent de…*

Benne donna un bon coup de pied au droïde ; l'hologramme se dispersa et s'écroula en mille morceaux de lumière avant de disparaître complètement.

— C'était pas le bon, fit Luc. C'était une femme nue. Mais fine. Pas une grosse nue, mais une très *jolie* nue.

Benne contemplait l'intérieur des entrailles du robot.

— Il y a un tas de saloperies pas possibles là-dedans, mon jeune ami, déclara-t-il. Des offres pour agrandir la taille de votre sabre-lumière. Des programmes de marketing. Ah, il y a même l'image d'une dame, à moins que je me trompe.

Il trifouilla tout cela du bout des doigts et le droïde reprit vie, projetant une seconde image.

C'était bien une dame, cette fois, mais pas la fille nue que Luc avait vue la veille. Celle-ci était entièrement vêtue d'une robe blanche immaculée, et arborait un style de coiffure assez étrange, en forme de deux boudins noirs enroulés de chaque côté de sa tête. Ceux-ci attirèrent le regard de Luc, jusqu'à ce qu'il réalise qu'il ne s'agissait pas de touffes de cheveux bizarrement tressés, mais plutôt d'excroissances ou de grosses tumeurs de forme improbablement symétrique de chaque côté de son visage.

— Beurk, fit-il.

Mais l'hologramme avait pris la parole.

— *J'espère que mon message s'adresse bien à OB-mini Benne Ken&barbie,* disait la jeune femme, *et que vous allez pouvoir faire quelque chose pour m'aider. Dark Pater a capturé le vaisseau sur lequel je me trouvais. Enfin, à bord duquel je me trouvais. C'est vous dire dans quel état de panique je suis en ce moment même. C'est comme si je me moquais de ne plus parler correctement français. Ô rage ! Ô désespoir – mais pas au point quand même d'oublier d'insérer dans ce droïde le Grand Secret, sous forme codée ; le fameux Secret que ma mère m'a passé en Secret et qu'elle m'a fait jurer de garder Secret, et qui est si Secret, d'ailleurs, que je n'ai pas la moindre idée de ce qu'est ce Secret, même si j'ai des raisons de croire qu'il pourrait aider à mettre un terme à la guerre entre l'Emp-Imp-Imp et la rebeldéchamps. J'espère qu'en vous confiant ce Secret, OB-mini, j'agis dans l'intérêt des forces du bien. Je vous en supplie, faites en sorte que mon père adoptif le reçoive, sur la planète Nabo. Aidez-moi, OB-mini Benne Ken&barbie ; sur ma liste des cent plus grands espoirs vous êtes dans le top cinquante.*

— OB-mini ?

— C'est moi, affirma OB-mini. Un surnom qui vient d'avant la guerre des Colons. J'avais l'habitude de faire tampon dans des conflits, mais ça ne durait jamais très longtemps.

— Et tu la connais ?

— Oui. Enfin, je connaissais sa mère. Très bien, même.

— Elle a de très jolis yeux, commenta Luc d'un air rêveur. Toutefois, les ignobles excroissances fongoïdes de chaque côté de sa tête sont un peu moins avenantes.

— Oui. Mais comme il se doit, un gentleman fera en sorte de ne pas le faire remarquer.

Luc rougit.

— Comment s'appelle-t-elle ? s'enquit-il.

— Princesse Layette. Nous devons faire ce qu'elle demande et conduire ce robot aux chefs rebelles. Enfin, si cela ne te dérange pas de te retrouver impliqué dans la rébellion face à l'Empire Impérial de l'Imperium ; ce qui d'une part pourrait te coûter la vie, et d'autre part risquer celle de tes amis et de ta famille, voire la salaison de tes terres familiales avec du sel arcturien.

— Eh bien, répondit Luc, cela fait dix ans maintenant que je me prépare à rejoindre l'aviation de l'Empire Impérial de l'Imperium, me rendant à toutes les journées portes ouvertes, afin d'intégrer l'école d'officier, relisant sans cesse tous les ouvrages sur le sujet, regardant les soap-opéras de propagande Emp-Imp-Imp sur la 3DTV, particulièrement *Peur et Obéissance : la jeune génération*, afin de m'habituer à une vie de pilote de l'Emp-Imp-Imp. Mais d'un autre côté, tu m'as l'air d'être un mec sympa. Je suis ravi de foutre toute ma vie en l'air sur un coup de tête et de m'embarquer avec toi dans cette aventure.

— Je vais ôter la bâche du hovervan, déclara Benne. Je te conseille d'enfiler des vêtements.

Luc baissa les yeux. Comme c'était souvent le cas avec les nudistes à durée indéterminée, il avait complètement oublié qu'il était nu comme un ver.

— D'accord, répondit-il.

Chapitre 5

L'Empire, Dum Dum Dum, Duhm d'dum, Duhm d'dum

La princesse Layette était retenue prisonnière dans le plus profond des cachots de tous les temps, derrière les gardes les plus vigilants qui soient, au cœur d'un engin mécanique titanesque, dernière monstruosité en date de l'Empire impérial de l'Imperium. Officiellement appelée L'Étoile de l'Homme Fort, cette construction était universellement reconnue – et crainte – sous l'appellation moins officielle mais bien plus effrayante de : L'Étoile de l'Effort.

Comment ? Qu'est-ce que c'est que cette Étoile de l'Effort ? Eh bien, puisque vous me le demandez, je vais vous le dire.

L'Empire impérial de l'Imperium avait construit en secret pendant des mois une machine de la taille d'une petite lune, capable de se mouvoir. Grâce à elle, il comptait muscler et désintoxiquer la galaxie tout entière, en balayant d'un grand coup la maladie, la lassitude et la non-espièglerie. En d'autres mots, il s'agissait de la vision la plus affreuse pour toute forme de vie non fascisante. Grâce aux hideuses contraintes de l'Étoile de l'Effort, les chairs pendantes et molles communes à la majorité des trillions de citoyens de l'Emp-Imp-Imp allaient tout bonnement être désintégrées. Très peu de constitutions étaient à même de résister à la désintoxication et la gonflette d'une attaque intense de l'Étoile de l'Effort.

Les muscles atrophiés par le manque d'exercice régulier au cours des années se déchireraient littéralement sous l'assaut intensif des massages électro-toniques. Les tendons, qui, pendant des décennies, n'avaient glorieusement servi que de cordes reliant les bras et les jambes au torse, craqueraient sous l'effort qu'imposaient les sévères exercices de muscu de l'Étoile de l'Effort. Les cœurs battant dans les trillions de poitrines humanoïdes et aliens ne servaient plus – du moins depuis ces mêmes dernières décennies – qu'à pomper du sang une ou deux fois par seconde. Eh bien, sous les « rayons biscottos » de l'Étoile de l'Effort, ces cœurs lâcheraient. Seuls les plus sveltes, robustes, endurant et beaux – en d'autres termes, les fascistes – survivraient.

Lorsque l'empereur de l'Empire Impérial de l'Imperium regardait les différents mondes à conquérir de la galaxie, tout ce qu'il voyait était des planètes habitées par de grosses larves anti-exercices. Parfois, ces larves étaient de vraies larves, natives du monde en question ; mais le plus souvent, il s'agissait d'humains aux corps approchant la consistance d'une larve après des années de nutrition à base de sucres et de graisses, avachis devant leur 3DTV. Pour une telle population, la simple idée d'une Étoile de l'Effort provoquait aussitôt une terreur effroyable.

C'est la raison pour laquelle l'empereur avait fait construire cette machine.

Mais pourquoi (vous demandez-vous) l'empereur n'a-t-il pas tout simplement utilisé son immense flotte spatiale surentraînée, et ses millions de streumtroopers de choc, pour envahir ces mondes à conquérir ? Ce gigantesque dispositif militaire (continuez-vous, assuré d'avoir l'avantage dans ce débat) n'était-il pas suffisant pour écraser et contrôler les trillions de citoyens déjà sous le joug de l'Emp-Imp-Imp ?

De bonnes questions, en vérité.

Les réponses ? Les réponses, afin de ne pas vous tenir trop longtemps en haleine, sont *non* et *non*.

Laissez-moi vous faire un petit topo de l'histoire et des dispositions actuelles des forces armées de l'Empire.

L'Empire impérial de l'Imperium contrôle les quarante mille planètes colonisées de la Fédération galactique avec une poigne toute militaire. Sa flotte spatiale est omniprésente… ou impressionnante. Ça dépend de ce qu'on veut dire. Allez, disons impressionnante. Les frégates de guerre, constructions titanesques en métal et bouts de plastique, mesurent pas loin de trente kilomètres de long d'armements monstrueux. Pourtant, aussi grandes soient-elles, ces frégates ne sont que des naines comparées aux Super Dreadnoughts de guerre, qui mesurent, eux, cent soixante kilomètres de la poupe à la proue. Et une centaine de ces Super Dreadnoughts de guerre auraient pu facilement se nicher sous le bas-ventre de l'Hyper-Croiseur Extra-Extra-Large Colossal Gros Pistons & Grands Dadets, qui est le plus grand vaisseau de la flotte. Enfin, qui *était* le plus grand vaisseau, jusqu'à ce que l'empereur impérial exige la construction d'un Méga-Super-Hyper-Destroyer de type Immense-Double-Cathédrale-Goliath.

Cette flotte lancée dans la noirceur d'encre de l'espace patrouille et contrôle sans relâche, afin de maintenir l'ordre dans l'Empire impérial de l'Imperium, faisant régner la terreur par la force brutale, à l'aide de brutes très fortes et, euh… terrifiantes, je présume.

Mais cette flotte, bien qu'impressionnante, n'était en fait pas très adéquate pour vaincre l'opposition naissante de la rebeldéchamps. Dans la majorité des escarmouches spatiales, le résultat était sans appel. Mais il y avait des petits problèmes persistants. Comme par exemple la taille des vaisseaux de l'Emp-Imp-Imp qui mettaient trois semaines pour ralentir et s'arrêter. Lorsqu'il fallait faire demi-tour, ils devaient tourner sur dix-sept parsecs. Et là, l'alliance rebelle et leurs petits vaisseaux, bien plus maniables, en profitaient pour leur glisser entre les doigts.

L'empereur impérial avait alors fait exécuter les ingénieurs qui avaient conçu les plus grands vaisseaux et avait ordonné la création des Chasseurs S (le S est une abréviation correspondant à la taille). Ils avaient été assemblés par millions : sphères au design complexe équipées de canons laser disrupteurs ainsi que de deux panneaux solaires, un de chaque côté, qui ne servaient pas à grand-chose dans la noirceur de l'espace, mais permettaient quand même qu'il y ait toujours de l'eau chaude à bord, ce qui réduisait la facture d'électricité de l'appareil de près de sept pour cent en fonction de la lumière disponible.

Lors de la bataille de Progrok 7, l'empereur et son terrifiant lieutenant Dark Pater avaient lancé une flotte de cent mille chasseurs taille S face à une plus petite force rebelle afin de l'écraser.

Mais là, un problème assez particulier était survenu avec les contrôleurs de vol de l'Empire. Ils étaient incapables de répéter l'ordre suivant : « Chasseurs S, serrez sur S-Wing ! », quatre ou cinq fois à la suite, assez rapidement, sans malencontreusement donner l'ordre de « Sachez l'heure sur Rechwing ! ». Les pilotes de l'Emp-Imp-Imp, hypno-entraînés à obéir immédiatement aux ordres – aussi bizarre soient-ils – sans se poser de question, essayèrent plusieurs formations de vol afin de deviner ce que « Sachez l'heure sur Rechwing ! » signifiait. Beaucoup se rentrèrent dedans. D'autres se contentèrent de voler en rond jusqu'à ce que les rebelles les abattent. Un ou deux désertèrent.

Cette bataille fut un vrai fiasco.

À la suite de quoi, tout un état-major fut exécuté, et l'on décida de rebaptiser les chasseurs « Vaisseaux Intercepteurs de l'Empire impérial de l'Imperium Conçus Pour Harceler l'Ennemi. » Certes, cela prenait plus de temps pour leur donner des ordres, mais au moins cela évitait que les langues ne fourchent. Bien sûr, le temps qu'on donne l'ordre : « Vaisseaux Intercepteurs de l'Empire impérial de l'Imperium Conçus Pour Harceler l'Ennemi, en formation serrée ! », l'occasion propice était souvent passée ; mais en tout cas, il n'y avait plus d'ambiguïté possible. Sauf que cela devenait si long de donner des ordres en cours de bataille que celle-ci était souvent terminée avant que les commandants de vol finissent leurs phrases.

L'empereur et Dark Pater s'étaient alors tapé une bonne vieille discussion des familles – mais oui, avec une cafetière de café rutullian et des biscuits petits cœurs croisés de Belex – et avaient conçu un nouveau plan.

Ce plan, c'était l'Étoile de l'Effort, et c'était justement là qu'était prisonnière la princesse Layette.

Grande Meuf Tartine se trouvait dans la salle de contrôle de l'Étoile de l'Effort, une tartine à la main ; son visage cadavérique impassible était tourné vers l'écran géant devant lui. Deux streumtroopers amenèrent la princesse.

— Tartine ! cracha-t-elle sur un ton moqueur. J'aurais dû m'en douter.

— Ah bon ? répliqua Tartine.

— Vous pouvez me torturer comme bon vous semble, déclara bravement Layette. Je ne vous donnerai jamais les coordonnées de la base principale de la rebeldéchamps.

Grande Meuf Tartine parut surpris.

— Ainsi il y a une base principale, fit-il. Je ne l'aurais jamais deviné. Je croyais que vous aviez plein de petites bases miniatures éparpillées un peu partout dans la galaxie.

— Euh, dit la princesse en manque d'inspiration. Oui. C'est ça – nous sommes éparpillés partout. Oubliez ce que j'ai dit. Ma langue a fourché, c'est tout. Il n'y a pas de base principale, vous avez raison, ni rien qui y ressemble. Bref, pas de base principale.

— Alors pourquoi avez-vous dit qu'il y en avait une ?

— Ce que je voulais dire, en fait, c'était : « Vous pouvez me torturer comme bon vous semble, mais je, euh, ne vous donnerai jamais les coordonnées des petites bases miniatures rebeldéchamps éparpillées un peu partout dans la galaxie. »

— En ce qui concerne les coordonnées, je présume, fit Tartine, qu'elles sont toutes concentrées en *un seul point* de cette galaxie. Je chauffe ?

— Euh, répondit la princesse.

— Mais rassurez-vous, c'est à présent la base principale qui m'intéresse. Celle dont vous venez de parler.

— Moi ? Mais je n'ai jamais parlé de la base principale. Euh, je veux dire, d'une prétendue base principale.

— J'ai holo-enregistré notre conversation. Voulez-vous que je repasse le début ?

— Écoutez... Et si je ressortais et que les gardes me ramenaient à nouveau dans cette salle, afin que nous recommencions tout depuis le début ?

— Où se trouve la base principale, princesse ?

— Oh non, répondit la princesse en secouant sagement la tête. Vous ne m'aurez pas comme ça. Enfin, ce n'est pas parce que vous m'avez eue, là, au début, que je vais pour autant trahir mes amis. Et si jamais vous essayez d'attaquer Gregbare, qui vous dit que nous n'avons pas un puissant bouclier défensif et de très *très* gros canons, hein ?

Tartine hocha lentement la tête.

— Sur Gregbare, donc ?

La princesse laissa échapper un gargouillis du fond de sa gorge.

— C'est ce que vous avez cru comprendre. Euh, vous avez sans doute un problème d'audition... euh...

pour votre gouverne, j'ai dit Davebrine. Ou Ben-Forde. Je ne sais plus. Mais en tout cas, je n'ai jamais dit Gregbare. Vous avez mal compris. D'ailleurs il n'y a pas de base principale. Pas plus que de planète Gregbare. J'ai tout inventé. Euh…

— Merci, ma chère, fit Grande Meuf en indiquant d'un geste aux streumtroopers qu'ils pouvaient ramener la princesse dans sa cellule de détention. Vous m'avez été d'une grande utilité.

— Attendez ! s'écria la princesse Layette. Je demande à repasser un interrogatoire ! J'ai le droit d'être soumise à un nouvel interrogatoire…

Ses cris diminuèrent et le silence revint tandis qu'on l'entraînait le long d'un des interminables couloirs métalliques de l'Étoile de l'Effort.

Chapitre 6

« Ce ne sont pas – les droïdes – [geste de la main] que vous cherchez. »

Le voyage jusqu'à la ville à bord de l'hovervan du vieux Benne ne fut pas des plus confortables. L'hovervan n'avait plus d'hover que le nom, et aurait mérité la nouvelle appellation de « setraînesurlesolvan », car il se mangeait le moindre petit caillou sur la route et se cabrait à chaque fois, chahutant ses passagers.

Finalement, de l'autre côté d'une colline, ils atteignirent Mousse Nesley, la plus grande ville de Tatoogouine. À première vue, cela ne ressemblait qu'à un amas de maisons en briques délabrées avec quelques humanoïdes en blouses de-ci de-là. Mais, à leur grande surprise, ils découvrirent au coin d'une rue, alors qu'ils débouchaient sur une esplanade, une myriade d'aliens non humanoïdes en train de vendre des outillages exotiques, marchandant à tout va, ou vaquant à leurs occupations, un rien pressés. De l'autre côté de l'esplanade, ils aperçurent un streumtrooper assis sur un autre de ces lézards géants extrêmement réalistes aux couleurs vives. L'animal venait d'effrayer un hovercycliste à sept jambes qui était tombé de son véhicule. Ils tournèrent à un autre coin de rue et se retrouvèrent de nouveau dans des ruelles mal famées.

Après avoir franchi cette périphérie miteuse, ils

entrèrent enfin dans le centre miteux de la ville et continuèrent sans s'arrêter, jusqu'à ce que deux streumtroopers de l'Emp-Imp-Imp leur fassent signe à un barrage.

— Halte ! dit le premier streumtrooper en se plantant à côté de leur van. Nous avons ordre de fouiller tous les véhicules qui entrent dans ce port afin de localiser deux droïdes. Ces droïdes sont la propriété de l'Empire et seront *ipso facto* confisqués. Quiconque essayant de les faire passer illicitement sera arrêté. (Il regarda à l'arrière de l'hovervan où étaient assis les deux droïdes de Luc, l'air innocent.) L'un est un modèle agaçant doré, reprit le streumtrooper, et l'autre des toilettes portables. (Il regarda avec insistance G6P-πTO et DR^2DR.) Est-ce que l'un d'entre vous aurait aperçu des droïdes correspondant à ce signalement ?

— Benne, qu'est-ce qu'on va faire ? murmura en aparté Luc dans l'oreille droite du vieux Benne. Ils sont à la recherche de nos droïdes – il dit qu'ils vont nous arrêter.

— Ne t'inquiète pas, mon jeune ami, répondit Benne. J'ai un plan pour faire passer illégalement ces droïdes sous le nez de ces streumtroopers.

— C'est vrai ? murmura Luc. Quel est ton plan ?

— Est-ce que vous réalisez, demanda le streumtrooper en se penchant légèrement au-dessus du hovervan, que je peux entendre tout ce que vous êtes en train de vous dire ? Enfin quoi, vous ne murmurez même pas tout bas. Déjà que mon heaume est équipé d'une technologie d'amplification du son...

Luc, horrifié, regarda le streumtrooper.

— La Farce peut avoir un effet puissant sur les

esprits faibles, continua Benne sans prêter attention au garde. Je vais me servir d'une voix spéciale que j'arrive à prendre.

— Euh, je crois que vous ne m'avez pas bien compris, déclara le streumtrooper un rien irrité. Vous venez juste de dire : « La Farce peut avoir un effet puissant sur les esprits faibles. » Enfin faites un *effort*, quoi ? ! Vous n'auriez pas pu concocter un plan *avant* d'arriver à notre barrage ?

— Mon bon ami, fit Benne en s'adressant au streumtrooper, ce ne sont pas les droïdes que vous cherchez.

— Vous voulez dire plutôt, répondit l'autre, que « ce ne sont pas les droïdes *à la recherche desquels nous sommes* ». Non ?

Benne plissa le front et son sourire s'affaissa un instant ; puis son air radieux revint de plus belle.

— Sans doute, dit-il.

Le streumtrooper le regarda.

— OK, dit-il finalement. Si vous le dites.

— Allez viens, Benne, allons-y, fit Luc un rien pressant.

— Un instant, lui répondit le vieux Benne. Regarde ça. (Il sortit un oignon des replis de sa vieille robe marron.) Tiens mon bidasse, fit-il en le tendant au streumtrooper. C'est pour toi. C'est une jolie pomme.

Il tourna la tête et fit un clin d'œil à Luc.

— Benne, fit Luc un rien paniqué. Allons-y, *maintenant* !

— Merci, dit le soldat, un rien surpris, en prenant l'oignon.

— Tu ne veux pas en *croquer* un bout ? lui suggéra

Benne. Hein ? Hein ?

— Ben, pour ça, il faudrait d'abord que je retire mon casque, expliqua le streumtrooper. Et je ne suis pas autorisé à le faire pendant le service. Je la garde pour plus tard. Mais merci quand même.

— *Alloooooooooooooooons-y,* Benne, par *piiiiiitié*..., le supplia Luc.

— Une minute. Vous savez quoi, monsieur le streumtrooper. Vous savez à quoi je pense ? Eh bien je pense que vous êtes un *poulet arcturien.* Je me trompe ?

— Un poulet, répéta le soldat un rien dubitatif.

— Tout à fait. Un poulet. Vous devriez donc glousser, non ?

— Cot-cot, fit prudemment le soldat comme pour faire plaisir au vieillard.

— Moi, je pense, enchaîna Benne pour l'encourager, que ce serait plutôt quelque chose du genre C'codek K'KOT-kot kot kot ! (Il agita ses coudes de haut en bas.) Vous savez, comme un vrai poulet.

— Allez, circulez, fit le streumtrooper en agitant le bras. Circulez. S'il vous plaît.

Ils trouvèrent une place pour se garer juste devant un bar louche. Un néon de taille impressionnante avait été tordu de façon à écrire les mots *Cantine Tac-Tac Taquine*, et on ne savait s'il était allumé ou non, tant il était difficile de percevoir la différence vu la violence de la luminosité dans ce petit matin de Mousse Nesley.

— Ici, déclara Benne, nous trouverons un pilote

capable de nous emmener sur la planète Nabo. Bon, sois prudent... C'est ici que les pires racailles de la galaxie viennent boire un coup, manger des cahouètes et jouer au billard. Et parler à leurs amis. Et mettre des pièces dans les machines à sous. Les *pires* racailles, je te dis. Il va falloir rester en alerte.

— Je suis prêt.

— Laissons les droïdes dans le van.

Ils passèrent ensemble les portes basses de l'entrée.

À l'intérieur, il faisait sombre ; l'endroit était quasiment désert. Le bar sentait ce que tous les bars sentent à onze heures du mat' : la fumée, la bière éventée, la fête de la veille. Un baralien était assis sur un tabouret derrière le comptoir. Dans une alcôve, dans un recoin de la salle, un humain plutôt mignon sirotait une bière. À côté de lui se trouvait une sorte de yéti écroulé sur la table, apparemment endormi. Sinon, le bar était désert.

— Il n'y a que cet homme, fit remarquer Luc.

— Espérons que c'est un pilote, répliqua Ken&barbie.

Il fit craquer ses os et alla s'asseoir face au buveur de bière.

— Salut, fit le type à l'aspect attirant.

C'était vraiment un beau mec : les traits bien dessinés, un vrai mâle, avec des cheveux volumineux et magnifiques sans une seule fourche.

— Puis-je vous aider ? leur demanda-t-il.

— Je l'espère, répondit Ken&barbie. Nous cherchons un pilote.

— Je suis pilote, fit l'homme. Je me nomme Yahun Salo. À votre service. Voici mon copilote, Chikdutabac. Ne le dérangez pas ; il hiberne en ce moment.

— Je suis Benne Ken&barbie, fit Ken&barbie. Et voici Luc Skyterrier. Ce que nous voulons savoir, enchaîna-t-il aussitôt, un rien pressé, c'est si nous pouvons vous louer, votre vaisseau et vous, pour échapper à cette planète et à l'Empire Impérial de l'Imperium ?

— Sans problème, répondit Yahun. Combien vous payez ?

— Dix mille crédits impériaux, annonça Ken&barbie avec l'air d'un homme qui ne connaît rien à l'argent et qui a simplement choisi une somme au hasard.

— Cela ne me ferait pas d'mal, déclara le bel homme. Parce que, vous allez rire, je suis endetté auprès d'un gangster sur cette planète pour exactement cette somme. Vous le connaissez ? Pizza le Hutt, l'affreuse créature alien qui ressemble à une crotte de nez géante couverte de taches rouges purulentes. Il contrôle la ville avec violence et cruauté. Il n'a pas de cœur.

— Jamais entendu parler de lui, répliqua Luc. Mais bon, je suis un gentil garçon de classe moyenne. Et ton vaisseau, il est comment ?

— Il s'appelle le *Bug du Millénaire*, dit Yahun Salo. Je sais, le nom n'est pas fameux. Je voulais l'appeler le *Spam du Millénaire*, mais le nom était déjà pris. Pareil pour *Trojan Horse du Millénaire*, *Virus du Millénaire* et *Blog du Millénaire*.

— Aussi plaisante que soit cette discussion, intervint Ken&barbie, je pense que nous ferions mieux de partir. Le temps presse et bla bla bla…

— Bien, fit Yahun Salo. On va devoir porter mon copilote.

— Le *porter* ? s'exclama Ken&barbie, en s'arrêtant

net dans sa tentative pour se relever.

— Vous n'avez pas entendu ce que j'ai dit ? Il est en train d'hiberner. C'est un Kookie, de la planète Maidinelu. Il hiberne six mois par an. Et une année sur Maidinelu dure sept mois. Le seul mois où il est réveillé, il n'est généralement pas très frais. Mais ça ne m'étonne pas qu'il soit fatigué pendant ce mois-là. Il n'a que trente jours pour faire tout ce qu'il doit faire dans l'année – ce doit être épuisant.

Ken&barbie jeta un regard venimeux à la forme poilue qui ronflait.

— Mais qu'est-ce que c'est ? demanda-t-il. Une race de chien géant ?

— Quelque chose comme ça, répondit Salo. Allez, je le prends par l'aisselle gauche, toi – Luc, c'est ça ? – tu le prends par l'autre.

Une surprise désagréable les attendait à l'extérieur.

— Bonjour, fit le streumtrooper de l'Emp-Imp-Imp. Vous vous souvenez de moi ? En fait, je ne suis pas un poulet. Et la pomme que vous m'avez donnée avait un goût dégueulasse.

— Ah, répondit Ken&barbie.

Une escouade de bidasses se tenait juste derrière le streumtrooper. Et derrière cette escouade, il y avait une autre escouade. Ils portaient tous des fusils blaster et semblaient prêts à s'en servir.

— Je vous arrête, dit le streumtrooper. Pour de vrai. Et nous vous confisquons vos droïdes.

— Vite, haleta Yahun Salo, ployant sous la moitié

du poids de son compagnon endormi. (Luc, pareillement encombré, avait le visage cramoisi.) À l'hovervan.

— Ne craignez rien ! s'écria Ken&barbie. Je vais les repousser avec mon sabre-lumière. Courez tous à l'hovervan et échappez-vous – foncez jusqu'au vaisseau de monsieur Salo. Allez !

Devant les yeux ébahis de Luc, Ken&barbie sortit un long tube étroit en verre des replis de sa robe. Il tâtonna un instant pour trouver l'interrupteur au bas de l'objet, ce qui, une fois allumé, le transforma en un trait vrombissant et clignotant de lumière vive. Comme les streumtroopers reculaient, étonnés, Ken&barbie fit une série de passes habiles dans les airs et prit une posture de combat.

— En garde ! s'exclama Benne. Attention à vous : garde franche ! Garde gauche. Garde droi… ou, non, pas celle-là. Bon, prenez ça !

Il fit tournoyer sa lame luminescente au-dessus de sa tête et la maintint horizontalement à hauteur de poitrine, son coude osseux au niveau de l'oreille, une expression menaçante dans les yeux.

Le streumtrooper de tête se ressaisit et dégaina son pistolet blaster.

Avec une rapidité que démentait son corps apparemment vieux et décrépi, Ken&barbie bondit en avant et abattit son sabre-lumière avec force, afin de trancher le bras armé du pauvre soldat au niveau de l'épaule.

Le sabre-lumière entra en contact avec le haut du bras du streumtrooper. Il y eut un bruit de craquement. La lumière disparut et le haut du tube de verre se brisa. Des morceaux de verre tombèrent partout. L'armure du streumtrooper n'avait pas une marque.

— Euh, fit Luc.

— Oh, bon sang de bonsoir, déclara Ken&barbie en examinant son appareil en miettes. À vrai dire, c'est plus une arme d'apparat qu'autre chose.

Le streumtrooper leva son blaster et tira. Une rafale d'énergie rouge mortelle fendit les airs, même si, étonnamment, elle le fit assez lentement pour que Ken&barbie ait le temps de décaler légèrement sa tête vers la droite afin que le tir le manque de quelques millimètres pour aller frapper Yahun Solo en pleine poitrine. Le pilote cria : « Argh ! » et s'écroula sur le sol ; Chikdutabac lui tomba dessus, entraînant Luc sous son poids. Lorsqu'il ouvrit les yeux après sa chute, Luc avait le nez sur la blessure de Yahun : elle saignait abondamment et fumait un petit peu.

— Oh, non, fit-il.

Yahun Salo se contenta de gémir.

Sans comprendre ce qui se passait, Luc réalisa qu'il était soulevé dans les airs par une force inhumaine et se retrouva projeté sans autre forme de cérémonie dans l'hovervan. Ken&barbie était déjà au volant, tandis que G6P-πTO portait à présent les formes pantelantes de Chikdutabac et Yahun Salo dans le véhicule.

— Merci qui ? Le robot, bien sûr, fit G6P-πTO. Allons-y.

— Où ça ? demanda Ken&barbie.

Les tirs de blasters passaient au-dessus de leurs têtes.

— Au hangar 337 du spatioport, haleta Yahun Salo, la main serrée sur sa poitrine, un rictus de douleur sur le visage.

— C'est parti tournicotti, on y va tournicotta, déclara Ken&barbie.

Et le van s'éloigna rapidement, sous une pluie de rafales de blaster qui venaient percuter les flancs du véhicule.

Chapitre 7

À bord de l'*ISS Maintien De l'Ordre Par La Peur Et La Répression XVII* en orbite au-dessus de Tatoogouine (Dum Dum Dum, *Duhm* d'dum, *Duhm* d'dum)

Haut dans le ciel, en orbite polaire au-dessus de la planète, Dark Pater squattait ses grands quartiers pourtant décorés de façon spartiate. Il broyait du noir. Il avait reçu un rapport de l'Étoile de l'Effort. Il avait communiqué avec l'empereur impérial qui avait prévu qu'il était à présent inutile de continuer à chercher les droïdes à la surface de la planète. Pater avait reçu de nouveaux ordres : se rendre sur la planète Gregbare, le monde aux habitants nus, où se cachait le centre de commandement rebeldéchamps.

Pourtant Dark Pater broyait du noir. Quelque chose le perturbait. Il convoqua dans ses quartiers le commandant du destroyer qui, motivé par la loyauté et la terreur, arriva aussitôt.

— COMMANDANT, fit Dark Pater d'une grosse voix sombre noyée dans une respiration sifflante.

— Oui, Lourd Pater, répondit le commandant Jean Fede Miette, au garde-à-vous, les bras derrière le dos.

Après y avoir longuement réfléchi, le commandant avait décidé qu'il valait mieux ne jamais *regarder* Dark

Pater droit dans le masque. En effet, le regarder droit dans ses yeux cybernétiques aurait pu passer pour de l'insubordination insolente, ce qui serait revenu à demander qu'on lui noue la trachée. Mais détourner franchement les yeux de Lourd Pater, un peu comme s'il était trop laid à contempler (ce qu'il était, en fait) aurait été tout aussi désastreux. Un peu comme boire plus que de raison et essayer de ramener ensuite une fille à la maison. La harceler en lui envoyant des e-mails érotiques et squatter devant chez elle pour lui parler quand elle essaie d'attraper son bus. Jean Fede Miette dépensait toute son énergie à trouver un juste milieu entre les deux. Et donc, il restait impassiblement au garde-à-vous.

— LA FLOTTE DOIT FAIRE ROUTE VERS LA PLANÈTE GREGBARE, ordonna Pater.

— Immédiatement, Lourd Pater.

— L'ÉTOILE DE L'EFFORT NOUS REJOINDRA.

— À vos ordres, Lourd Pater.

Il y eut un silence gêné, rompu seulement par la respiration sifflante qui émanait du casque de Dark Pater. Le commandant Miette attendit, respectueusement, sans bouger ne serait-ce qu'un cil. Quatorze de ses prédécesseurs avaient trouvé la mort parce que ce même Dark Lourd des Sithweb, ennuyé, avait fait de la chair à pâté de leurs œsophages. Il attendit, donc. Ce qui n'était pas une mince affaire. Quelque chose le gratouillait au niveau du nez et prenait de l'ampleur, comme il se doit, menaçant de se transformer en éternuement s'il n'y prenait pas garde. Avec l'air recyclé à bord du destroyer, et le fait que le thermostat semblait toujours réglé un poil trop haut, le commandant Miette était souvent enrhumé. Et puis il toussait, aussi. Il songea à ce que Dark Pater pourrait faire à l'un de ses subordonnés si jamais celui-ci avait l'audace d'éternuer sur sa jolie cape noire immaculée. Il ne serait pas très compréhensif. Après tout, la flotte spatiale se trouvait en ce moment à trois mille années-lumière du premier pressing digne de ce nom.

— COMMANDANT..., finit par dire Dark Pater.

Le cœur du commandant Miette manqua de défaillir. Il connaissait ce ton de voix. Toujours aussi profond, définitif et chargé de promesse de mort et de noirceur, mais avec une légère trace... *d'anxiété.* Lorsque Lourd Pater était d'humeur impitoyablement assassine, au moins il était *prévisible.* Mais lorsqu'il sombrait dans ce genre d'humeur, le commandant Miette ressentait toujours une peur ontologique le mordiller. Et pas mordiller dans le sens sexuel ; oh, non. Mordiller dans le sens que cette peur le rongeait, afin de l'avaler et de le digérer dans un tourment d'acide gastrique, lui déchiquetant les muscles qui... bon, en fait, peut-être que « mordiller » n'était pas un terme adéquat. Gagner, alors. C'est ça, la peur le gagnait, comme dans une partie de poker où elle aurait eu cinq as dans les mains.

— Oui, Lourd Pater ?

— COMMANDANT... LES HOMMES...

— Les hommes, Lourd Pater ?

— EST-CE QU'ILS... EST-CE QU'ILS DISENT PARFOIS... QUE JE N'AI PAS LE SENS DE L'HUMOUR ?

La sale question. Jean Fede Miette aurait bien pris

son courage à deux mains si elles n'avaient pas été dans son dos. Aussi respira-t-il simplement un bon coup.

— Les hommes sont trop terrifiés et loyaux pour oser parler de vous, Lourd Pater – en quelques termes que ce soit.

— BIEN, répondit Dark Pater. (Il tourna le dos au commandant.) BIEN. PARCE QUE, VOUS SAVEZ, J'AI UN SENS DE L'HUMOUR. UN TRÈS BON SENS DE L'HUMOUR, EN FAIT.

— Évidemment, Lourd Pater, fit Miette en priant pour que Pater le congédie sur-le-champ ou, mieux encore, le tue en vitesse afin que tout cela soit vite terminé.

— TENEZ, RIEN QUE L'AUTRE JOUR, déclara Dark Pater dans une imitation parfaite et sifflante de confidence joyeuse et anecdotique, L'AMIRAL MITO ME DISAIT : « DARK PATER, JE TROUVE CES RAPPORTS SUR L'ACTIVITÉ REBELLE DANS LE QUADRANT PITHAMILTON UN PEU DURS À AVALER » ET J'AI RÉPONDU : « AH BON, VOUS TROUVEZ ? DURS À AVALER, HEIN ? » ET JE LUI AI BROYÉ L'ŒSOPHAGE ET LA TRACHÉE D'UN COUP EN UTILISANT LE POUVOIR DE LA FARCE, ET ALORS QU'IL ÉTAIT EN TRAIN DE MOURIR ÉTRANGLÉ SUR LE PONT, JE LUI AI LANCÉ : « ET LÀ, C'EST DUR À AVALER HEIN ? »

— Très amusant, Lourd Pater, commenta Miette.

De la sueur coulait le long de son visage, mais il restait toujours immobile.

— JE L'AI DIT DE FAÇON TRÈS COOL, D'UNE MANIÈRE UN PEU SUAVE, ajouta Dark Pater.

— J'en suis persuadé, Lourd.

— UN PEU À LA MANIÈRE D'UN JEUNE SEAN

CONNERY. UNE CONNERY D'INFLEXION, SI JE PUIS ME PERMETTRE.

— Oui, Lourd Pater.

— PAS DU TOUT UNE INFLEXION À LA ROGER MOORE. JE L'AI DIT DE MANIÈRE SUAVE ET MORTELLE À LA FOIS.

— Oui, Lourd Pater.

— C'EST DRÔLE, VOUS NE TROUVEZ PAS ?

— Très très drôle, Lourd Pater.

Dark Pater se rendit à grandes enjambées jusqu'au gigantesque hublot qui donnait une fière allure à sa suite, et par lequel on distinguait la planète kaki en dessous.

— C'EST CE QUE VOUS DITES, fit-il dans un soufflement sibyllin, MAIS VOUS NE RIEZ PAS POUR AUTANT.

— Ha, fit Miette, les yeux en proie à la folie. Ha. Ha-ha-ha-ha.

— COMMANDANT, J'AI LE SENTIMENT QUE VOUS ME COMPRENEZ BIEN. VOUS ÊTES SENSIBLE AUX PROBLÈMES D'UN HOMME DANS MA POSITION. *ÉVIDEMMENT* QUE J'AI UN SENS DE L'HUMOUR. J'AI MÊME UN SENS DE L'HUMOUR TRÈS DÉVELOPPÉ. PAS PLUS TARD QU'HIER SOIR, JE REGARDAIS À NOUVEAU *UNE NUIT À L'OPÉRA* SUR MON MAGNETHOLO 3D.

— Un classique de l'humour, Lourd Pater.

— OUI, C'EST BIZARRE ? JE VEUX DIRE, OUI, C'EST EXACT. TOUT LE MONDE LE DIT. ET LE RIGOLO DANS CE FILM, IL EST VRAIMENT RIGOLO, PAS VRAI ?

— Le rigolo, Lourd ?

— ZEPPO, JE CROIS ? IL EST TRÈS DRÔLE.

Le cœur de Miette battait dans sa poitrine à la vitesse des ailes d'un colibri à deux doigts de la crise d'épilepsie.

— Zeppo, Lourd ?

— ZEPPO, OUI. C'EST LUI LE PLUS RIGOLO, NON ?

— Euh, eh bien, mon seigneur… en fait, beaucoup de gens trouvent que, euh, Groucho est…

— GROUCHO ? gronda Pater avec une respiration sifflante et menaçante.

— Ou Harpo…

— HARPO ? MAIS IL NE PARLE MÊME PAS. QU'EST-CE QU'IL Y A DE DRÔLE À NE PAS PARLER ? (Pater réfléchit un instant à son commentaire.) JOUER DE LA HARPE ? demanda-t-il finalement. QU'EST-CE QU'IL Y A DE DRÔLE À JOUER DE LA HARPE ?

— À jouer de la harpe, Lourd Pater ?

— OUI.

— … Rien, Lourd Pater.

— J'EN ÉTAIS SÛR.

Dark Pater sembla réfléchir à cette vérité universelle un instant. Puis, soudain, il remarqua que Miette était toujours là.

— ROMPEZ, COMMANDANT.

— À vos ordres. Oh, Lourd Pater ? Une petite chose.

— OUI ?

— Je crois bon de vous rapporter que nos troupes à la surface ont localisé les deux droïdes en compagnie d'un certain nombre d'humanoïdes que nous avons toutes les raisons de croire rebeldéchamps. Devons-nous les capturer et les faire monter à bord avant le départ pour Gregbare ?

— OUI, COMMANDANT. VOILA UNE EXCELLENTE NOUVELLE.

— Est-ce que… je peux *partir*, maintenant, Lourd Pater ?

— OUI, OUI, répondit Dark Pater perdu dans ses pensées.

Jean Fede Miette sortit avec brio et reconnaissance des quartiers de Dark Pater. Une fois dans les couloirs, il se mit à courir.

Chapitre 8

Pendant ce temps sur Tatoogouine

Si le commandant Miette de l'Emp-Imp-Imp avait confiance en la capture des droïdes et des différents humains qui les accompagnaient, eux, en revanche, n'avaient pas perdu l'espoir de s'échapper. Et, bien sûr, s'ils y arrivaient, ils mettraient le commandant du destroyer dans une situation délicate : il lui faudrait retourner voir Dark Pater et admettre qu'il avait parlé un peu trop tôt, ce qui risquait d'avoir des conséquences plutôt désagréables pour lui. Mais c'était un trait d'égoïsme caractéristique des forces rebeldéchamps que de ne pas s'informer et de ne pas s'inquiéter du sort de Jean Fede Miette. Que voulez-vous ?

— Si nous arrivons à grimper à bord du *Bug du Millénaire*, haleta Yahun Salo, nous pourrons nous échapper d'ici.

— Tiens bon, lui dit Luc en examinant sa blessure. (Ce qui n'était pas facile dans le van avec tous les cahots.) Ce n'est pas beau à voir, conclut-il en se penchant au-dessus de la poitrine du blessé. Si je me rappelle bien mes cours de secourisme, nous allons avoir besoin de…

Au même moment, le van tourna brusquement et pila. Le corps endormi de Chikdutabac fut projeté contre Luc, l'envoyant à la renverse.

— On est arrivés, fit Ken&barbie depuis le siège avant. Allez, tout le monde à bord. Les streumtroopers sont sur nos talons.

Il fallut plusieurs minutes pour transférer tout le monde à bord du vaisseau en forme de frisbee tout cabossé, posé à l'intérieur du hangar à ciel ouvert. Luc aida Yahun jusqu'au cockpit. Tout le monde se pressait derrière eux. À travers les vitres du cockpit, ils virent les streumtroopers dans leurs armures blanches investir le hangar.

— Gamin, fit Yahun Salo en se tenant la poitrine. Je suis trop blessé pour piloter. *Tu* vas devoir piloter le *Bug du Millénaire* tout seul pour qu'on s'taille d'ici.

— Qu'on s'taille ? Comme un crayon ?

— … Non, comme dans « foutre le camp ».

— Ah, d'accord. Mais attends voir, s'écria Luc, je n'ai jamais piloté de vaisseau spatial interstellaire de ma vie ! J'ai à peine eu le temps de me servir de la carriole de golf de mon oncle. À quoi sert ce levier ?

Yahun se hissa douloureusement sur son fauteuil, grimaçant de douleur, et regarda en plissant les yeux le levier qu'avait pointé Luc.

— Ça… Ça, c'est la transmission de dérivation Semileptonic Beta. Elle sert à concentrer les tau-leptons dans les ratio-branchements déterminator, afin que les condensés de neutrino gardent une balance Vub et que les propulseurs restent en mode inclusif… Enclenche le levier lorsque le taux hyper-tau, durant les conditions initiales de séparation subspatiale, approche un niveau inquiétant... mais dans tous les cas, ne l'utilise jamais pour réduire la variable des tau-leptons subatomiques conventionnellement orientés, tu as compris ? Parce que sinon, on court le risque d'amplifier les émissions Semileptonic Beta, et si jamais cela arrivait, alors les tau-leptons se transformeraient en substances *dileptoniques*, haleta-t-il en serrant les dents.

— Je vois, fit Luc qui hochait la tête en signe d'approbation. Et ce levier-là ?

— L'allume-cigare.

— Bien.

Luc regarda attentivement le tableau de bord où clignotaient des dizaines de voyants. Des centaines, peut-être. Il y avait aussi un grand nombre de boutons, de leviers et d'autres instruments.

— Je crois que je peux y arriver ! affirma-t-il. J'ai bien écouté tout ce que le vieux Benne a dit sur la Farce. Et je crois que je peux la ressentir en ce moment même... Elle me guidera. Attention, tout le monde, attachez vos ceintures ! On y va !

Yahun Salo, sur le point de s'évanouir de douleur, enfila son harnais de pilotage pendant que Benne allait s'asseoir non loin de lui. Chikdutabac était déjà affalé dans un fauteuil. Les deux droïdes s'arrimèrent à l'aide de grappins au pont en métal.

Luc agrippa les commandes à deux mains. À travers le pare-brise, il apercevait les streumtroopers en train de monter un puissant canon laser sur un trépied. Dès qu'ils auraient terminé, le *Bug du Millénaire* serait cuit. Et eux, un tas de viande fumante. Ils allaient passer à la casserole. Luc dressait dans sa tête une liste de métaphores culinaires pour décrire la situation dans laquelle ils se trouvaient quand soudain le vaisseau se mit à sursauter et à trembler de toutes parts. L'un des streumtroopers leur tirait dessus avec son blaster.

— Allez, le pressa Yahun, le visage livide. Allons-y.

— Bien, dit Luc.

Il enfonça la pédale d'embrayage et appuya sur un bouton. Puis, il débraya, et rappuya sur le bouton qu'il venait d'enfoncer pour appuyer ensuite sur un autre bouton. Il enfonça la pédale des gaz subatomiques concentrés. Il débraya encore un peu et appuya sur un troisième bouton. Le vaisseau ne bougeait pas.

Plusieurs tirs de blaster vinrent le percuter. Il était secoué comme un prunier.

— C'est par là qu'il faut aller, lui suggéra le vieux Benne en lui montrant le gros carré de bleu au-dessus d'eux.

— Je sais, répondit Luc un rien honteux. Mais le vaisseau ne veut pas bouger.

— Le frein à main, haleta Yahun, passant de l'inconscience à un état semi-conscient de douleur étourdissante. Ooh, ajouta-t-il. Oh-ahh, fit-il quelques secondes plus tard.

— Bien. Le frein à main… évidemment.

Luc pressa le petit bouton rouge en haut de la barre métallique noire des freins à côté de son siège et baissa le levier. Aussitôt, son fauteuil partit à la renverse à quarante-cinq degrés.

— Je crois que ce levier sert à régler l'inclination

de ton siège, fit remarquer le vieux Benne. Ce n'est pas le frein à main.

— Aidez-moi à me relever ! cria Luc qui regardait le plafond. Je ne vois pas où je vais.

Le temps qu'ils réussissent à remettre le siège en position, les streumtroopers avaient fini d'assembler le gros canon laser sur son trépied. Ils étaient en train de viser le *Bug du Millénaire.*

— Yahun Salo ! hurla Luc. Lequel est le frein à main ? Lequel ?

Mais Yahun s'était évanoui.

— Et si on réveillait son copilote ? bafouilla Luc. Le gros type poilu ?

— Les hibernants ne supportent pas franchement les réveils, fit observer Benne. Enfin, c'est ce qu'on m'a dit.

— Mais il doit être capable de faire voler ce vaisseau puisque c'est le co-pilote, insista Luc. Est-ce que tu ne pourrais pas... je ne sais pas, moi, utiliser la Farce ? Faire quelque chose ?

— Pour répondre brièvement à la question, rétorqua Benne, non.

— Les droïdes ! hurla Luc. Est-ce que vous savez quel levier est le frein à main ? Ils vont nous tirer *dessus* avec leur gros canon laser monté sur un trépied... hé, les droïdes ? !

— Les droïdes ? répliqua G6P visiblement offensé sur un ton tellement persiflant que Luc saigna des oreilles. Les droïdes ? Les *droïdes* ? Pourquoi nous insultez-vous, espèce d'albinos consanguin débile mental au nez crochu ?

— Euh, mais non, fit Luc désespéré.

— Nous avons des noms, je vous ferais remarquer, des noms et des sentiments aussi… est-ce que, ajouta-t-il encore plus agité qu'avant, est-ce que c'est parce que nous sommes en métal que vous avez décidé délibérément d'oublier nos noms ? Mais dans quel monde vivons-nous ? Qu'est-ce que c'est que ce genre de comportement ? Comment le prendriez-vous si j'essayais d'attirer votre attention en vous appelant : « Hé ! Sac de protéines liquides ! », hein ? Ça vous ferait de la peine, non ?

— Je suis désolé, bafouilla Luc. Je suis vraiment désolé, G6P, je pensais simplement que vous pourriez m'indiquer lequel de ces leviers est le frein à main. Parce qu'en fait, il faut vraiment qu'on s'en aille d'ici. Dans une minute, les streumtroopers vont nous tirer dessus avec leur gros gros canon, Salo est évanoui et Chikdutabac est endormi.

— Vous me dégoûtez et je vous méprise, rétorqua G6P avec mépris.

Et dégoûté, il s'autodésactiva.

— Eeek ! couina DèEreDeu DèEre.

— Celui-là, traduisit Benne. Enfin, je crois. Le frein à main est là, sous le tableau de bord.

Luc saisit le levier et le baissa. Aussitôt, les puissants réacteurs du *Bug du Millénaire* se mirent à rugir, les vitesses interdimensionnelles complexes s'enclenchèrent, et le vaisseau se mit à bouger d'un coup sec.

Il recula brusquement et alla tamponner le fond du hangar, ce qui eut un effet dévastateur sur la cohérence structurelle de l'arrière du *Bug*. Le choc fit passer les vitesses au point mort et, dans un couinement indicible, le vaisseau cala. La maçonnerie du hangar s'écroula en cascade sur la carlingue. Toutes les lumières du tableau de bord s'éteignirent.

L'espace d'un moment tout ne fut plus que chaos. Puis, tout ne fut plus que silence. Yahun poussa un gémissement, bien qu'encore inconscient.

— La Farce me dit, murmura le vieux Benne d'une voix profonde et mystérieuse, que tu as passé la marche arrière par erreur.

— La marche arrière, fit Luc en hochant la tête.

Chapitre 9

De la vraie nature de la Farce

Les streumtroopers les arrêtèrent tous et leur attachèrent les poignets à l'aide des *Menottes Mack & Grave !, l'Alternative à Bas Prix*, pour les remettre à un croiseur de la police. On plaça un Pharmapack sur la blessure de Yahun Salo avant de l'abandonner sur le sol froid et métallique. Chikdutabac fut lui aussi menotté. Quant à Luc, on lui appliqua simplement un violent coup de *Matraque Pat-Rak* sur le haut du crâne.

Il s'évanouit.

Lorsqu'il reprit conscience, il réalisa, patraque, qu'il se trouvait dans une cellule de prison de l'Emp-Imp-Imp. Il s'assit tant bien que mal.

— Où suis-je ? demanda-t-il à personne en particulier.

— Dans l'Étoile de l'Effort, répondit une voix de femme.

Luc tourna la tête.

Assise sur un banc métallique à l'autre bout de la cellule, se trouvait « la femme de l'hologramme du droïde toilettes », en chair et en os. Elle était encore plus belle, et manifestement plus atteinte par la maladie, en vrai, que sous sa forme holographique de mauvaise qualité.

— Princesse Layette ! s'écria-t-il.

— C'est exact, fit-elle. Et toi, tu es Luc Skyterrier.

Le cœur de Luc s'enflamma. Un amour naissant traversa ses artères et se transforma en afflux sanguin qui vint gonfler son désir.

— Comment le savez-vous ? demanda-t-il, impatient. Est-ce qu'il était écrit que nous devions nous rencontrer ? Le destin vous a-t-il murmuré mon nom dans votre cœur ?

— C'est *lui* qui me l'a dit, répondit-elle en faisant un geste du pouce par-dessus son épaule droite. (Derrière elle, allongé sur un autre banc, le vieux Benne dormait à poings fermés.) Apparemment, vous avez bien reçu mon droïde. Mais au lieu de l'emmener à Nabo chez mon père adoptif, où il aurait pu servir à faire le bien, vous l'avez apporté dans l'une des concentrations militaires les plus importantes de l'Emp-Imp-Imp.

— Désolé, répondit Luc en se relevant tout en massant son crâne endolori.

— L'Emp-Imp-Imp détient le droïde, à présent, fit Layette avec mélancolie. Ce n'est plus qu'une question de temps avant qu'il lui extirpe le Secret qui y est enregistré. Et lorsque ce sera fait, nous pourrons dire adieu à la rebeldéchamps. L'empereur impérial et Dark Pater vont la terrasser. Point final.

— Vous croyez vraiment que Dark Pater veut terrasser la rebeldéchamps ?

— Oh oui. Il va se montrer impitoyable, déclara Layette.

— C'est une catastrophe.

Luc vint s'asseoir à côté d'elle.

— Ce n'est pas de ta faute, gamin, siffla une voix au niveau du sol.

— Yahun ! s'écria Luc. Tu vas bien ? On t'a tiré dans la poitrine !

— Je sais, grogna Yahun Salo.

Il était assis par terre, dos au mur. Son gros compagnon poilu était allongé à côté de lui, et ronflait tranquillement.

— Le tir m'a emporté la moitié d'un poumon. L'Emp-Imp-Imp m'en a greffé un cybernétique et m'a fait une greffe de peau… pour mieux pouvoir m'interroger, je présume. Ce poumon artificiel n'est pas une prothèse de très bonne qualité, alors j'ai un peu de mal à respirer. Heureusement que j'ai encore un vrai poumon, sinon je serais tout essoufflé.

— Mais c'est affreux ! Prisonniers dans un complexe de l'Emp-Imp-Imp. Que va-t-il nous arriver ? gémit Luc.

— Ce qu'il va nous arriver ? répéta la princesse Layette. Quelle question bête. Ils vont nous torturer, voilà tout. Cela fait plusieurs jours qu'ils me torturent.

— Par le grand Thog, non ! cria Luc. C'est affreux !

Layette acquiesça tristement.

— Hier, ils m'ont fait subir le tapis roulant pendant des heures. Avec une inclinaison de vingt degrés, comme si je grimpais une colline. (Elle frissonna rien que d'y penser.) Avant ça, ils m'avaient fait faire du ski de fond sur un simulateur, et je devais me servir de mes jambes et de mes bras ! En plus, ils pouvaient choisir le terrain. Ils ont hésité entre la Beauce et Katmandou… Évidemment, ils ont opté pour Katmandou. Après ça, j'ai eu droit au sauna… Ils ont poussé la température au-delà de ce que tout praticien médical aurait préconisé.

— Nous sommes foutus, commenta simplement Luc.

— Comme tu dis, convint Layette. Et pas que nous. Cette Étoile de l'Effort a la possibilité de faire faire de l'exercice à toute une planète, et ensuite de masser tout le monde. Au moment même où nous parlons, elle est en route pour Gregbare.

— Gregbare ? La planète qui, à l'origine, avait été colonisée par des auteurs de science-fiction naturistes ? Mais pourquoi ?

— Parce que c'est là que se trouve la base principale de la rebeldéchamps.

— Sur Gregbare ? Pourquoi ?

— Parce que nous étions persuadés que c'était le dernier endroit de la galaxie où l'Emp-Imp-Imp irait nous chercher ; connaissant la nature profonde des habitants de ce monde, qui voudrait y chercher quoi que ce soit, de toute façon ? Qui avec toutes ses facultés, je veux dire ? (Elle secoua la tête.) Mais maintenant qu'ils savent que la base rebeldéchamps est située là-bas, l'Emp-Imp-Imp va s'en emparer et l'anéantir. Une fois détruite, la rebeldéchamps ne sera plus qu'un souvenir. Ce sera la fin de tous les espoirs de la galaxie. L'Empire impérial de l'Imperium écrasera l'univers tout entier sous son talon d'acier. Ou comme tu le faisais remarquer de manière plus succincte : nous sommes foutus !

— Non, fit le vieux Benne en s'asseyant lentement et en s'étirant tel un chat qui sort d'une sieste, nous ne sommes *pas* foutus.

— Qu'est-ce que t'y connais, grand-père, siffla Yahun Salo. Tu as conduit une troupe de streumtroopers directement au bar. C'est ta faute si je me suis fait tirer dessus. Et qu'est-ce que… qu'est-ce que c'était que tout ce cirque avec le tube de verre ?

— Un instant, fit Layette en levant la main. OB-mini Benne Ken&barbie est un noble vieillard, même s'il est un peu rouillé. Nous allons donc écouter ce qu'il a à dire.

— Oui, Benne va nous conseiller, insista Luc. Que devons-nous faire ? Comment pouvons-nous sortir d'ici ?

— C'est très simple, expliqua Benne. Nous devons nous fier à la Farce.

Yahun Salo exhala une grande quantité d'air entre ses lèvres, indiquant par là qu'il n'était pas disposé à suivre le conseil du vieux Benne en la matière.

Une heure passa. Luc arpentait sa cellule de long en large. Il examina chaque recoin et aspérité, et ne trouva ni vis à dévisser, ni conduit d'aération par lequel s'échapper. Il n'y avait aucun moyen de sortir d'ici.

— Benne, fit-il. Je voulais te demander un truc. Qu'est-ce que c'est exactement que cette « Farce » dont tu parles tout le temps ?

— Ah, répondit Benne en se tapotant l'arête du nez. La Farce. C'est un allié puissant, la Farce, du moins *si tu sais t'en servir.*

— Ça ne répond pas vraiment à ma question.

— La Farce prend sa source dans la toile même de l'univers. C'est une énergie surpuissante. (Les yeux du vieil homme brillèrent d'enthousiasme.) Laisse-moi t'expliquer : est-ce que tu sais *comment l'univers a été créé* ? Comment il est *apparu* ?

— Le Big Bang, répondit Luc.

— Non, mais après ça, répliqua le vieux Benne. Après que la matière primaire a été dispersée dans l'univers ? Est-ce que tu sais d'où viennent les étoiles et les planètes ?… Pourquoi le cosmos n'est-il pas qu'une soupe de matière indistincte ?

— La gravité ? hasarda Luc.

— Mais la gravité n'est que la forme que prend la Farce ! cria le vieux Benne, très excité. L'univers a grandi par *collisions*. Parce que des choses se sont cognées dans d'autres choses. Des morceaux de matière percutant stupidement d'autres morceaux de matière. C'est le principe sous-jacent du cosmos : la stupidité. La peau de banane ! La culbute ! Se cogner dans des trucs ! Est-ce que le cosmos repose sur le principe de passer tranquillement par la porte ? Non ! Il repose sur le fait de mal jauger la sortie et de se prendre le chambranle en pleine poire, partir à la renverse, mettre le pied dans la poubelle et faire une galipette par-dessus son bureau pour finir par terre les quatre fers en l'air en s'étant fait bien mal. Tu comprends ?

— Je crois que oui, répondit Luc timidement.

— De la matière qui cogne dans une autre matière ! Les comètes qui percutent les géantes gazeuses ! Des planètes qui se font rentrer dedans par des morceaux d'autres planètes de la taille d'une lune ! L'univers est une tarte à la crème géante ! Et le cosmos ne serait pas ce qu'il est aujourd'hui s'il ne l'avait pas pris dans la tronche. C'est ça la Farce. C'est ce principe qui lie toutes choses entre elles.

— Je vois, déclara Luc.

Mais le vieux Benne était parti sur sa lancée et il était impossible de l'arrêter.

— Quelle est la force qui défait ton lacet de chaussure au moment même où tu t'approches des urinoirs du bar d'un spatioport pour qu'il traîne sur le sol ? C'est la Farce. Pourquoi, lorsque tu rapproches une tartine de beurre et de confiture de ta bouche pendant que tu lis le journal, finis-tu toujours par te tartiner le nez ? Comment expliquer autrement, ajouta-t-il de façon mélancolique, un peu comme s'il se remémorait un souvenir avec tendresse, qu'en faisant tes adieux à ta belle et jeune fiancée au moment où elle monte dans l'hoverbus – et que tu marches à côté de sa fenêtre pendant que le véhicule prend de la vitesse – et que tu lui envoies des baisers et qu'elle t'en envoie – et que tu interprètes son regard soudainement écarquillé et sa bouche grande ouverte comme un remords d'avoir pris la décision de quitter la ville – et que tu écarquilles tes yeux en retour pour les plonger dans les siens, en hochant la tête, comme pour dire, oui, mon amour, quelle bêtise que nous nous séparions – tu rentres tout droit dans un lampadaire et te brises la mâchoire ? Il n'y a pas d'autre explication.

— Et en quoi tout cela nous aide-t-il dans notre situation actuelle, déjà ?

Ken&barbie lui jeta un regard mystérieux.

— Nous devons nous fier à la Farce.

— Oui, mais concrètement, en pratique, comment est-ce que cela va nous aider ? s'enquit Yahun. Tout ça c'est d'la parlotte : on est coincés ici !

Il y eut une sorte d'embardée, et la cellule tout entière vibra.

— Qu'est-ce que c'était ? demanda Luc.

— J'ai l'impression, fit Yahun, que l'Étoile de l'Effort vient de sortir d'hyperpilotage.

— Nous devons être arrivés à Gregbare, commenta Layette. (Elle se cacha le visage dans les mains.) Tout est fini. Ils vont charger leurs engins de mort. La base secrète de la rebeldéchamps est condamnée. La planète tout entière, ses auteurs de SF et leurs faux salaires vont disparaître. Et il n'y a rien que nous puissions faire pour les aider.

Les occupants de la cellule restèrent silencieux plusieurs minutes. Puis Luc prit la parole.

— Est-ce que vous avez dit « faux salaires » ? demanda-t-il à la princesse. Ou « fesses à l'air » ?

Layette se retourna vers lui.

— Quelle importance ?

— Ben, c'est juste que « fesses à l'air » est une image moins plaisante que « faux salaire ». Enfin je pense. Même si une paire de fesses est quand même plus savoureuse qu'un salaire. (Luc dévisagea tout le monde.) Vous trouvez pas ? Je veux dire, je ne suis même pas sûr de la pertinence du mot salaire dans ce contexte. D'ailleurs je trouverai plus logique qu'un auteur de SF soit fauché et donc touche de faux salaires plutôt qu'il se balade les fesses à l'air… euh… hum…

Il s'arrêta de parler.

Tout le monde retomba dans le silence.

À travers l'épaisseur de la porte en métal, on entendit soudain des bruits de bottes ferrées résonner dans le couloir. On approchait. Deux streumtroopers, au son. Ils s'arrêtèrent devant la porte de la cellule.

Tous les prisonniers la fixèrent du regard.

Elle se releva rapidement, révélant deux streumtroopers côte à côte, l'arme au poing.

— Prisonniers ! hurla l'un des gardes sans visage. Vous allez être interrogés un par un… en commençant par *toi.* (Il désigna Luc du bout de son blaster.) Dépêche-toi !

Luc regarda par-dessus son épaule pour voir si le soldat n'était pas en train de désigner quelqu'un derrière lui.

— Moi ? s'exclama-t-il enfin. Oh, crotte de bique, fit-il en se relevant paniqué.

À l'unisson, les deux soldats entrèrent dans la cellule. À l'unisson, leurs casques entrèrent en collision avec l'encadrement de la porte un peu trop étroit pour leur taille. À l'unisson, ils tombèrent à la renverse sur le sol, assommés pour le compte.

La princesse Layette fut la première à se décider à inspecter les corps étendus devant eux.

— Ils sont tous les deux inconscients, annonça-t-elle avec un certain degré de surprise dans la voix. Ils se sont cognés tous les deux au linteau de la porte. Quelle maladresse… non mais j'ai jamais vu des gens aussi maladroits, quand même.

— Je vous l'avais dit, déclara Ken&barbie comme s'il avait attendu précisément ce dénouement. Il faut se fier à la Farce.

Chapitre 10

On court dans tous les sens, et particulièrement d'avant en arrière, à l'intérieur de l'Étoile de l'Effort

Luc et Layette débarrassèrent les soldats de leurs armures, de leurs armes et de leurs ceintures multitâche, avant de les attacher dans la cellule. Ce faisant, ils rayèrent les armures à plusieurs endroits.

— Mais regardez ça, fit Luc en cassant la plaque avant du plastron en deux. C'est incroyablement fin. On dirait du plastique comme celui dont on se sert pour la déco à Noël. Ou celui les barquettes de plats surgelés qu'on peut mettre au micro-ondes.

— C'est effectivement peu solide, convint Layette.

— Mais pourquoi ne donnent-ils pas une meilleure protection à leurs soldats ? s'enquit Luc.

Le vieux Benne gloussa tout seul dans son coin.

— Tu croyais que l'Emp-Imp-Imp habillait ses soldats de cette façon pour leur *protection* ? Oh là là, non. Tu as bien vu à quel point cette armure blanche est inefficace – les tirs de blasters passent à travers comme dans du beurre. Tu pourrais les assommer rien qu'avec un tuyau en plomb. En fait, tu peux presque les assommer avec une *baguette de pain.* Non, s'ils sont habillés ainsi, c'est pour *les rendre maladroits* : occulter leur vue, affecter leurs performances physiques. En titubant tout le temps, en tombant à la renverse, en se cognant la tête contre les linteaux de porte qu'ils franchissent, ils accèdent par là au pouvoir formidable de la Farce.

— Sauf que cela ne les a pas aidés, fit remarquer Yahun en regardant les deux corps allongés par terre.

— Ouais, mais c'est parce que nous sommes plus puissants qu'eux dans la Farce, expliqua Benne en opinant du chef à la manière d'un vieux sage. Mais ça, *ils* ne le savaient pas.

— Le pouvoir de la Farce semble effectivement jouer en notre faveur pour l'instant, convint Layette. Allez, venez… Nous devons partir d'ici. Mais avant toute chose, il faut que nous trouvions mon droïde.

— Moi, je dis qu'on devrait se concentrer sur la première idée, haleta Yahun, et laisser ce droïde se démerder tout seul.

— Non, répliqua d'une voix ferme la princesse. Je vous avais envoyé ce droïde afin qu'il ne tombe pas entre les mains de l'Emp-Imp-Imp. Maintenant que vous le leur avez remis en mains propres, nous avons le devoir de le récupérer avant qu'il soit trop tard.

— Mais pourquoi ce droïde est-il si important ?

— Il contient la seule copie d'un certain Secret vital, répondit Layette.

— Quel Secret ?

— Je ne sais pas.

— Pourquoi ?

— Parce que c'est un Secret, rétorqua hargneusement Layette qui commençait à s'énerver. Logique, non ?

— Mais alors, comment savez-vous qu'il est important ?

— Je ne sais pas seulement qu'il est important, fit Layette. Je sais que c'est l'information la plus vitale de toute la galaxie. Avec elle, l'Emp-Imp-Imp écrasera toute résistance. Mais si nous pouvons l'amener à mon père adoptif sur Nabo, alors nous pourrions peut-être réussir à renverser le cours des choses en faveur de la rebeldéchamps. Et maintenant, allons-y !

Elle s'approcha de la porte et passa la tête à l'extérieur.

— Bon, fit Luc en venant se glisser à côté d'elle. (Malgré son visage lépreux, il y avait quelque chose d'incroyablement attirant chez cette femme.) Alors comme ça vous avez été adoptée ?

— Oui, répondit-elle brusquement en scrutant le couloir de chaque côté. Je n'ai jamais connu mon vrai père.

— Sans déconner ! s'exclama Luc en lui donnant une légère tape sur l'épaule. Moi non plus ! En fait je n'ai découvert que très récemment que mon père était un grand chevalier Jedognon tué par Dark Pater. J'ai juré de me venger de Dark Pater, d'ailleurs.

— C'est génial, fit la princesse qui visiblement s'en moquait royalement. Bon, allons-y.

Ils avancèrent prudemment le long du couloir. C'était une longue structure aux murs métalliques, avec des pentagones à chaque croisement : un design plutôt étrange qui faisait que si l'on marchait trop près des murs, on se raclait la tête contre le plafond, à moins de se tenir courbé – plus étrange encore, il y avait beaucoup de place pour la tête au milieu du sol.

Le groupe avait deux pistolets blaster qu'ils avaient confisqués aux gardes ; Layette en tenait un, Luc l'autre.

— Est-ce que cela ne serait pas plus intelligent, suggéra-t-il en tenant l'arme du bout des doigts comme si elle était recouverte d'une substance corrosive, que Salo prenne le flingue ? C'est quand même un pirate de l'espace, un dur à cuire, non ? Tu le veux ?

— Ça ne me servira pas à grand-chose, haleta le pilote au poumon artificiel, si je continue à traîner Chikdutabac derrière moi.

— Oh, mais tu peux donc *pas* le réveiller ? s'énerva Luc qui devenait de plus en plus grincheux.

— Manifestement, grogna Yahun en déposant son copilote sur le sol, tu n'as aucune expérience en matière de Kookie en hibernation.

— Contente-toi de pointer cette chose sur un streumtrooper, fit la princesse Layette, et tire.

— Je sais pas, répondit Luc. Je risquerais de le tuer. Je suis pas sûr d'y arriver. Je n'ai jamais vraiment pensé aux implications éthiques d'un tel acte.

Il passa son blaster dans sa ceinture.

— Par tous les amas globuleux…, marmonna Layette entre ses dents.

Ils venaient d'atteindre le bout du couloir. Celui-ci donnait sur une zone de contrôle : il y avait une série de gros ordinateurs qui clignotaient de partout, des bandes magnétiques, et une boîte de cartes perforées dans un coin. Quatre streumtroopers en uniforme étaient assis devant des écrans verts lumineux. Ils relevèrent la tête comme un seul homme, et dégainèrent aussitôt leurs pistolets laser des étuis en plastique à leur côté.

— Je vais me servir de la Farce, annonça Ken&barbie, pour les enrayer. N'ayez crainte.

Avec une rapidité prodigieuse et une grâce toute sauvage, le vieil homme bondit en avant, les paumes placées devant lui à la façon d'un karatéka. Avant que le streumtrooper le plus proche ait le temps de réagir, Ken&barbie fut sur lui.

— Hourra ! cria Luc.

Cela ne prit que quelques secondes. Le chevalier Jedognon se cogna le menton contre l'un des écrans de contrôle, poussa un hurlement, tituba sur sa gauche, mit le pied dans une corbeille à papier, partit à la renverse, agita ses bras à la façon d'un moulin à vent, et percuta, tête bêche, un rack de fusils laser accroché au mur, se coinçant la tête entre deux chargeurs de fusils rangés là. Tout ce qu'on pouvait encore apercevoir du vieillard était son postérieur qui se trémoussait et ses jambes de crevettes qui ruaient de droite et de gauche afin d'essayer de se dégager. Son pied gauche était toujours coincé dans la poubelle. Sa voix était étouffée et à peine audible, mais on avait l'impression qu'il disait : « oh, bon sang de bonsoir, » et « mes oreilles, mes oreilles sont coincées entre les crans de sécurité des fusils, aidez-moi ! Oh, mes belles oreilles ! »

— Ô, mon Dieu, fit Luc d'une voix beaucoup plus posée.

Les quatre streumtroopers, qui n'avaient jamais

rien vu de tel auparavant, regardèrent médusés le chevalier Jedognon. Entraînés avec une efficacité impitoyable à être impitoyablement efficaces, ils se retrouvaient toujours interdits devant une situation à laquelle leur entraînement ne les avait pas préparés. Et celle-ci en était une.

Ce qui donna à la princesse Layette tout le temps dont elle avait besoin. Elle prit donc le loisir de viser avec soin, appuya sur la détente et lâcha deux rafales d'énergie sur deux gardes, qui tombèrent foudroyés avant même de réaliser qu'on les attaquait par-derrière. Et même là, alors que les deux derniers gardes finissaient de dégainer leurs armes pour riposter, ils n'arrivaient pas à détourner les yeux de la forme tortillante qui essayait de se dégager du rack. Des cibles faciles pour la princesse.

Une odeur de fumée et de plastique brûlé envahit le petit espace.

Layette se tourna vers Luc.

— Est-ce que tu as l'intention d'utiliser ton arme à un moment ou à un autre ? demanda-t-elle sèchement. Ou est-ce que tu ne vas t'en servir que pour la déco ?

— Eh bien, répondit Luc, comme je le disais, je ne suis pas sûr…

Ils allèrent aider le vieux Benne à se dégager, mais ce faisant, ils délogèrent deux fusils, ce qui déclencha l'Alarme de Retrait Non Autorisé de Fusil. Ce qui fit à peu près ce bruit-là : ou-WAAAAA ! ou-WAAAAA ! ou-WAAAAA !

— Génial, fit Layette d'un ton sarcastique, mais suffisamment fort pour qu'on l'entende par-dessus le vacarme.

Il y avait deux portes sur le mur opposé de la salle de contrôle. Sur la première était marqué « Sortie ». Sur l'autre « Vers les Profondeurs Insondables de l'Étoile de l'Homme Fort. Pas de Sortie. Cul-de-Sac. Réservé au Personnel Autorisé Uniquement. » Layette ouvrit la première porte. Celle-ci débouchait sur un long couloir ou une vingtaine de streumtroopers faisaient du jogging... dans leur direction, arme au poing.

— Pas par là, cria-t-elle. Ils nous envoient une escouade. Par l'autre porte... vite, courez. *Bougez-vous* !

Luc ouvrit la porte en trombe et se précipita de l'autre côté. Il eut à peine le temps de remarquer qu'il se trouvait dans une grande entrée caverneuse, remplie de ce qui ressemblait comme deux gouttes d'eau à des centaines de droïdes de guerre désactivés, avant de se mettre à courir à toutes jambes.

C'était un jeune homme avec de longues jambes musclées ; il courut très très vite. Ses jambes le portaient à la vitesse de l'éclair, ses pas résonnaient sur le sol. Il prit un rythme de sprinter, respirant profondément et relâchant l'air à chaque foulée. *Cours Luc cours.*

Derrière lui, le vieux Benne faisait des progrès remarquables, ne lâchant pas Luc d'une semelle, et même, se mettant progressivement à le dépasser. Luc fut surpris qu'un vieillard puisse aller aussi vite. Il avait sans doute tellement peur des streumtroopers que cela lui donnait des ailes... ou alors il puisait dans la Farce pour avancer aussi rapidement.

Puis Yahun Salo le dépassa. Sa vitesse était encore plus surprenante, vu qu'il traînait le corps inerte de Chikdutabac derrière lui. Le pompon, c'était qu'il s'arrêtait de temps en temps pour s'éponger le front et reprendre son souffle, avant de se remettre à courir en tirant son copilote. Luc n'arrivait pas à comprendre comment Yahun y arrivait tout en courant assez vite pour le dépasser.

— Hé ! lui lança Layette. Arrête de faire le pitre et descends de ce tapis roulant.

Luc comprit. Il ralentit ses foulées petit à petit, jusqu'à ce que la courroie s'arrête enfin de tourner sous ses pieds. Il rougit, un peu embarrassé, et sauta du tapis roulant.

— Désolé, fit-il, la panique m'a un peu distrait…

La porte derrière eux s'ouvrit à la volée. Des rafales de laser couleur rubis fendirent les airs. La princesse Layette tourna sur ses talons et riposta d'une dizaine de tirs précis. Les streumtroopers sur le seuil tombèrent en avant.

— Dépêchons, cria-t-elle aux autres.

Ils traversèrent le hall à toute vitesse, passant devant des centaines de tapis mécaniques vides. Arrivés au fond de la salle, ils franchirent un grand porche et entrèrent dans la salle des Haltères. Il y avait des miroirs partout, du sol au plafond ; des bancs rembourrés en forme de *L* et de π ; dans un coin, un écran 3DTV diffusait en boucle les *Hits des années 2440 !* sur la chaîne de remise en forme *Aerobic & Aspirobic : Stop ou Encore ? Encore !*

Les poids des haltères étaient rangés dans des racks sur les murs.

— Je ne comprends pas, fit Luc. Les poids sont

censés être tous différents, du plus léger au plus lourd. Ce sont normalement de gros disques en métal lourd qu'on visse aux barres des haltères. (Il souleva l'un des poids de l'Étoile de l'Effort.) Ils sont tous de la même taille et en *plastique* ! (Il le fit sauter dans sa main.) Et ils font tous exactement le même poids… pas plus qu'un pain pita. Comment est-il possible de se muscler dans ces conditions ?

— Tu ne connais donc rien à rien ? le réprimanda la princesse Layette. Les gymnases de ton monde doivent être archaïques, ce n'est pas Dieu possible. (Elle désigna une porte de service à l'autre bout de la salle et poussa Benne, Yahun et Chikdutabac.) Vous autres, entrez là. Luc et moi allons essayer de retenir les streumtroopers un moment.

Ils obéirent au quart de tour ; Layette vint alors rejoindre Luc.

— Ce sont des poids ajustables, lui expliqua-t-elle en montrant les petits boutons rouges et verts au centre de chaque disque. Il y a un petit générateur de gravité artificielle à l'intérieur que tu peux régler à ta guise, plus ou moins fort. Tu n'en avais jamais vu ?

— Je suis moins branché muscu que muqueuses, répondit Luc, pas vraiment sûr de ce que voulait dire sa phrase, qui avait au moins le mérite de bien sonner.

Malgré les excroissances hideuses de chaque côté de sa tête, il y avait quand même quelque chose d'attirant chez cette princesse ; sa peau avait la blancheur et la pureté de l'ivoire, ses yeux bleus semblaient suggérer à son âme les mots « minuit » et « clair de lune », le sifflement d'un surf fendant l'onde chaude d'un bord de mer idyllique où ils pourraient vivre ensemble pour toujours, les nouveaux Adam et Ève d'un Monde d'Amour parfait. Et puis elle sentait bon et elle avait une bonne paire de nichons. Il décida qu'il *aimait* bien qu'elle soit à côté de lui.

— Tiens, lui dit-elle, règle le minuteur sur trois secondes, disons. (Ce qu'elle fit sur l'un des disques.) À présent, choisis la catégorie de poids Géante Gazeuse. Puis… (Juste sur cette réplique, le premier streumtrooper pénétra dans la salle.) Jette-le ! cria-t-elle en lançant le disque en plastique vers le soldat à la manière d'un frisbee.

Le disque flotta dans les airs tel un rêve de quelques grammes. Mais lorsqu'il percuta la poitrine du streumtrooper, il pesait les deux tiers d'une tonne métrique, et il brisa les côtes de l'infortuné soldat en le clouant au sol.

Les soldats franchirent la porte un par un ; Luc et Layette leur lancèrent des poids, ajustant le minuteur afin que la gravité artificielle ne s'enclenche qu'en touchant leur cible. Plusieurs streumtroopers s'écroulèrent net. Un ou deux volèrent dans les airs, leurs jambes séparées par un angle de plus de cent degrés. Un autre réussit même un superbe saut périlleux arrière et alla s'encastrer dans une table sur laquelle se trouvaient des piles de différents magazines pour le plaisir des yeux des sportifs.

Finalement, l'escouade tout entière se retrouva par terre à gémir. La princesse Layette se précipita à la porte et passa la tête.

— Une autre escouade approche, fit-elle en revenant aux côtés de Luc. Vite, haleta-t-elle. Vite, rejoignons les autres – passons par la porte de service.

Ils se ruèrent vers la sortie et ce qu'ils croyaient être une porte de service. Aucun des deux n'avait remarqué le panneau situé au-dessus de la porte et qui disait : « Par là pour le Sauna : Pas de Sortie ! »

Ils ne le savaient pas encore, mais ils étaient faits comme des rats.

Horreur !

Chapitre 11

Sur le pont d'aviron, on y danse, on y danse…

Dark Pater arpentait la passerelle de commandement avec détermination, l'allure menaçante et maléfique. Sérieusement. Je veux dire par là qu'il arpentait la passerelle sérieusement, c'est-à-dire avec sérieux. Je ne vous exhorterai pas à prendre mes mots au sérieux, comme si je pensais que vous pensiez que je plaisantais. Enfin bon. L'équipage standard de la passerelle s'affairait plus que de raison, quelle que soit son occupation standard. Partout où il allait, Dark Pater amenait avec lui une aura de ténèbres insupportables.

Grande Meuf Tartine était déjà là et regardait l'écran géant où l'on voyait la planète Gregbare en dessous d'eux. Il avait dans la main son habituelle tartine de confiture dégoulinante afin de célébrer la destruction imminente de ce monde sans défense – la première action destructrice de cette nouvelle Étoile de l'Effort complètement opérationnelle.

Grâce à l'écran, Tartine pouvait observer avec un plaisir non dissimulé les cent trente mille chasseurs Tie déployés en formation. Cent vingt mille vaisseaux rebeldéchamps alphabetti se battaient comme des chiens face à eux, leur reniflant les réacteurs… Enfin, ils se battaient avec eux dans le sens le plus large possible, quoi. Une myriade d'étincelles et d'explosions clignotèrent sur l'écran, au fur et à mesure que les vaisseaux alphabetti ou VIEIICPHE explosaient. Plus la bataille désespérée s'éternisait, plus l'ensemble était parsemé de tirs de laser en mitraille.

La rebeldéchamps avait envoyé tous ses combattants dans une ultime bataille spatiale afin de sauver leur base principale. Les A-wings, B-wings, E-wings même, pilotés par Bobby et John Ross, les Q-wings, les S-wings ainsi que toutes les autres lettres mais également les autres symboles, comme les !-wings, les £-wings, $-wings, %-wings ou encore &-wings, pilotés par Pam et Sue Helen, tous se jetaient à vaisseaux perdus dans une attaque vaine afin de mettre l'Étoile de l'Effort hors d'état de nuire.

— Bienvenue, mon vieil ami, fit Grande Meuf Tartine comme Dark Pater le rejoignait. Nous sommes fin prêts.

— LA REBELDÉCHAMPS RÉSISTE ?

— Oui, mais piteusement. Ils ne sont pas de taille face aux troupes de l'Empire impérial de l'Imperium.

— QUELLE EST LEUR TACTIQUE ?

— Ils s'entêtent à vouloir voler le long de la tranchée équatoriale.

— LA TRANCHÉE ?

— Oui. Apparemment, ils semblent croire qu'il y aurait un point faible dans la conception de l'Étoile de l'Effort, juste à la fin de celle-ci.

— JE VOIS. ET C'EST LE CAS ?

— Non. Ce n'est qu'une arrivée d'eau qui nous sert à remplir la tranchée lorsqu'on veut s'entraîner à l'aviron.

— LES REBELDÉCHAMPS SONT IDIOTS ET MALAVISÉS.

— Ce qui me chiffonne le plus, déclara Grande Meuf, c'est qu'ils pénètrent dans la tranchée à huit cents kilomètres du portail qu'ils cherchent à détruire et doivent donc parcourir toute la distance pour y arriver. À quoi cela leur sert-il ? Je veux dire, d'accord, ils ont tort de penser que c'est notre point faible ; mais vu ce qu'ils pensent, pourquoi n'arrivent-ils pas juste au-dessus de cet endroit pour l'attaquer ? Pourquoi pénètrent-ils dans la tranchée si loin de leur objectif ? Cela leur prend une éternité !

— DÉROUTANT, convint Dark Pater.

— Ah, encore un vaisseau qui vient d'être détruit dans la tranchée. (Tartine désigna sur l'écran un nuage de gaz qui s'élevait de la ligne d'horizon de l'Étoile de l'Effort.) J'ai l'impression qu'ils n'ont toujours pas compris. Ça sert à l'aviron, pas à voler dedans. C'est juste assez large pour faire tenir un bateau à huit rameurs, pas un de leurs maudits vaisseaux spatiaux. Enfin bon. Et toi, quelles nouvelles, mon ami ?

— L'ALARME ouu-WAAAA ! A RETENTI DANS LES NIVEAUX INFÉRIEURS. IL SEMBLERAIT QUE LA PRINCESSE SE SOIT ÉCHAPPÉE DE SA CELLULE.

— Oh, flûte, fit Grande Meuf. Et les autres prisonniers ?

— ILS SE SONT ÉGALEMENT ÉCHAPPÉS.

— Oh, zut. N'est-ce pas le général Tim Tag qui est responsable des prisonniers ?

— J'AI DÉJÀ FAIT PART AU GÉNÉRAL DE MON MÉCONTENTEMENT QUANT À SA CAPACITÉ À CONSERVER UNE AUSSI HAUTE POSITION.

— Aurais-tu également, par le plus grand des hasards, fait passer sa gorge de trois dimensions à une structure en deux dimensions, rien qu'à l'aide du pouvoir de la Farce ?

— ET COMMENT ! IL NE POURRA PLUS JAMAIS RESPIRER PAR LÀ.

— Enfin bon, les prisonniers ne peuvent aller nulle part. Est-ce que tu veux regarder la fin de la rebeldéchamps avec moi, ou préfères-tu donner la chasse aux prisonniers ?

— IL EST VENU À MON ATTENTION QU'UN DES PRISONNIERS ENREGISTRÉ SOUS LE NOM DU VIEUX BENNE KEN&BARBIE EST EN FAIT UNE TOUT AUTRE PERSONNE, QUELQU'UN NOMMÉ OB-MINI BENNE KEN&BARBIE, UN VIEUX MAÎTRE JEDOGNON QUI FUT AUTREFOIS MON MENTOR.

— Incroyable ! Comment l'as-tu percé à jour ?

— J'AI SENTI SA PRÉSENCE. BON, J'AI AUSSI RECONNU SA PHOTO.

— Oh… encore un autre !

Un autre assaut inutile dans la tranchée avait fini en une explosion et la mort d'un pauvre pilote rebeldéchamps. Grande Meuf Tartine, ravi, se frotta les mains, écrabouillant sa tartine de confiture.

— JE DOIS AFFRONTER KEN&BARBIE. LA FARCE EST PUISSANTE CHEZ LUI.

— Eh bien bonne chance, mon vieil ami, répondit Tartine. Si nous nous retrouvions un peu plus tard pour manger une fondue ? Afin de célébrer notre victoire ?

— EXCELLENT !

— Dans mes appartements, à vingt heures ?

— J'APPORTERAI DE LA CRÈME DE MENTHE.

— Et moi je déroulerai le tapis de Twister. En fait, je ferais peut-être bien de le laver, à cause de la dernière fois. Allons, à plus tard, mon ami.

Dark Pater quitta la passerelle de façon impressionnante.

Chapitre 12

Un dénouement excitant

Le groupe se déplaça le long d'un couloir violemment éclairé, passa sous une porte coulissante, et entra dans une pièce aux murs recouverts de lattes de bois avec des bancs.

— C'est un cul-de-sac, cria Salo. Vite, retournons d'où nous venons.

Ils ressortirent en masse dans le couloir ; mais il était trop tard. L'autre extrémité était bondée de streumtroopers. Ils étaient tous en position de tir, certains à genoux, d'autres de profil, les derniers debout.

Et au milieu de cette masse de soldats arriva Dark Pater.

— C'est Dark Pater ! s'exclama Luc. C'est lui qui a tué mon père ! Je ne sais pas qui était mon père, si ce n'est qu'il était Lourd lui aussi, et que Lourd Dark Pater l'a tué de façon mystérieuse.

— Maléfique Dark Pater, cria la princesse Layette. Je vais mettre un terme à tes exactions pas plus tard que maintenant.

Elle fit un pas en avant, pointa son blaster et fit feu sur la silhouette imposante vêtue de noir.

Son tir passa à côté. Elle tira encore, et encore, et à chaque fois le tir manqua sa cible. Dark Pater ne fit même pas l'effort d'éviter les rayons ; il se tenait immobile, bras croisés et l'on n'entendait que sa respiration sifflante.

— Je ne comprends pas, déclara Layette. Il n'est qu'à vingt mètres et je n'arrive pas à le dégommer.

— La Farce est trop puissante chez lui, expliqua le vieux Benne en s'avançant à son tour. La lourdeur, la maladresse et la dyspraxie l'entourent comme un champ de force maléfique. Tu n'arriveras jamais à être suffisamment coordonnée pour tirer juste. C'est une bataille qu'aucun d'entre vous ne peut remporter. Vous devez me laisser l'affronter seul.

— Benne ! cria Luc. Que vas-tu faire ?

— Fais-moi la courte échelle, murmura-t-il au jeune homme.

Ni une ni deux, Luc aida le vénérable maître Jedognon à atteindre le plafond, où il dévissa à l'aide de ses doigts noueux un des néons fluorescents à batterie autonome.

— Aïe ! fit-il en redescendant. C'est chaud.

— Benne ! cria de nouveau Luc, en anticipant le drame. Sois prudent !

Ken&barbie s'inclina légèrement en avant, tenant le tube en verre luminescent d'un mètre de long droit devant lui.

— Dark Pater, fit-il.

— OB-MINI, répondit Dark Pater. CELA FAISAIT LONGTEMPS.

— Des lustres, convint Benne.

Dark Pater décroisa les bras et plongea la main dans

les plis de sa cape afin d'en ressortir un tube fluorescent de couleur différente. Lorsqu'il l'activa, celui-ci brillait d'un rouge rosâtre. Il s'avança également.

— C'est un joli rouge, Dark, le provoqua Ken&barbie. Tu comptes développer des photos ?

— TU OSES ME VANNER ? MOI ?

— Bon sang, ce que tu es moche, le vanna Ken&barbie, confirmant par là qu'il osait bien.

— AUTREFOIS, déclara Dark Pater, TU ÉTAIS LE MAÎTRE. À PRÉSENT, JE SUIS LE MAÎTRE. JE SUIS AUTANT LE MAÎTRE ES VANNES QU'UNE MAÎTRESSE FEMME… EUH…, fit-il à la recherche d'inspiration.

Il en profita pour prendre une nouvelle posture, et changea de pied d'appui, s'approchant de fait un peu plus de Ken&barbie.

— C'est ce que tu as de mieux comme vanne ? lui demanda Ken&barbie. C'est à chier. C'est même pas des vraies vannes.

— MON SABRE-LUMIÈRE PARLERA POUR MOI.

— Tu ne peux pas gagner, Dark. Si tu me terrasses, je deviendrai encore plus puissant.

Dark Pater réfléchit quelques instants à cela.

— AH… COMMENT ÇA, EN FAIT ?

— C'est l'un des mystères de la Farce.

— MAIS SI JE TE TERRASSE, TU SERAS MORT.

— Exact, c'est exact.

— COMMENT UN MORT PEUT-IL ÊTRE PLUS PUISSANT QU'UN VIVANT ?

— Je ne préfère pas rentrer dans les détails, fit Ken&barbie en tournant autour de son adversaire avec son sabre-lumière.

— PLUS PUISSANT DANS LE SENS « IMMOBILE SUR LE SOL EN TRAIN DE SE DÉCOMPOSER LENTEMENT » ?

— Je pourrais bien revenir sous forme spectrale pour te hanter.

— OOUH, J'AI PEUR, rétorqua Dark Pater sur le ton d'un homme qui en fait n'avait pas peur. ET SERAS-TU CAPABLE D'INTERAGIR AVEC MOI D'UNE MANIÈRE QUELCONQUE QUAND TU REVIENDRAS SOUS FORME SPECTRALE ?

— ... Non, concéda Benne au bout de quelques secondes.

— ALORS POURQUOI DEVRAIS-JE M'INQUIÉTER DE TA MORT ?

— Eh bien..., fit Ken&barbie comme s'il réfléchissait pour la première fois à la chose. Écoute, on peut en parler un peu plus tard ?

Le vieux chevalier Jedognon bondit en avant et asséna un grand coup de tube de lumière blanche sur la tête de Dark Pater. Mais Pater était déjà prêt à parer le coup. D'un moulinet de son tube rouge rosâtre il intercepta l'attaque de son adversaire.

Les armes s'entrechoquèrent dans un grand bris de verre. Les deux lumières s'éteignirent aussitôt et le sol fut jonché de morceaux de néon.

— Ah, la barbe ! fit Ken&barbie en regardant d'un air désespéré le tronçon de sabre-lumière qui lui restait dans les mains.

— Oh, j'y crois pas, haleta Yahun Salo d'une voix furibonde à l'autre bout du couloir. Mais ils sont nuls, ces sabres-lumière.

Au même moment, Dark Pater fit un pas en avant

et enfonça son tesson de néon dans la poitrine de Ken&barbie. Les éclats de verre acérés pénétrèrent dans le torse du vieillard comme quelque chose de très coupant dans quelque chose de mou.

Tout le monde retint son souffle. Le temps sembla s'arrêter un instant.

— C'est donc comme ça que ça marche, haleta Ken&barbie en contemplant la blessure mortelle sur sa poitrine.

Puis il s'écroula par terre.

— Vite ! hurla Layette.

Elle poussa Luc dans le sauna cul-de-sac et appuya d'un coup sec sur le mécanisme de fermeture de la porte. Celle-ci coulissa jusqu'au sol et encaissa juste à temps les premiers tirs de blaster. Layette visa le mécanisme et tira dessus, le court-circuitant.

— Voilà qui devrait les retenir un moment, déclara-t-elle en serrant les dents.

— Le vieux Benne est mort, fit Luc horrifié. J'y crois pas !

— Ben, fais un effort, s'impatienta Salo. Franchement, ces sabres-lumière sont des armes débiles.

On matraquait la porte de l'autre côté, et de temps à autre un tir inefficace de blaster venait percuter le métal, suivi généralement d'un son étouffé du genre : « Hé ! Fais gaffe, t'as failli me crever l'œil ! »

— Ils ne peuvent pas rentrer, haleta Yahun Salo. Mais on ne peut pas sortir.

— Échec et mat, convint Luc en hochant la tête.

La princesse Layette le dévisagea.

— Ce serait pas « Pat », plutôt ?

— C'est qu'est-ce que je disais, répondit Luc en hochant la tête de plus belle.

— Bon sang ! s'exclama Layette en faisant les cent pas dans le sauna. Pris au piège. On n'est pas près de trouver ces droïdes de malheur. Et l'Étoile de l'Effort est sur le point de libérer ses rayons fitness sur les formes arrondies et molles des auteurs de SF qui vivent sur la planète en dessous. Ils n'ont pas l'ombre d'une chance. Sans parler de la rebeldéchamps. (Furieuse, elle se jeta sur l'un des bancs en bois.) Au moins, ils ont arrêté de frapper à la porte.

Luc s'assit sur le siège d'à côté.

— Qu'allons-nous faire ?

— Laisse-moi du temps, répondit la princesse.

Luc resta assis en silence. Puis, il se mit à siffloter. Mais il s'arrêta dès que Layette lui décocha un regard féroce.

Finalement, il reprit la parole.

— J'ai du mal à croire que le vieux Benne nous ait quittés !

— Oui, c'est un sacré coup dur, fit la princesse.

— Princesse, dit Luc en se tournant vers elle. Le vieux Benne m'a tout raconté à votre sujet.

— Quoi ? cracha-t-elle. Qu'est-ce qu'il a dit ?

— À propos de… vous savez quoi. Votre lèpre. (Luc secoua tristement la tête.) C'est vraiment affreux. C'est une sale maladie.

— Ce n'est pas très gentil, déclara la princesse, lèvres serrées.

— Est-ce que c'est la cause de… vous savez… ces trucs-là ? (Il désigna avec sa tête celle de la princesse.) Ces excroissances de chaque côté de votre visage ?

Cela ne fit que rendre la princesse encore plus furieuse.

— Mais tu ne connais donc *rien à rien* ? Es-tu l'individu le plus inculte de tout ce quadrant ? La lèpre est une maladie humaine causée par le bacille *mycobacterium leprae*, caractérisée par des lésions de la peau et des nerfs superficiels. La destruction du système nerveux périphérique peut provoquer une perte de sensations qui, combinée à la dégénérescence progressive des tissus, a pour résultat l'érosion des extrémités, mais pas dans mon cas. D'autres symptômes incluent une décoloration de la peau ou l'inflammation des tissus. Tu seras ravi d'apprendre, j'en suis sûre, que ma lèpre est parfaitement contrôlée grâce à des implants nanotechnologiques ; elle a pu être enrayée dès le début. La lèpre, en tant que maladie, ajouta-t-elle férocement en indiquant les deux excroissances de chaque côté de sa tête, ne peut pas causer des choses comme ça.

— Ah bon, fit Luc. Je savais pas. Désolé. Mais, euh, alors c'est quoi ces trucs ?

— Occupe-toi de tes affaires, répondit-elle hargneusement.

— OK, dit Luc.

— Hé, princesse, fit Yahun. Notre situation vient encore d'empirer.

Layette et Luc se relevèrent. Pas d'erreur : de la vapeur s'échappait d'une bouche d'aération à l'arrière du sauna. En quelques secondes, toute la pièce fut remplie d'une blancheur étouffante, obscurcissant la vision et brûlant les poumons.

— Ils vont nous faire cuire, comprit Layette. Ils ne peuvent pas rentrer, donc ils vont nous avoir à l'étouffée.

— Grand Thog ! jura Yahun Salo. Les porcs...

Il agita les bras, mais il n'arrivait pas à disperser la vapeur. Il faisait déjà la chaleur d'une soupe portée à ébullition dans cette petite pièce, et les volutes blanches continuaient d'affluer.

— Je transpire, haleta-t-il. Je vois des points blancs devant mes yeux. Je sens la température de mon corps augmenter... C'est affreux.

— Oui, fit la princesse. (Il y avait du désespoir dans sa voix.) Encore quelques minutes et nous allons cuire dans notre propre jus. Quelle affreuse façon de mourir...

— Qu'ils soient maudits ! hurla Yahun Salo.

La princesse s'affaissa sur le banc.

— Autant mourir assise, dit-elle.

C'est alors que Luc eut une idée de génie. C'était la première de sa vie, mais pas la dernière. Et ce qui était encore plus fort, c'est qu'il l'avait eue au bon moment.

— Attendez voir ! leur lança-t-il. Ne perdez pas espoir, on peut encore s'échapper d'ici !

— Comment ? s'enquit Layette.

— Ouais, gamin, fit Yahun. Crache le morceau.

— Nous n'avons qu'à nous faufiler par le conduit d'aération – celui par lequel la vapeur arrive en ce moment.

— Tu es dingue ? s'exclama Yahun. Il fait déjà suffisamment chaud ici – tu imagines comment ce doit être à l'intérieur du conduit ? Ramper vers l'endroit d'où provient la vapeur ? C'est insensé. Cela ne ferait que hâter notre mort.

— Pas nécessairement, fit Luc sur un ton dramatique. Nous avons une arme à notre disposition que l'Emp-Imp-Imp ne s'attend pas à ce que nous utilisions.

— Laquelle ?

— Nous pouvons nous mettre tous *nus* ! jubila-t-il.

Le silence s'abattit dans la petite pièce pendant une bonne minute.

— Bon, fit la princesse Layette en tirant la syllabe sur trois ou quatre fois sa longueur habituelle.

— Non, mais je suis sérieux, les gars ! déclara Luc en se rendant au fond du sauna où la vapeur était la plus épaisse afin de défaire son pantalon. Toute ma vie m'a préparé à cet instant. Sans nos vêtements, nous aurons beaucoup moins chaud. Nous pourrons survivre suffisamment longtemps pour nous faufiler dans le conduit à vapeur afin de quitter le complexe du sauna. Allez, quoi, j'ai été élevé par des Suédois. Alors croyez-moi, je comprends la *nudité* !

— Bien, fit la princesse Layette, un rien dubitative. Je présume que ça vaut le coup d'être tenté. Je suis prête à essayer à condition que vous promettiez tous de… ne pas regarder. D'accord ?

— Et Chikdutabac ? Il ne peut pas se mettre tout nu, il est couvert de poils.

— On peut le tondre, répondit un Luc à poil en train de tâtonner le long d'un mur au milieu des volutes de vapeur. J'ai vu tout à l'heure qu'il y avait là des ustensiles de toilette, dont une tondeuse. Allez, dépêchez-vous. Nous n'avons plus beaucoup de temps.

Cela ne prit finalement qu'une minute pour tondre le Kookie, mais il en fallut davantage pour le faire passer dans le conduit à vapeur, à grands coups de pied. Yahun Salo, nu, passa après, poussant son copilote devant lui. Luc tenta un « les dames d'abord » avec la princesse Layette, mais elle ne voulut rien savoir ; il passa donc à la suite de Salo et elle ferma la marche.

Nu, trempé de sueur, soufflant comme un bœuf et ayant l'impression que ses yeux allaient exploser sous l'effet de la chaleur, Luc se tortilla dans le conduit. Heureusement, celui-ci descendait légèrement, ce qui rendait la progression moins ardue. Au début, il fit nettement plus chaud mais, passé une grille dans le sol par laquelle la vapeur arrivait et qui leur laissa des marques sur le ventre, un peu comme la viande au restaurant, la température devint plus supportable. Bientôt, Luc fut à même de voir devant lui ; et son regard se posa malencontreusement sur Yahun Salo, dans une position peu flatteuse.

— Beuh ! s'écria-t-il.

Il tourna la tête aussi vite qu'il put, mais le mal était fait, et la vision persistait dans son esprit, brûlant ses rétines.

Enfin, ils émergèrent du conduit.

Ils tombèrent les uns après les autres dans une vaste caverne métallique. Des centaines et des centaines de voitures y étaient alignées à perte de vue.

La princesse Layette trouva une pancarte indiquant : « Niveau 14566. Rang 345. Souvenez-vous de votre emplacement ! » Après nombre de contorsions et de galipettes, elle réussit à arracher la pancarte et à la déchirer en deux afin de s'envelopper dedans ; elle ressemblait maintenant à un abat-jour. Pas très fonctionnel, certes, puisqu'elle devait maintenir la chose en place en permanence de la main gauche afin qu'elle ne tombe pas, mais au moins c'était une forme de vêtement. Luc et Yahun, eux, furent forcés de rester nus. Chikdutabac dormait toujours ; le plus étrange était que depuis qu'il était rasé, il ressemblait à un homme assez grand et assez beau.

— J'ai l'impression que nous sommes dans un parking, fit remarquer Luc. Un parking de taille gargantuesque.

— Logique, déclara Layette. Avec un endroit d'une telle taille – après tout c'est aussi grand qu'une planète – cela fait pas mal de journaliers. Sans parler des visiteurs et de ceux qui n'habitent pas sur place. Il faut bien que tout ce petit monde gare sa voiture quelque part.

— Mais… des voitures ? fit Luc.

— Tu oublies à quel point cette Étoile de l'Effort est grande. La taille d'une planète, je te dis. Comment se déplacer d'un endroit à un autre ? Tu vas faire confiance aux transports en commun ? Évidemment que les gens viennent avec leur voiture ! Allez, on ne doit pas rester ici. S'ils trouvent où débouche le sauna, ils ne tarderont pas à nous tomber dessus.

Le groupe se remit en marche, Yahun traînant toujours Chiko derrière lui.

Quarante minutes plus tard, ils étaient épuisés, et de plus en plus énervés.

— Ça n'en finit pas, se plaignit Layette. Je n'ai jamais vu autant de voitures. Des voitures, des voitures, des voitures.

— Comme vous le faisiez remarquer, votre altesse, quelle population peut bien abriter un tel endroit ? Il y a en gros un trilliard d'habitants sur Terre, mais on ne parle que de la surface : cet endroit a une surface et des niveaux inférieurs jusqu'à son noyau. La population doit s'élever à des trilliards de trilliards. Et bien sûr, ils veulent tous leur voiture, déclara Yahun.

— Eh bien, fit Luc. Logiquement, il doit y avoir une relation entre le nombre de gens et le nombre de voitures. Si une grande partie de l'espace intérieur de l'Étoile de l'Effort est consacrée aux parkings, les gens ne peuvent pas y vivre. Il y a donc forcément une sorte d'équilibre. En fait, il ne doit pas y avoir plus de quelques milliards d'habitants ici.

— Oui, convint Yahun Salo, toujours nu. Tu dois avoir raison.

— Par ici, fit Layette en désignant un endroit de la main qui ne maintenait pas ses vêtements rudimentaires. Je vois de la lumière au loin. Allons-y.

Vingt minutes plus tard, ils débouchèrent sur une vue extraordinaire.

Ils se trouvaient à l'extrémité du parking. Il y avait une sorte de balustrade assez basse, et de l'autre côté une plongée vertigineuse vers les autres niveaux, au-dessus et en dessous. Le gigantisme de la scène les laissa bouche bée ; il y avait tellement de niveaux circulaires, de myriades d'arcs, concentrés les uns au-dessus des autres ! L'espace central autour duquel ces millions de places de parking étaient disposées était aussi large que le ciel d'une planète ; d'ailleurs ils distinguaient quelques nuages. Et loin en dessous d'eux, sous le dernier niveau des parkings – ce que Luc estima être le noyau de l'Étoile de l'Effort – ils aperçurent une sorte de balle d'énergie lumineuse d'où partaient des éclairs. Elle brillait et luisait tant qu'elle pouvait, illuminant les niveaux les plus proches à coup d'étincelles blanches et bleues.

— La source d'énergie de l'Étoile de l'Effort, affirma Yahun en regardant dans le vide. C'est une sorte de trou noir en effondrement. Ils se servent de l'horizon des événements de manière à générer des pressions suffisamment incisives pour fendre les photons afin d'en faire de l'énergie utilisable. C'est très spectaculaire, et diablement efficace – rien d'autre n'aurait pu fonctionner pour un engin d'une telle taille. Mais par définition, un trou noir est très instable. Il ne peut générer que des photons – parce qu'ils n'ont pas de masse, vous comprenez ? Tout ce qui aurait une masse passerait à travers les premières couches et ferait effondrer tout le système.

La princesse Layette regarda Yahun Salo de façon incrédule.

— Merci pour ce *cours magistral*, professeur, dit-elle sur le ton de la moquerie. Et maintenant, si cela ne vous dérange pas, j'en ai marre de me balader avec ce bout de plastique autour du corps. Si on trouvait des vêtements ?

Ils décidèrent d'aller à droite et longèrent la balustrade sur un kilomètre environ, pour atteindre finalement une structure bunkeroïde. Une rampe d'accès menait du plafond à ce niveau.

— Ce doit être par là que les voitures arrivent, supputa Layette. Ce bunker doit être le parking des hauts fonctionnaires. (Elle dégaina son blaster.) Les hauts fonctionnaires portent des habits. Vous comprenez ? Et nous allons nous en emparer. Allons-y !

Yahun abandonna Chikdutabac sur le sol à l'extérieur ; les trois amis se ruèrent à l'intérieur, l'arme au poing.

Derrière un bureau, immobile, se tenait G6P-πTO.

— Bonjour, fit celui-ci. Ne devriez-vous pas porter des vêtements ?

— G6P ! s'écria Luc fou de joie. Mais que fais-tu ici ?

Le robot doré toisa Luc. Même si son visage était incapable d'expression, il était clair qu'il arborait à présent l'équivalent robot du dédain.

— Je gare des voitures, expliqua-t-il. Sinon, pourquoi serais-je dans un parking ?

— Ben je suis ravi de te revoir, s'extasia Luc. On t'a cherché partout.

— Sans blague ? répondit le droïde d'un ton sarcastique. Sans blague…

Layette trouva un placard au fond du bâtiment de contrôle du parking où étaient rangées différentes combinaisons de travail. En quelques secondes, tout le monde se retrouva habillé.

— Est-ce que DR²DR est avec toi ? s'enquit la princesse.

— Mais oui, la rassura G6P-πTO. Impossible de se débarrasser de lui. Il est dehors en train de garer une Fiat Pluton HLX Automatique. Ça n'arrête pas d'aller et venir en ce moment.

— Thog soit loué ! s'exclama la princesse. J'avais tellement peur qu'il tombe entre les mains de Dark Pater.

— Oh, mais il a passé un peu de temps dans le bureau de Dark Pater, déclara G6P-πTO de manière anodine. Une demi-heure, environ. Et puis il l'a congédié. Nous avons ensuite été assignés au parking. On n'en a pas bougé.

— C'est une excellente nouvelle, fit Luc. G6P, est-ce que tu peux nous aider ? Nous avons besoin de quitter cette petite planète au plus vite.

— Hmm, répondit le robot doré. Eh bien, je pourrais toujours vous réquisitionner une voiture. Bon, ce n'est pas franchement autorisé par le règlement, mais l'obeche, ce fameux arbre africain, ne me force pas à suivre le règlement dans un cas comme celui-là. (Sa main dorée disparut dans un tiroir pour réapparaître avec une grande clé en plastique.) Une Vectra

Vector-Elector 7, annonça-t-il fièrement. Un marchand de plastique de la planète Manix est arrivé avec aujourd'hui. Il fait en ce moment un match de squash. J'ai toujours rêvé de faire un tour dans une de ces voitures.

— Euh, mais ce n'est pas seulement pour faire un tour, se plaignit Luc. Nous devons également quitter l'Étoile de l'Effort au plus tôt.

— Qu'est-ce que vous croyez ? Que ce sont des bicyclettes ? rétorqua G6P-πTO en retrouvant sa voix dédaigneuse. Ce sont des voitures spatiales. Des roues pour les surfaces planes ; des réacteurs et des propulseurs pour la grande *graaaaande* route. (Il se leva.) On y go ?

— Un instant, fit la princesse. Tu es en train de suggérer qu'on sauve notre peau et qu'on abandonne la population tout entière de Gregbare à son triste sort ? Et la rebeldéchamps dans tout ça ?

— Vous avez raison, déclara Luc en frappant sa paume gauche de son poing droit. Tous ces auteurs de SF complètement nus. Sans parler des combattants de la liberté.

Il scruta le bâtiment de contrôle du parking. Une série de grandes fenêtres donnait au contrôleur assis là une vue panoramique sur les environs immédiats du parking, mais aussi sur la plongée impressionnante jusqu'au noyau de l'Étoile de l'Effort.

— G6P, fit-il enfin. Cet endroit est-il relié à l'ordinateur central de l'Étoile de l'Effort ?

— Évidemment, répondit le droïde. C'est pour cela que nous enregistrons toutes les voitures qui arrivent, afin que l'Emp-Imp-Imp soit au courant de qui est à bord.

— Excellent, dit Luc. G6P, j'aimerais que tu ailles chercher DR^2DR dehors, et que vous nous rameniez ensuite la voiture dont tu nous as parlé. Klaxonne dès que vous êtes prêts. Je présume qu'on peut sortir rapidement d'ici ?

— Moi, oui.

— Bien, répondit Luc.

La machine dorée quitta le bunker. La princesse s'approcha rapidement de Luc.

— Toi, tu as une idée derrière la tête, fit-elle. Accouche.

— Oh, trois fois rien. J'ai simplement posé les yeux sur ça, dit-il en montrant quelque chose du doigt.

En face du doigt se trouvait le panneau de contrôle, et en plein milieu de ce panneau se trouvait un gros bouton rouge marqué : AUTODESTRUCTION.

— Thog tout puissant ! haleta Yahun Salo.

— La paranoïa de l'Emp-Imp-Imp causera sa perte, s'exclama Luc. Ils ont tellement peur que cet engin de la mort tombe entre les mains de la rebeldéchamps qu'ils ont disposé un système d'autodestruction basique un peu partout. Les inconscients !

— Tu es un génie ! fit la princesse Layette, qui semblait ravie pour la première fois depuis qu'elle connaissait Luc. Pour un peu je t'embrasserais !

— Vraiment ? rebondit Luc.

La princesse se pencha et embrassa Luc sur la joue.

— Et voilà.

— Espérons simplement que le compte à rebours de destruction nous laissera suffisamment de temps pour quitter cet endroit, fit remarquer Yahun.

— Mais oui, dit la princesse. J'ai un bon pressentiment.

Un klaxon jouant les *Trompettes volontaires* de Purcell retentit de l'autre côté de la porte du bunker.

— Vas-y, Yahun, le pressa Luc. Installe Chikdutabac dans la voiture. Nous arriverons dès que nous aurons enclenché le système d'autodestruction.

Yahun ne se fit pas prier. Luc plongea son regard dans les beaux yeux bleus de Layette.

— Tu réalises que tu es en passe de devenir un héros de la révolution ? lui dit-elle.

— Vraiment ? Hé, ça sonne pas mal. Héros de la révolution, hein ? Est-ce que cela leur rapporte quelque chose, aux héros ?

— Pousse pas mémère dans les orties, rétorqua Layette sans trop de méchanceté. Appuie déjà sur le bouton.

— C'est parti.

Luc enclencha la mise à feu.

Par la fenêtre du centre de contrôle, ils purent voir tout ce qui suivit. Une énorme griffe métallique, au bout d'un gros tentacule sinueux, jaillit d'un énorme cube métallique situé à quelques mètres du bureau. La griffe s'ouvrit et fondit sur l'une des voitures garées, la soulevant dans les airs. Elle retourna à son cube métallique et lâcha le tout dans une gueule de métal scintillant. Aussitôt, les murs de cet espace se refermèrent, transformant en quelques secondes la voiture en petit cube de métal compressé. Puis, la griffe releva le colis miniature et alla le ranger proprement à côté du broyeur. Enfin, elle retourna dans son cube, et le couvercle se remit en place.

— Ah, je vois, déclara Luc. C'est ça qu'ils entendent par autodestruction.

— Je retire mon baiser, fit froidement la princesse. Tu es un crétin.

— Comment aurais-je pu deviner que l'Emp-Imp-Imp donnait dans le recyclage ? s'écria Luc. Mais maintenant que j'y pense, il n'aurait pas été très intelligent de laisser un bouton capable de détruire toute l'Étoile de l'Effort dans un pauvre parking.

— Allez, viens, lui dit la princesse. Inutile de rester ici plus longtemps.

Luc regarda le bouton rouge. Quelque chose le titillait au niveau des tripes.

— Un instant, fit-il.

Comme provenant d'un autre plan d'existence, il entendit une voix spectrale psalmodier ces mots : *Luc, utilise la Farce.*

— Quoi ? dit-il surpris.

— Quoi ? s'enquit la princesse Layette.

— Quoi ? fit-il en la regardant.

— Qu'est-ce que tu as dit ? s'enquit-elle.

— Quoi ?

— *Quoi* ?

— Est-ce que vous avez dit quelque chose ? Avez-vous dit : « Luc, utilise la Farce » ?

— Non. Allez, assez perdu de temps. Allons-y. Je connais G6P. Il est capable de partir sans nous.

— J'ai une idée, déclara Luc. Tout devient clair dans mon esprit.

Lentement, comme en transe, il approcha sa main une nouvelle fois du bouton d'AUTODESTRUCTION.

— Encore ? s'étonna Layette. Mais on a compris que cela ne servait à rien.

Luc sourit à la princesse et appuya quand même sur le bouton. Par la fenêtre du centre de contrôle, ils virent le couvercle du cube se relever à nouveau et la griffe géante jaillir dans les airs, à la recherche d'une autre voiture.

Luc dégaina son blaster et tira sur le panneau de contrôle. Celui-ci explosa dans un flash de plastique cramé.

À l'extérieur, la griffe trembla comme prise de convulsions, eut un haut-le-tentacule et devint folle. Elle attrapa la voiture la plus proche et la lança comme un joueur de base-ball. L'auto passa par-dessus la balustrade et tomba vers le noyau de l'Étoile de l'Effort.

— Courez ! hurla Luc.

Alors qu'ils sortaient, la griffe venait de jeter une deuxième voiture par-dessus bord et s'attaquait à une troisième. Le jeune couple se rua à l'intérieur de la Vectra Vector-Elector 7.

— On a bien cru que vous ne viendriez plus, grommela G6P sur son siège conducteur. J'étais sur le point de partir.

— Go, go, go, go ! cria Luc.

— Une fois « go » aurait suffi, répliqua G6P. Et un « merci » ne serait pas de trop. (Comme il regardait par le pare-brise, il ajouta d'une voix un peu plus terrifiée :) Ouuh !

La griffe s'étant débarrassée des voitures les plus proches du broyeur, elle fondait à présent sur la Vectra Vector-Elector 7. G6P appuya à fond sur le champignon, et le bel engin de haut fonctionnaire s'attaqua à la rampe.

Ils s'engouffrèrent dans ce qui semblait être des tunnels sans fin. Des lumières rouges clignotaient de chaque côté. Il y avait une sorte de grondement sourd. Un enregistrement retentit, audible jusque dans la voiture, malgré le brouhaha extérieur.

— *Attention ! Attention ! Évacuation immédiate ! Évacuation immédiate !*

— Mais qu'est-ce que vous avez fabriqué ? s'enquit Yahun.

— Je me suis servi de la Farce, expliqua Luc. Je crois que la source d'énergie de l'Étoile de l'Effort vient de s'effondrer.

— C'est vrai ? Mais c'est fantastique, ça, gamin !

— Qu'est-ce qui va se passer ?

— Tout le bazar va exploser ! cria Yahun. Le trou noir va tout aspirer dans sa singularité. Tu as réussi, gamin !

— Nous ne sommes pas encore tirés d'affaire, fit remarquer Layette. Regardez…

La voiture venait de sortir du tunnel pour entrer dans un hangar de décollage. L'espace sidéral était visible de l'autre côté d'un champ de force ; mais des centaines de streumtroopers leur bloquaient l'accès. Le plus proche, l'arme au poing, fit signe à la voiture d'avancer.

— GO ! beugla Luc.

Et la voiture s'élança.

Lorsqu'ils réalisèrent que la voiture n'allait pas s'arrêter, les soldats ouvrirent le feu. Des rayons laser touchèrent la carrosserie du véhicule, laissant des traces d'impacts fumantes, mais ne pénétrèrent pas le métal.

Le propulseur arrière s'enflamma et la Vectra partit dans les airs, en direction de l'ouverture.

Un tir chanceux fit exploser le pare-brise arrière dans un bruit affreux ; de petites particules de Plexiglas voltigèrent à l'intérieur du véhicule et une sirène retentit. Imperturbable malgré le chahut, G6P désactiva la sirène et pressa le bouton activant le pare-brise arrière de secours.

Puis, ils se retrouvèrent dans l'espace et s'éloignèrent pleins gaz.

Par la vitre arrière, Luc et Layette regardèrent la silhouette gigantesque de l'Étoile de l'Effort trembler sur tout son diamètre. Des flammes jaillirent de différents hublots. Une bonne partie des tours les plus élevées s'écroulèrent. Une onde de choc parcourut la surface de ce monde artificiel. Puis, avec une détonation aussi aveuglante qu'assourdissante, l'Étoile de l'Effort explosa tel un globe en plastique bourré de pétards. Ou, en y repensant un peu, comme un monde gigantesque absorbé par une boule incendiaire de feu et de lumière, avec un raz de marée enflammé giclant de son équateur. Un mur de flammes vives et blanches, plus large que la vue, se précipita vers la voiture en fuite.

— Nous sommes partis trop tard ! cria Luc. Nous allons être immolés.

Le mur de feu se rapprochait d'eux à vitesse grand *V.* Il toucha presque l'arrière de la voiture, mais comme s'il avait été retenu par un champ de force phénoménal, il ralentit, ralentit, et s'arrêta miraculeusement à quelques centimètres du véhicule. Puis, comme un film qu'on rembobine, le feu se retira, aspiré sur son chemin jusqu'à un point central d'une masse incroyable, s'effondrant dans une série d'explosions gazeuses.

L'espace d'un instant, la seule vision persistant fut celle d'une sphère gazeuse surchauffée…

… et puis plus rien. L'Étoile de l'Effort tout entière avait été aspirée par le trou noir artificiel.

La Vectra Vector-Elector 7 continua sa route spatiale, plus ou moins en direction de Gregbare. Une voix se fit entendre sur le siège arrière.

— Oh, non, fit Yahun Salo. Pas encore une fois.

Le seul rayon laser ayant pénétré la voiture durant cette grande évasion lui avait perforé le poumon qui lui restait. Une grosse blessure dégoulinante de sang était visible sur sa poitrine.

— Yahun ! s'écria Luc.

— Quel dommage, déclara la princesse. Sans ce petit souci, on pourrait faire la fête.

Épisode Cinq :
L'Empire Contre Vents et Marées…

L'Étoile de l'Effort est détruite, mais ce revers a fait redoubler la volonté de l'Empire impérial de l'Imperium d'écraser la rebeldéchamps une bonne fois pour toutes. En fait, cela a même fait retripler leur volonté d'écraser la rebeldéchamps une bonne fois pour toutes, mais seulement si l'on comprend que « retripler » signifie « six fois plus » et pas « multiplier par neuf », ce qui serait sinon « carrétripler », et qui ne ferait qu'exagérer en fait la quantité de volonté que l'Empire impérial de l'Imperium était prêt à investir dans l'écrasement de ses ennemis.

Dark Pater, qui a échappé à la destruction de l'Étoile de l'Effort grâce à une série d'événements heureux (que nous n'avons pas le temps d'évoquer dans ce prologue déroulant), a été personnellement chargé de débusquer et d'exterminer toute résistance rebeldéchamps sous la puissance de l'Emp-Imp-Imp.

Pendant ce temps, sur le monde glacé de Coldh, la rebeldéchamps a rassemblé ses forces…

Chapitre 1

La nouvelle base rebeldéchamps

Coldh, la planète des glaces, étincelait dans la noirceur éternelle de l'espace, telle une perle blanche géante sur un épais fond noir. Ou, pour être plus précis, comme il se doit, imaginez un fond noir parsemé de plein de petits points blancs. Imaginez, à titre d'exemple (suivez-moi bien), imaginez que vous êtes en train de repeindre votre plafond avec de la peinture blanche, et qu'afin de protéger votre moquette vous avez étendu un grand drap de velours noir sur le sol. Je ne sais pas pourquoi vous utiliseriez du velours noir – peut-être êtes-vous excentrique ? Peut-être n'avez-vous pas de vieux draps sous la main ? Toujours est-il que vous avez étendu ce grand drap de velours noir par terre et que vous vous adonnez à présent joyeusement à votre peinture ; inévitablement, des gouttes et des éclaboussures (mais pas des coulées ni de grosses taches sinon la similitude serait gâchée) de peinture blanche tombent sur le drap noir. Maintenant, disons que vous arrêtez de peindre une minute, peut-être parce que vous êtes en train de vous faire un torticolis, car vous savez ce que c'est que de repeindre un plafond, c'est le boulot de décoration le plus fatigant qui soit, et ça vous tue le cou et les épaules ; vous plongez votre main dans votre poche afin de sortir votre mouchoir pour essuyer la sueur qui coule sur votre front. Mais alors que vous sortez le mouchoir, vous laissez tomber par inadvertance une grosse perle blanche que vous portez toujours sur vous. Grosse comment ? Je ne sais pas moi. Mettons de la taille d'une balle de ping-pong. Comme vous dégagez enfin le mouchoir, vous réalisez que vous venez au passage de faire tomber votre précieuse perle (ou balle de ping-pong, c'est comme vous voulez) ; vous baissez aussitôt les yeux avec horreur – juste à temps, mais pas longtemps, pour voir cette perle géante, ou balle de ping-pong, en train de tomber vers le velours noir tacheté. Cette vision est si traumatisante que le temps semble suspendre son vol et que l'image se grave dans votre mémoire, si bien que vous ne l'oublierez jamais.

Eh ben c'est à ça que ressemblait la planète Coldh vue de l'espace.

À la surface, Luc Skyterrier avançait dans la neige, à dos de « skippybakka » (une sorte de kangourou laineux géant indigène à Coldh). Il était bien armé contre les moins quatre-vingts degrés : une parka en imitation de fourrure sur le dos, avec une capuche, et la fermeture remontée jusqu'à la pomme d'Adam, ainsi qu'une paire de gants de course. Il fit gravir une colline enneigée à sa monture et la lui fit redescendre. De temps à autre, il plaçait ses jumelles devant l'ouverture ovale bordée de fausse fourrure de sa capuche.

Il était à la recherche de signes d'activité de l'Emp-Imp-Imp, afin de décider si oui ou non l'empereur impérial avait découvert la dernière cachette en date de la rebeldéchamps. Mais il ne voyait rien. Nada. Zéro. Peau d'zob. Circulez, y a rien à voir, que du blanc. Que du rien. Plein de pas-un-truc-en-vue. De la neige, de la neige, de la neige, de la neige.

Luke appuya sur le bouton de son talkie-walkie.

— Allô la base ? fit-il. Luke Skyterrier au rapport. À vous.

Il y avait de la friture et des parasites sur la ligne.

— ...– *zzp* – *pzz* – *zyzg* Allô Luc ? – *praz* – *zzzz*–...

— Princesse Layette ? C'est vous ? À vous.

— Ravi d'entendre ta *crxzc* voix, Luc, répondit Layette. À vous.

— Bon, fit Luc. Cela fait des heures que je suis dehors et je n'ai toujours rien vu. À vous.

— *pz-pz-pz* – nos détecteurs automatiques indiquent que tu te trouves à moins d'un klik du mont Granite Noir Sans Neige. Tu devrais voir la chaîne des monts Géants de Granite Noir juste devant toi. À vous.

— Je vois rien du tout. Que de la neige. À vous.

— Mais, Luc, c'est une belle journée – *pz* ! – tu devrais avoir un grand ciel bleu au-dessus de ta tête.

— Nan. Que de la neige. À vous.

— Est-ce que – *pz* -- tu vois ton skippybakka sous toi ? À vous.

— Non.

— Agite ta main devant toi. Est-ce que tu la vois ? À vous.

Flap flap

— Non. À vous.

— Luc, tu es peut-être atteint de *cwzzzz– zazazz.* Je répète : tu es *cwzzzz – zazazz* cécité des neiges. Fais attention.

— Ça va aller. Rooaaaaar !

— Luc ? (Bien que la voix de la princesse Layette semble provenir de très loin dans le talkie-walkie, son inquiétude était quand même manifeste.) Luc ? Pourquoi as-tu dit : « rooaaaaar » à la fin de ta phrase ?

— Je n'ai pas dit : « rooaaaaar. » À vous.

— Je suis sûre d'avoir entendu un « rooaaaaar ».

— Eh ben c'était pas moi, répondit Luc.

— Rooaaaaar !

— Ça vient de le refaire, Luc, cria Layette. Va-t'en de là.

— Tout va bien, fit Luc. Je ne vois rien de dangereux dans... *aaarrghh !*

— Luc ? Luc ? Est-ce que c'est toi qui as dit : « aaarrghh » ? Ou est-ce que c'était une autre sorte de rugissement de la créature rugissante invisible ?

— Non, répondit Luc. C'est bien moi qui ai fait : « aaarrghh ». À vous.

— Luc ? Que se passe-t-il ?

— Un drôle de monstre genre yéti est en train de me *argh ! Argh ! Aïe ! Aïe ! Aïe !*

Pendant trente secondes, on n'entendit plus que de la friture ; puis, enfin, Luc rajouta avec une petite voix imprégnée de souffrance : « À vous. »

— Luc ? Tu vas bien ? Luc ?

Mais il n'y eut pas de réponse. Pendant plusieurs minutes la princesse essaya de contacter son ami. Mais en vain.

— *Crcrcrzzz – zak – kak –* … eine t'entendre, Luc… *pneeeeeee ! – zz –* train de te perdre…

Luc avait en effet été attaqué par une gigantesque créature du genre yéti, une bête qui l'avait mis à bas de son skippybakka d'un énorme coup de patte velue ; et puis qui, au passage, lui avait ensuite donné un bon coup sur la tête.

Heureusement pour Luc, la créature du genre yéti n'avait pas envie de le manger. Elle ne possédait pas dans son estomac du genre yéti les enzymes nécessaires pour digérer une créature de provenance alien (pour elle) comme Luc. De fait, le corps semi-inconscient de Luc était aussi appétissant pour elle qu'une pelletée de sable pour nous. En revanche, elle dévora le skippybakka de Luc et s'en alla, laissant le jeune homme salement amoché et sans monture, au milieu de nulle part, sur le point de mourir de froid.

Des nuages glacés s'amoncelèrent dans le ciel et il se mit à neiger. Un vent assassin se leva, s'engouffrant dans les plis des vêtements de Luc. Le tout se transforma bientôt en blizzard.

— Noooon… gémit Luc.

Ou peut-être avait-il dit : « le coooooon ! » Difficile à dire vu le niveau sonore ambiant, entre le vent, le blizzard et tout ça. En tout cas, c'était quelque chose de clairement négatif. Mais bon, comme il venait de se faire tabasser par une bête sauvage gigantesque et qu'il se retrouvait laissé pour mort au milieu d'une tempête de neige, il était peu probable qu'il se soit laissé aller à des propos plus positifs, comme « oui ! » ou « youpi ! » ou « Dolores ! », ou quoi que ce soit dans le genre.

Le blizzard virevolta autour de son corps étendu dans la neige. Puis, soudain, le hurlement du vent sembla se modifier, le son gonfla et baissa comme un mugissement bovin, un peu finalement comme si la tempête était hantée. Luc eut tout à coup l'impression que le vent lui parlait.

— Luc..., fit-il. Luc Skyterrier...

C'était la voix du vieux Benne Ken&barbie.

Mais c'était impossible ! Benne était mort à bord de l'Étoile de l'Effort et son corps avait été happé dans la singularité d'un trou noir avec tous les autres matériaux de cette construction condamnée. C'était impossible !

— Benne ? (Luc leva les yeux.) C'est toi, Benne ?

— Luc, répondit Benne. (À travers la neige, Luc vit apparaître une forme spectrale lumineuse qui ressemblait à s'y méprendre au vieux chevalier Jedognon décédé.) Luc, écoute-moi, lui dit Ken&barbie. Tu dois te rendre sur la planète Dégueubeurk pour trouver Yodla..., gazouilla l'hallucination.

— Yodla ? haleta Luc alors que le gel lui mordillait le visage.

— C'est un grand maître Jedognon. Il pourra finir ton entraînement dans la Farce. Je suis désolé de ne pas t'en avoir parlé plus tôt, en fait ; tu sais, quand j'étais encore vivant. Ça m'avait complètement échappé. Hallucinant, je sais. Je ne sais pas comment me faire pardonner. Enfin bon, voilà, c'est fait, je te l'ai dit ; mieux vaut tard que jamais.

— Benne ! haleta Luc. Benne !

— Rends-toi sur Dégueubeurk ! lui ordonna Benne, utilisant un léger vibrato fruité comme pour donner une résonance mystique à ce qu'il disait. C'est ta destinée ! Va, Luc ! Cherche Yodla ! Pense positif ! Prends-toi un bain d'aromathérapie de temps en temps ! Tu l'as bien mérité ! Rien n'est trop cher quand il s'agit de se détendre ! Tirer la Mort au tarot n'est pas forcément une mauvaise chose, cela signifie peut-être la fin de mauvaises habitudes ou d'un état d'esprit négatif ! Habille-toi en mauve ! Ces cristaux ne valent que 200 crédits impériaux, frais de ports interstellaires compris ! Va à la lumière ! Pense rose ! Va travailler sur un œuf !

— Benne… je suis en train de te perdre ! Tu disparais !

— Luc ! fit Benne presque indistinctement. Utilise la Farce…

Mais il était parti.

La neige tourbillonnait autour du corps de Luc comme une improbable quantité de paillettes de savon agitées par une puissante machine à vent. Et des paillettes très froides… un peu comme si elles avaient été conservées avant dans un grand container en plastique dans une chambre froide. Bref, ce que je veux dire, c'était qu'elles étaient très froides.

Luc tourna de l'œil.

Le blizzard s'arrêta. Le soleil se mit à briller sur la neige vierge.

Juché sur son skippybakka, Yahun Salo se douta que quelque chose n'allait pas. Il arrivait presque à ressentir que Luc avait des ennuis ; c'était pratiquement une intuition télépathique. Il chevaucha dans la neige comme guidé par une affinité surnaturelle avec le jeune blessé. Cela ne faisait pas de mal non plus que Luc porte sur lui un mouchard satellite ; ainsi, connaissait-on sa dernière position, et savait-on que ses derniers mots avaient été « arrgh ! »

— Base, fit Salo dans son combiné radio. J'approche de la position de Luc.

Il gravit au galop la dernière côte qui menait à l'endroit où gisait Luc.

— Tiens bon, gamin, fit-il en sautant à bas de sa monture pour aller prendre le jeune homme dans ses bras.

Il s'agissait, bien sûr, moins d'un geste « romantique » que d'une position de premiers soins.

— Benne…, grogna Luc. Vieux Benne Ken&barbie…

— Non, c'est moi, gamin, répondit Yahun. Yahun Salo. Le type avec deux poumons artificiels. Ton pote, quoi.

— … vieux Benne…

— Non, non, répéta Yahun. C'est *moi.* Yahun Salo.

— … Ken&barbie…

— Tu radotes, gamin, je suis Yahun. Pas Benne Ken&barbie. Yahun. Moi… c'est moi.

Luc grimaça comme en proie à la douleur, et continua de marmonner.

— … vision de… vieux Benne… dans le blizzard… sa forme spectrale… m'est apparue… ne parle pas à Benne Ken&barbie en ce moment… se remémore plutôt une vision antérieure… m'a dit d'aller sur Dégueubeurk… voir Yodla…

— Je ne comprends rien à ce que tu dis, gamin.

(Yahun secoua la tête.) Il est en train de mourir de froid, murmura-t-il. Je vais devoir prendre une décision drastique pour le sauver.

Il farfouilla dans son sac à dos et en sortit un énoooooorme couteau de trappeur, tout en argent à l'exception d'un petit zigzag rouge en haut de la lame.

— En fait, murmura Luc qui venait d'entrouvrir légèrement les yeux, je crois que je vais mieux... si tu pouvais... me ramener à la base... bonne tasse de thé... couverture autour... épaules...

— Tiens bon, gamin, fit Yahun le visage crispé.

D'un grand coup, suivi de douze ou quatorze autres assez désespérés, il réussit à éventrer son skippybakka, répandant tous les viscères nauséabonds dans la neige. Les boyaux vert pâle étaient tout fumants, mais la brutalité climatique de Coldh les refroidit très vite.

— Fait froid..., déclara Luc.

— Voilà, dit Yahun en déposant poignée après poignée les intestins gluants et puants sur le corps de Luc. Cela devrait te réchauffer.

— Fait froid..., répéta Luc dont le front venait de se plisser. Et ça pue tellement. Il fait si froid et ça pue tellement. Et puis c'est gluant.

— Ce n'est pas bon, s'inquiéta Yahun. Ces boyaux gluants n'ont pas gardé leur chaleur dans cet environnement glacial. Ils ne vont pas t'isoler du tout. Tu as besoin de quelque chose d'un peu plus efficace pour te réchauffer.

Yahun farfouilla à l'intérieur de l'estomac du skippybakka un petit moment, afin d'ôter ce qu'il restait des intestins de la créature. Puis, il attrapa Luc par la taille et le souleva de toutes ses forces afin de l'enfoncer tête la première dans la cavité de la carcasse.

— Beurk, fit Luc d'une voix étouffée par le fait que sa bouche se trouvait à présent dans le cadavre d'un gros animal à poils. Il fait si froid… et la puanteur est tellement pire maintenant… et puis j'ai le visage écrasé contre la cage thoracique d'un truc mort… très inconfortable… et je suis couvert d'un truc dégueu. Toujours aussi froid qu'avant.

Yahun arrêta d'enfoncer Luc. Cela ne servait à rien : c'était comme si la carcasse d'une créature de la taille d'un grand kangourou n'était pas assez large pour accueillir un corps humain mâle dans toute sa longueur. Il fallait qu'il trouve autre chose. Il se leva et regarda son ami, dont seuls la tête et les épaules se trouvaient à l'intérieur de la bestiole morte. Luc émettait des sons qui, s'ils n'étaient pas très clairs, suggéraient qu'il n'était ni à l'aise ni en bonne santé. Cette situation nécessitait d'avoir recours à des méthodes drastiques. Yahun s'assit face à Luc. Il plaça ses pieds contre ceux de son ami et poussa avec les jambes. Encore quelques centimètres, et le haut du torse de Luc disparaîtrait dans le trou taillé dans l'estomac du skippybakka. Pourtant, Yahun avait beau pousser de toutes ses forces, il n'arrivait pas à faire tout rentrer.

— Mmmbb, Bbbmmm, protestait Luc. MmmbBBb ! Mm ! Mb !

— Qu'est-ce que tu dis, gamin ? lui demanda Yahun en se relevant.

Un son fendit l'air frais et un hovertransport de la

rebeldéchamps vint atterrir à quelques mètres de la scène. La porte de l'appareil coulissa et la princesse Layette se précipita aux côtés de Yahun.

— Yahun ! Dieux merci tu n'as rien ! Et Luc ? Est-ce que Luc va bien ?

Yahun regarda le magnifique visage qu'il avait devant lui. Puis, il regarda la scène sur la neige, à ses pieds : un skippybakka mort, les intestins éparpillés en vrille un peu partout, et le corps de Luc à l'horizontale, enfoncé à vingt pour cent à l'intérieur de la carcasse.

— Grand Thog ! s'écria Layette consternée. Que s'est-il passé ici ?

Yahun balança l'explication la plus plausible.

— Il était comme ça, quand je l'ai trouvé, déclara-t-il en affichant un mode d'expression des plus sincères.

— Tu plaisantes ? fit la princesse abasourdie. Luc ? Mais qu'a-t-il fait à sa monture ? Je ne le croyais pas capable d'une telle…

Elle regarda incrédule la silhouette immobile de Luc pendant quelques secondes durant lesquelles elle se perdit en conjonctures. Puis, elle secoua la tête.

— Peu importe, annonça-t-elle. La flotte de l'Emp-Imp-Imp est arrivée. Ils ont découvert notre base. Nous devons évacuer au plus vite. Dépêchons-nous de le sortir de là, il faut qu'on rentre à la base.

— Excellent, fit joyeusement Yahun.

— Mais au fait, ajouta-t-elle comme Yahun grimpait à bord du transporteur. Où est *ton* skippybakka ?

— Ah, répondit Yahun. Euh. Oui ?

Chapitre 2

L'Imp-Emp-Emp. Ou, non, plutôt L'Emp-Imp-Imp. À moins que le premier soit le bon. Enfin bref, l'un des deux.

Loin au-dessus de la planète glacée, une flotte de destroyers impériaux tournait inexorablement. Bien sûr, me direz-vous, parce que c'est dans la nature de n'importe quelle orbite d'être inexorable. Sauf que l'inexorabilité n'est pas vraiment une orbite. J'emploie ici le terme d'inexorable pour exprimer non seulement une description littérale du mouvement des vaisseaux, mais également un sens métaphorique de leur campagne irrésistible de terreur et d'oppression. Vous me suivez ? On s'en fout.

Dark Pater se tenait sur la passerelle de commandement du destroyer *L'Oppression Par La Peur Et La Terreur Est Une Nouvelle Forme de Liberté*, un vaisseau spatial de type Phagocyte. Mains dans le dos, jambes écartées, le visage inexpressif – caché derrière son terrifiant masque noir –, il contemplait la noirceur d'encre de l'espace infini. Il avait échappé de justesse à la destruction à bord de l'Étoile de l'Effort. Il s'était échappé à la dernière seconde, grâce à une série d'événements plus improbables les uns que les autres, mais que nous n'avons malheureusement pas le temps de raconter ici. L'important, c'était qu'il avait survécu et qu'il n'était pas content du tout d'avoir perdu un complexe militaire, qui avait coûté au bas mot 450 000 000 000 000 000 000 000 000 000 000 000 000 000 000 000 000 000 000 000 000 000 000 000 000 000 000 millions de crédits impériaux pour la construction (sans parler des salaires des dix-sept millions d'hommes d'équipage qu'il fallait continuer à verser pour rien, des charges et du crédit de TVA qu'on ne pouvait plus récupérer, des chèques emploi-service et autres petits bénéfices dont on ne pouvait plus profiter), et ce, aussi facilement en l'espace de quelques secondes.

Après une réunion plutôt tendue avec l'empereur impérial, durant laquelle la construction d'une nouvelle Étoile de l'Effort avait été décidée, Dark Pater avait été envoyé en mission aux quatre coins de la galaxie afin de trouver la rebeldéchamps et la punir d'une Mort Finale Absolue.

Et, après de longs mois de recherches, il était enfin arrivé à un résultat. Toute la rebeldéchamps était rassemblée en dessous de lui.

Le commandant Jean Fede Miette s'approchait du Dark Lourd des Sithweb avec une appréhension qu'il avait de plus en plus de mal à dissimuler.

— Lourd ? fit-il en se mettant au garde-à-vous devant la forme noirâtre du Pater maléfique.

— COMMANDANT, répondit Dark Pater d'une voix tonitruante.

— Nous avons localisé la nouvelle base rebeldéchamps sur la planète Coldh juste en dessous de nous.

— BON TRAVAIL, COMMANDANT, gronda Dark Pater. DONNEZ L'ORDRE À LA FLOTTE DE SE METTRE EN POSITION D'ATTAQUE. DÉPLOYEZ LE BLINDÉ D'ASSAUT UNIJAMBISTE.

— À vos ordres, Lourd. Euh… Lourd ?

— OUI, COMMANDANT ?

— Est-ce que l'ordre de rebaptiser est toujours valide ? Celui qui demandait à nos hommes de faire référence au blindé d'assaut sous le nom d'« unijambiste » ?

— TELLE EST LA VOLONTÉ DE L'EMPEREUR, COMMANDANT.

— Bien, Lourd. Comme vous le souhaitez, Lourd. C'est simplement que… certains de nos hommes… pensent que… « Blindé d'Assaut Monopode » était non seulement une désignation plus correcte, mais capable de motiver davantage nos troupes durant le combat. Vous voyez, le problème avec « unijambiste », c'est que…

— TELLE EST LA *VOLONTÉ* DE L'EMPEREUR, COMMANDANT.

— Bien sûr, Lourd.

S'ensuivit un silence inconfortable. Le commandant Miette n'osa pas bouger tant qu'on ne l'avait pas congédié.

— COMMANDANT, gronda Dark Pater. (Il se tourna pour faire face à son subordonné.) JE VEUX QUE VOUS LISIEZ CECI.

Il tendit un dossier noir à Miette qui trouva à l'intérieur des dizaines de fiches plastifiées couvertes de texte.

— De nouveaux ordres, Lourd ? Nous devons détruire un nouveau monde, sans doute ?

— NON. NON, PAS DU TOUT. C'EST AUTRE CHOSE. EN FAIT… EN FAIT J'AI RAJOUTÉ DES DIALOGUES À *UN JOUR AUX COURSES*, fit Dark Pater. QUELQUES AMÉLIORATIONS DE-CI DE-LÀ. PAR EXEMPLE, AU MOMENT OÙ GROUCHO… VOUS M'AVEZ BIEN DIT QUE GROUCHO ÉTAIT LE PLUS RIGOLO ?

Miette déglutit nerveusement.

— Beaucoup de gens le pensent, Lourd. Je veux dire… euh…

— OUI, OUI, DONC AU MOMENT OU GROUCHO DIT : « JE POURRAIS DANSER AVEC VOUS JUSQU'À L'HEURE OÙ LES VACHES RENTRENT AU BERCAIL, EN FAIT, JE PRÉFÉRERAIS DANSER AVEC LES VACHES JUSQU'À CE QUE VOUS RENTRIEZ CHEZ VOUS. » J'AI RÉÉCRIT CE PASSAGE : « VOS VACHES NE SONT RIEN COMPARÉES AU CÔTÉ LOURD DE LA FARCE, JE LES ÉCRASERAI TOUTES, APRÈS QUOI JE PRENDRAI TA PLACE COMME SEIGNEUR DE LA DANSE, C'EST MA DESTINÉE ! »

Il y eut un bref silence.

— C'est très bon, Lourd Pater, commenta nerveusement Miette. Très… euh. Bon. Une amélioration évidente.

— QUOI QU'IL EN SOIT, JETEZ-Y UN PETIT COUP D'ŒIL QUAND VOUS AUREZ LE TEMPS. JE PENSE AVOIR BIEN AMÉLIORÉ L'ENSEMBLE.

— J'en suis persuadé, Lourd.

— COMME JE VOUS DISAIS, JETEZ-Y UN COUP D'ŒIL. ET DITES-MOI CE QUE VOUS EN PENSEZ. EN TOUTE HONNÊTETÉ.

— Vous pouvez me faire confiance, promit le commandant Miette.

— ENFIN, fit le Lourd ténébreux des Sithweb, pas franchement sûr des mots qu'il employait, un peu comme si cela lui faisait mal, ENFIN, SI VOUS PENSEZ AU BOUT DU COMPTE QUE CE N'EST PAS RIGOLO…

— Mais non, Lourd ! C'est hilarant… Ha ! Haha haha !

— … J'AIMERAIS VRAIMENT AVOIR VOTRE AVIS EN TOUTE HONNÊTETÉ. J'INSISTE.

— Sans problème, Lourd.

— BIEN. BIEN. QUE DISIONS-NOUS ?

— Qu'il fallait donner l'ordre d'attaquer la base rebeldéchamps en dessous de nous, Lourd ?

— AH OUI. À L'ATTAQUE !

Chapitre 3

À l'attaque ! À l'attaque ! À l'attaque !

Dans la base rebeldéchamps, c'était le chaos le plus total. Des soldats couraient dans tous les sens, la plupart revenaient sur leurs pas pour chercher des choses qu'ils avaient oublié de prendre en allant dans tous les sens.

— Évacuation immédiate ! Évacuation immédiate ! hurlait la sirène automatique dans tous les couloirs. Évacuation immédiate ! Évacuation immédiate ! Vite, ils sont presque sur nous !

Pour être franc, c'était plus antiproductif que productif.

— Yahun ! s'écria Luc en boitillant jusqu'à son appareil de combat. Je dois me rendre sur Dégueubeurk pour voir Yodla.

— Tu es dingue, gamin, répondit Yahun en se dirigeant vers le vaisseau que la rebeldéchamps lui avait assigné. Bonne chance.

— On se reverra à la Cité Flottante.

— C'est ça… euh, hé, gamin ?

— Oui, Yahun ?

— La route est longue jusqu'à Dégueubeurk. Prends

une unité DR mobile avec toi. Tu en auras besoin.

— Et toi, Yahun ?

— J'emmène Layette voir un vieil ami à moi : Landrover Catcylindre. La princesse fait un peu une fixette sur le Grand Secret qu'elle a planqué dans son droïde. J'ai pensé que Landrover peut télécharger n'importe quoi à partir de n'importe quoi… c'est un génie informatique. On va voir s'il peut nous dire ce qu'est ce Grand Secret, et si cela peut nous aider à vaincre l'Empire.

— Ben alors bonne chance !

— Pareil…

Les deux amis se serrèrent les mains. Yahun se précipita vers son vaisseau et Luc rentra dans le sien. Les deux appareils s'envolèrent dans le ciel et, en quelques secondes, ils passèrent en hyperespace pour fuir Coldh aussi vite que leurs moteurs le permettaient.

Il n'y avait pas de temps à perdre : l'Emp-Imp-Imp avait fait atterrir ses troupes terrestres à moins d'un kilomètre de la base rebeldéchamps ; des milliers de streumtroopers de choc étaient partis prendre place dans les coques métalliques des Blindés d'Assaut Monopodes, pardon, Unijambistes qui leur étaient affectés.

Une dizaine de ces blindés progressaient maintenant à cloche-pied en direction de la base. Ces engins de guerre étaient d'énormes coques métalliques perchées au-dessus d'une jambe hydraulique robotisée, capables de sauter par-dessus n'importe quel mur de défense construit sur une hauteur, sur des surfaces aussi dures qu'un désert de sable ou aussi meubles qu'une prairie.

En revanche, ils n'étaient pas très efficaces dans la neige boueuse du terrain irrégulier de Coldh. En effet, tant que la neige restait sur un terrain relativement plat ils pouvaient sans problème se lancer dans leurs sauts à se rompre les os et leurs bonds à faire dresser les cheveux sur la tête. Mais dès que la topographie du terrain changeait, en pente descendante ou montante, ils avaient tendance à tomber en avant ou à la renverse, pour exploser, se fendre en deux ou même rester paralysés sur le sol. Et une fois qu'une créature unijambiste et sans bras était au sol, il était presque impossible pour elle de se relever sur sa jambe unique.

C'est quand même pas compliqué.

— Bande de crétins ! hurla le commandant des Troupes d'Attaque au Sol, le général Averse, du haut de sa position en tête de pont. Bande d'idiots ! Fous imbéciles ! Pourquoi donc faites-vous les pitres, comme ça ?

— C'est la faute du terrain, général, cria l'un des capitaines de Blindé d'Assaut Unijambiste dans un haut-parleur. Il est trompeur ! Nos logiciels gyroscopiques ne peuvent pas prédire l'inclinaison du terrain sous la neige… Waaoooooh !

La communication fut brutalement interrompue. Au loin, le commandant des Troupes d'Attaque au Sol, le général Averse, entendit le wu-oooumpf caractéristique d'une machine qui explose en touchant la neige.

— Crétiots ! hurla amèrement Averse. Imbétins ! Vite ! Avant que Dark Pater entende parler de cette débâcle : déployez les BD-2J, les Blindés d'Assaut à Deux Jambes.

— Pardon ? s'enquit son lieutenant en second.

— Les Duopodes ! cria Averse. Au trot !

Depuis la base rebeldéchamps, le général Carlos Ricane regardait le déroulement des opérations grâce à ses jumelles digitales.

— Leurs Monopodes ont échoué. Ils ne devraient plus tarder à... oui... ils ont ouvert leurs portes de déchargement : voilà les Duopodes. Transmettez ces ordres : préparez les plantaines.

Le messager courut à toute vitesse le long des tranchées qui menaient aux niveaux inférieurs.

— Préparez les plantaines ! Préparez les plantaines !

Deux dizaines de canons à plantaine étaient d'ores et déjà armés de fruits gigantesques ressemblant à des bananes, originaires de la planète forestière de Gigantia et importés ici par de gargantuesques cargos spatiaux en vue d'une telle éventualité. Chaque plantaine jaune et verte faisait deux fois la taille d'un homme d'âge adulte ; la peau était facile à ôter et recouvrait un corps fibreux et doux qui avait tendance à noircir et s'écraser légèrement aux extrémités. Chaque canon, qui ressemblait davantage à une sorte de catapulte qu'autre chose, était armé d'un tel objet ; la visée avait été réglée sur le champ de bataille.

Il ne fallut que quelques minutes avant d'apercevoir les cibles. Imaginez des boîtes de la taille d'un porte-avion, chargées à ras bord de soldats, chacun étant le produit d'une vie entière d'entraînement, tous alignés sur des rangées de bancs, en armure intégrale et l'arme au poing. Imaginez à présent l'avant de ce hangar géant ;

un escalier en métal montait jusqu'au cockpit de contrôle. Là, un marcheur expérimenté progressait avec aisance sur un tapis roulant ; son pantalon était relié à des senseurs complexes qui transmettaient ses mouvements aux jambes jumelles et métalliques du Duopode. À présent (pour maintenir l'analogie cinématique) zoomons à l'extérieur du cockpit, droit dans les airs glacés de Coldh, et faisons un panoramique en dessous. Vous voyez les énormes jambes sinueuses du blindé : chaque énorme cercle métallique est relié au suivant et ce sur deux cents mètres – ressemblant un peu au flexible qui relie la douche au pommeau – sauf qu'ici, le flexible est alimenté par des mécanismes très complexes.

Les Duopodes avançaient inexorablement sur le terrain menant à la base de la rebeldéchamps. Comme ils avaient deux jambes, ils n'étaient pas incommodés par les variations de terrain et les dénivellations sous leurs pas.

Le général Ricane gardait un œil sur eux. Une fois qu'ils furent à portée de tir, il donna l'ordre d'envoyer les plantaines géantes. Des dizaines de fruits de plus de quatre mètres cinquante fendirent les airs dans un arc gracieux et vinrent percuter le permagel glacé : la chair des fruits explosa sous l'impact, se répandant comme de la purée, mais la peau, elle, s'ouvrit en forme d'étoile de mer géante et s'étala sur le sol, attendant comme il se devait les pieds métalliques des gigantesques Duopodes.

De sa position surélevée à l'arrière des forces de l'Emp-Imp-Imp, le commandant des Troupes d'Attaque au Sol, le général Averse, soupira en voyant ses Duopodes se vautrer les uns après les autres. Certains se retournèrent en agitant leurs deux jambes en l'air de frustration. D'autres essayèrent quelques instants de retrouver l'équilibre et se lancèrent dans des pas de claquettes, mais ne firent que retarder l'inévitable.

— Les Tripodes ! Lancez les Tripodes ! Exécution !

Comme son lieutenant en second se précipitait pour transmettre l'ordre de son supérieur, Averse se prit la tête à deux mains. Il allait falloir beaucoup de temps pour que cet assaut ressemble à quelque chose.

Chapitre 4

Dégueubeurk.
C'est dégueu et c'est beurk !

Luc sortit d'hyperespace au-dessus d'une petite planète vert-vert.

— Je ne sais pas encore comment, fit-il en s'adressant à l'unité DR située dans le siège sans fauteuil derrière lui, mais je dois trouver un maître Jedognon sur cette planète.

— Eeek ! répondit le droïde.

Le vaisseau plongea dans l'atmosphère, et ressortit sous les nuages pour découvrir une jungle à perte de vue.

— Comment vais-je trouver Yodla dans cette jungle ? C'est comme chercher une aiguille dans un tas d'aiguilles plus grosses les unes que les autres, auxquelles aurait poussé du feuillage. (Il réfléchit à ce problème un instant.) Je dois me fier à la Farce, se dit-il enfin.

Fidèle à sa nouvelle résolution, il vola plus bas – assez bas en fait pour percuter de grands arbres. En quelques secondes, la structure complexe des ailes de son &-wing fut réduite en charpie. Le fuselage fut arraché par les branches et Luc, dans son siège passager, en fut tellement secoué que ses dents se mirent à faire un solo de batterie, ressemblant à s'y méprendre à celui qu'avait donné Keith Moon dans le *Live at Leeds*. Puis, la trajectoire amena Luc à percuter un arbre particulièrement gros ; les restes déchiquetés de son vaisseau finirent dans une flaque de boue, non loin d'une mare puante, au-dessus de laquelle volaient des oiseaux puants, dont un hibou qui puait plus que tous les autres réunis.

Luc resta assis plusieurs minutes, jusqu'à ce que ses globes oculaires arrêtent de trembler et que le bourdonnement dans ses oreilles s'estompe. Puis, il retira son casque, défit sa ceinture et appuya sur le bouton d'ouverture du cockpit.

— Il est temps d'aller trouver ce Yodla, dit-il à son unité DR. Si j'y arrive…

— Eeek ! répondit le petit droïde en apparaissant sous le siège de Luc.

Luc observa d'abord les lieux avant de s'enfoncer dans les sous-bois. L'unité DR^2DR le suivit à distance raisonnable.

— Mon seul espoir, fit Luc qui peinait à avancer, est qu'en me fiant à la Farce et en m'y abandonnant… Waaaaaargh ! (Il venait de tomber dans un trou.) Au secours ! cria-t-il aussitôt. Je suis tombé dans un trou.

— En bas, bonjour, fit une voix.

Au bord du trou, Luc aperçut un visage de tortue verte toute fripée qui le regardait.

— Tu peux m'aider ?

— Aider moi, toi tu vas, répondit le visage.

— Non, est-ce que *tu* peux m'aider *moi* ?

— Répondu, déjà je t'ai.

— Oh bon Thog de bon Thog ! s'écria Luc.

Il se leva et à l'aide de ses doigts – toujours endoloris

et pas entièrement reconstruits depuis les engelures sur Coldh – il essaya d'escalader la paroi boueuse du trou dans lequel il était tombé. Parvenu laborieusement en haut, il s'écroula de fatigue.

— Merci pour rien, haleta-t-il.

— Aller toi où regarder, fit le petit homme vert. Pas, ajouta-t-il sur le tard.

— Euh, quoi ? fit Luc. Ta maîtrise du langage standard galactique n'est pas franchement idiomatique.

— Tainement, Cer, fit le petit bonhomme.

Celui-ci alla s'asseoir sur un tronc d'arbre abattu afin de parler plus confortablement avec Luc. C'était un gros tronc ; suffisamment gros, en effet, pour qu'un homme adulte puisse s'y cacher s'il l'avait voulu. Et si le tronc avait été creux. Ce qu'il n'était pas, bien sûr. Je ne disais ça que pour vous donner un aperçu de la taille du tronc.

Luc rattrapa le petit homme. Cela ne lui prit pas longtemps, car il était vraiment rikiki : vert de peau, court de membres, et puis aussi vert de membres, puisque, bizarrement, ses membres étaient couverts de peau verte. Son visage était fripé, et comme étrangement replié sur lui-même. Aucun cheveu ne poussait sur sa tête verte. Mais le plus bizarre de tout, c'était ses vêtements : un gilet de velours vert sur une chemise crème et un pantalon en cuir moulant qui lui arrivait à peine aux genoux.

— Je cherche un puissant guerrier Jedognon, fit Luc en s'asseyant, nommé Yodla.

— Yodla moi c'est, répondit le petit bonhomme. Yodelelelela-itou-yodla-yodela-oh-i-*hiiii*, gardien de chèvres solitaire, là assis, haut sur la colline, ajouta-t-il.

Luc le dévisagea pendant deux bonnes minutes. Quand il eut fini, il se contenta de dire prudemment : « D'accord. »

— Enseigner toi je vais, déclara Yodla. Désapprendre tu dois, avant de pouvoir apprendre. Sentir la Farce, tu vas. Yodela-ay-i-*hiiiiii* ! Yodela-ay-i-*hayy* ! Yodel-idle-odle-idle-itou-odle-idle-odle-ay-i-*hiiiii* !

Et sur cette dernière note, la voix de la petite créature monta si haut que seuls les chiens auraient pu l'entendre.

— … je te demande pardon ? fit Luc.

Yodla avait un air énigmatique. Sa bouche se repliait de façon inhumaine, comme si les os de son crâne n'étaient pas taillés en forme de globe auquel était suspendue une mâchoire, mais en une forme à cinq branches repliée sur elle-même et plane en son centre, presque comme une main en train de frotter son pouce contre les autres doigts. Luc n'avait jamais rien vu de tel.

— Sacrée chanson des Jedognon, cela est, expliqua Yodla. Apprendre la, tu vas. Bien serré ton pantalon doit être. Oui. Aider toi grimper ça va, grimper chaque montagne, oui. Autre chanson il y a, pour se balancer dans cette jungle de liane en liane, avec moi sur ton dos dans ton petit sac à dos. La chanter, je vais…

— Pas la peine, l'interrompit Luc. Ça va comme ça. Donc, euh… Ravi de te rencontrer. Pourrais-tu, s'il te plaît, et si ce n'est pas trop te demander, m'enseigner les rites et les arts mortels de l'ancienne religion Jedognon ?

— Oui. T'entraîner je vais dans le maniement du sabre-lumière. Et aussi dans les arts martiaux farceurs, dans les faux bruits, bouger des cailloux avec force de l'esprit, frapper les gens en pleine tête avec une planche sur l'épaule, et autres talents aussi dangereux. Sans parler de dynamite-ti-*hiiiiiiiii* ! – oui, de dynamite-ti-*hiiiiii* !

— Est-ce qu'il est absolument nécessaire, s'enquit Luc, de finir toutes tes phrases par la chanson sacrée des Jedognon ?

— Mais oui, déclara Yodla.

Visiblement, il était descendu de son tronc d'arbre, bien que Luc ne l'ait pas vu bouger ; et maintenant, il avançait dans les sous-bois impénétrables de Dégueubeurk. Luc n'arrivait pas à voir les jambes ni les pieds de la petite créature, mais il prit pour acquis qu'elle avait ces accessoires physiques. En tout cas, elle se déplaçait bien comme si elle marchait, se balançant d'avant en arrière sur ce que Luc estimait être ses membres inférieurs.

— Avec moi tu vas venir, déclara Yodla. Dans ma toute petite maison, même si tu y es à l'étroit, plutôt. Là, je t'enseignerai les grands secrets de la Farce.

— Excellent, répondit Luc.

— Yipii-aï-iiiii-i-*hiiii* ! Yodela-ay-i-*hayy* ! Yodle-itou oh a-yo, *iii* a-yo i-*hiiii*, convint Yodla.

Chapitre 5

La Cité Flottante. Ah, voilà un endroit
qu'il est beau. Vraiment charmant.
Allez-y si vous en avez l'occasion.
C'est un endroit de rêve pour des
vacances. La vue est magnifique.
Et si vous y allez hors saison, si cela
ne vous dérange pas que vos enfants
manquent l'école un ou deux jours,
les prix sont vraiment raisonnables.
Non, sérieux.

Yahun Salo fit sortir son vaisseau, *Argent Trop Cher Trop Grand La Vie N'a Pas De Prix IV*, d'hyperespace avec l'aisance de l'habitude. Il trouvait aisé de sortir d'hyperespace. Il y était habitué. Chikdutabac dormait à ses côtés ; son pelage avait repoussé, mais pas suffisamment, ce qui le rendait piquant quand on le transportait. Du coup, Yahun avait fait installer un siège spécial sur le pont de l'*Argent Trop Cher Trop Grand La Vie N'a Pas De Prix IV*, et ensuite fait hissé Chikdutabac dedans pour l'y laisser dormir tranquillement.

La princesse Layette s'était changée. Elle portait une robe des plus élégantes, taillée dans la jambe d'un pantalon vraiment trop grand et ridicule.

— Parle-moi un peu de ton ami, dit-elle.

— Landrover Catcylindre ? Je le connais depuis des années. Il s'est trouvé un boulot peinard comme contremaître de la Cité Flottante. Si quelqu'un peut télécharger le mystérieux Secret de ton droïde, c'est bien lui.

— Tu en es sûr ? Je suis assez frustrée de ne pas pouvoir le faire moi-même. Je suis certaine que si on arrivait à mettre la main sur ce Secret nous pourrions vaincre l'Emp-Imp-Imp en une seconde.

— Si quelqu'un peut pirater le droïde, fit Yahun confiant, c'est bien Landrover. Il va nous aider. Je le sais.

— J'espère que tu as raison, répondit la princesse Layette comme le vaisseau approchait de l'atmosphère de la planète. Beaucoup de choses dépendent de ce Secret.

Bientôt la cité géante, dans toute sa splendide opulence flottante, apparut. Elle ressemblait à un macaron géant en métal et plastique et tenait toute seule dans les airs avec une flottaison à couper le souffle.

— Je vais les prévenir par radio que nous arrivons, fit Yahun. Landrover nous attend.

Il posa l'*Argent Trop Cher Trop Grand La Vie N'a Pas De Prix IV* sur la piste d'atterrissage principale de la cité, éteignit les moteurs et mit le frein à main. Tout le monde défit sa ceinture, sauf Chikdutabac (qu'ils laissèrent là où il était). Ils sortirent tous par le sas. À l'extérieur, l'air était frais et chargé d'ozone.

— Bienvenue à la Cité Flottante, fit un jeune homme tout sourire – assez mignon, bien que portant une cape, mais quand même pas aussi mignon que Yahun.

— Landrover, mon vieux poteau ! s'écria Yahun. Comment que ça va-t-y ?

— Yahun ! Yahun Salo ! Bon sang, ce que ça me fait plaisir de te revoir !

— Je te présente la princesse Layette, fit Yahun.

— Ravi de vous rencontrer. Où est Chikdutabac ?

— Il dort, répondit Yahun en faisant un geste de la tête en direction du vaisseau.

— Évidemment. Ah, mais quelle joie de vous avoir ici, à bord de la Cité Flottante, fit Landrover tout fier. (Il serra chaleureusement la main de tout le monde, y compris G6P-πTO.) Elle flotte vraiment, ajouta-t-il. La cité, je veux dire. Elle flotte vraiment dans les airs, à deux kilomètres du sol, environ. Vraiment. Pour de vrai.

— C'est ce que je vois, répondit la princesse en regardant autour d'elle. La vue est…

— … c'est une technologie très en avance sur son temps, la coupa Landrover. La, euh, flotte-un-coup-pour-voir, c'est comme ça que s'appelle cette technologie. Très très en avance sur son temps.

— D'accord, fit Layette.

— Nous flottons ici pour de vrai. Comme suspendus au ciel. Et… (Landrover se mit à rire de manière peu convaincante, par petits éclats, comme s'il trouvait ce qu'il disait hilarant.) … nous ne sommes absolument pas perchés sur un pylône géant, ou quoi que ce soit d'autre ! Ha ! Ha ! Non, pas le moins du monde Ha ! Non, vraiment pas. Non.

Mais ses yeux ne riaient pas.

— D'accord, fit Layette, d'un seul coup moins convaincue.

— Bien, déclara Landrover en se frottant les mains. Nous avons donc fait le tour de la question, pas vrai ? Une Cité Flottante… flot-tan-te. OK ?

— On a compris, dit Yahun.

Landrover, un rien angoissé, dévisagea chacun de ces invités avant de se fendre d'un large sourire.

— Excellent ! Alors venez. Rafraîchissements pour tout le monde.

Il conduisit le petit groupe dans des couloirs peints en blanc avec des poignées le long des murs. Elles s'avéraient très utiles, car la Cité Flottante semblait tanguer de façon alarmante, jusqu'à un angle de quinze degrés par rapport à l'horizon, pour finalement s'arrêter un instant, avant de repartir lentement dans le sens inverse, jusqu'à un angle là aussi de quinze degrés. Et ainsi de suite.

— Vous vous ferez vite à ce petit balancement, leur expliqua joyeusement Landrover, tout en s'agrippant d'une poignée à l'autre jusqu'à une porte.

— Si tu le dis, fit Yahun en serrant les dents.

— J'ai le mal de mer, déclara G6P-πTO. Et pourtant, je ne crois pas avoir d'oreille interne, et encore moins de système digestif.

Ils se halèrent ainsi jusque dans une salle où ils s'écroulèrent, reconnaissants, sur des sièges en similicuir rouge. Un robot-traction rampa alternativement de haut en bas pour venir leur offrir des rafraîchissements ; ceux-ci étaient servis dans des verres d'apprentissage pour bébés, antifuites.

— Mais pourquoi est-ce que ça tangue autant ?

— Tanguer ? fit Landrover comme s'il n'avait pas remarqué. Ah, tu fais sans doute référence à ces légères perturbations. C'est ça ? Tu parles des légères perturbations ?

— Euh, sans doute.

Landrover balaya l'air de la main.

— Ce n'est qu'un léger problème technique passager dans le rayon de force-tracteur, euh, laser, électronique, euh, de la technologie de pointe qui, ah, alimente la cité. (Il sourit à pleines dents.) Croyez-moi, au bout d'un moment on ne s'en rend même plus compte. Moi, par exemple, je ne m'en rends plus compte.

Abruptement, le sol s'inclina comme le plancher d'un avion qui atterrit ; ce fut si rapide que Landrover fut éjecté de son siège. Il fendit les airs le visage crispé de terreur, percuta le mur d'en face et s'écrasa la figure sur le plancher.

Il se redressa avec difficulté et rampa jusqu'à son fauteuil.

— Alors, fit Layette, histoire de discuter tandis que Landrover se mettait des bouts de mouchoir en papier dans les narines pour endiguer le flot de sang, quelle est donc la spécialité de cette cité ? C'est une ville minière ?

— En fait, non, répondit Landrover dans une imitation de Jean d'Ormesson. Nous sommes spécialisés dans des cours du soir et autres types d'enseignement universitaire.

— Comme c'est intéressant. En humanités ? En sciences ?

— En fait, en un seul domaine. La technologie des cités flottantes.

La princesse Layette opina du chef, pendant que, de chaque côté de sa tête, des mèches de cheveux se balançaient comme des balanciers de pendule.

— J'aurais bien aimé suivre un cours comme ça, dit-elle.

— C'est plus qu'un cours, expliqua Landrover. La technologie enseignée est très… compliquée… La plupart de nos étudiants paient sept années de scolarité d'un coup, à quatre cent mille crédits impériaux l'année, avant de pouvoir être autorisés à suivre le cours LC101 (Lévitation Citadine 101). Il faut vingt ans d'études, en moyenne, pour avoir sa licence et seules les formes de vie les plus riches peuvent se la payer. Les formes de vie les plus riches, ajouta-t-il, ou leurs parents. Et si des parents super-riches veulent se débarrasser d'un enfant bruyant et égoïste en l'inscrivant pendant vingt ans dans une université suspendue à deux kilomètres au-dessus du sol dont on ne peut s'échapper, qui sommes-nous pour les en empêcher ?

— Combien d'étudiants ont-ils eu leur diplôme en lévitation de cité avancée, l'an dernier ? s'enquit Layette.

— Euh, fit Landrover. Hé ! Regardez par la fenêtre ! Il est pas beau ce coucher de soleil ?

Après une heure de conversation et autres banalités, Landrover s'excusa et emprunta l'un des couloirs de paquebot-dans-la-tempête pour se rendre dans une autre pièce. La porte se releva dans un sifflement pour révéler un personnage familier tout de noir vêtu, qui se tenait là tant bien que mal.

— LANDROVER, fit Dark Pater. SONT-ILS LÀ ?

— Ils sont là, annonça-t-il. Mais l'un d'eux est un de mes vieux amis. Finalement j'ai changé d'avis. Je ne veux plus les trahir.

Dark Pater sembla contempler la vue qu'offrait l'une des fenêtres, sur le ciel et les nuages. Soit ça, soit il se retenait de vomir.

— IL SERAIT DOMMAGE, dit-il finalement, QUE JE SOIS FORCÉ DE DONNER L'ORDRE À MES CHASSEURS DE TAILLE S DE DÉTRUIRE LE PYLÔNE DE TA CITÉ…

— Pylône ? s'exclama Landrover un rien outragé. Comment ça un pylône ? Qu'est-ce que c'est que cette accusation non fondée ni corroborée, hein ? Il n'y a pas de pylône.

— ALLONS, ALLONS, LANDROVER. LE GRAND PYLÔNE SUR LEQUEL EST PERCHÉE TA PRÉTENDUE CITÉ FLOTTANTE. LE PYLÔNE QUE TU AS FAIT PEINDRE EN BLEU CIEL. CE PYLÔNE-LÀ.

— Ah, fit Landrover. Celui-là. Eh bien, ce serait quand même mieux, en ce qui nous concerne, si vous ne détruisiez pas ce pylône-là. Non qu'il soutienne la cité, ajouta-t-il rapidement, ce n'est pas mon propos, loin de là, car cette cité, Dieu m'en est témoin, est maintenue dans les airs grâce au miracle d'une technologie futuriste. Et toc ! Mais ce détail mis à part, il serait préférable, en fait, que vous ne cassiez rien… du tout… Comme ce pylône, par exemple. D'ailleurs, tiens, ce qui serait encore mieux, c'est que vous ne parliez pas du tout de ce pylône.

— ET SALO ?

— Je le livrerai à vos streumtroopers dans moins d'une heure, fit Landrover d'une petite voix amère.

Mais il savait quand il était battu.

— NOUS AVONS DONC UN ACCORD ?

— Oui.

— QUE TES GARDES LES METTENT AUX FERS. MAIS QU'ON M'AMÈNE CE SALO.

— Salut les gars, fit Landrover en retournant auprès de ses invités. Vous revoulez du jus de maquereau ? Un sirop pomme-canneberge ? (Il s'assit sur l'un des petits sièges en similicuir.) Au fait, que puis-je faire pour vous ? Qu'est-ce qui vous amène dans ma petite cité U ?

— Landrover, répondit Yahun en se penchant en avant. Je vais te le dire. Tu étais le plus brillant hacker que je connaisse.

Landrover sourit, tout en modestie.

— C'est vrai. Dans le temps, on m'appelait Hacker Hoover. (Son sourire disparut et il sembla soudain songeur.) En fait, j'ai jamais compris pourquoi...

— Bon, des données secrètes ont été sauvegardées dans ce droïde, fit Yahun en désignant G6P du doigt. On voudrait bien que...

— Pas ce droïde, l'interrompit la princesse Layette, contrariée. C'est l'unité DR. Je ne confierais pas les plans des toilettes de jardin de ma grand-mère à ce droïde-là.

— Oh, fit G6P d'un ton blessé. Je vous remercie.

— L'unité DR, répéta Yahun dubitativement. Vraiment ?

— Ben oui.

— Non, mais, vraiment, vraiment ? Ou pas vraiment, vraiment ?

— Vraiment, vraiment.

— Ah, fit Yahun. (Il regarda un instant le sol ondulant.) Oh, déclara-t-il enfin.

— Tu as bien emmené l'unité DR avec nous, n'est-ce pas ? lui demanda Layette. Tu ne l'aurais quand même pas laissé à Coldh pour qu'il tombe à nouveau dans les griffes de l'Emp-Imp-Imp ?

— Non, répondit fermement Yahun. Quand même pas.

— Alors où est-il ? Sur le vaisseau ?

— Je l'ai passé à Luc, expliqua Yahun. J'ai pensé qu'il aurait besoin de toilettes mobiles, puisqu'il avait ce long voyage à faire jusqu'à Dégueubeurk.

Le regard d'acier de Layette en dit plus long qu'une trilogie. Et aucun des volumes ne contenait de passages polis ou flatteurs.

— Je suis désolée, dit-elle en se tournant vers Landrover d'une voix dangereusement polie. J'ai bien peur que nous vous ayons fait perdre votre temps.

— Ah bah, fit Landrover. C'est pas grave. Une autre fois, sans doute. À présent, il y a quand même une petite chose dont je voudrais vous parler, avant d'aller déjeuner tous ensemble.

— Ah bon ? De quoi veux-tu nous parler ? demanda Yahun.

— Je suis aux regrets de vous dire que l'Emp-Imp-Imp, aidé par un chasseur de primes qui était à ta recherche depuis déjà quelque temps, Yahun, vous a suivis jusqu'ici et est même arrivé avant vous. Dark Pater vous attend dans une antichambre afin de vous mettre tous aux fers. Je suis désolé : j'ai les mains liées. Enfin, pas littéralement. Mais elles pourraient le devenir, voire être menottées, si jamais je ne fais pas précisément ce que Dark Pater demande. Il a menacé l'existence de la cité tout entière. Vous comprenez ma position, j'espère ? Je suis donc condamné à avoir mauvaise conscience, et vous à la prison, la torture et sans doute une mort atroce. Dites, vous ne m'en voulez pas, au moins ?

— Vous ne m'en voulez pas au moins, fit Yahun, trop sous le choc pour faire autre chose que répondre automatiquement.

Ses yeux étaient aussi gros que des soucoupes, enfin, si on parle de soucoupes de deux centimètres de diamètre, du genre de celles qu'on trouve dans des maisons de poupées. L'idée, c'était qu'ils étaient vraiment écarquillés.

— Non, tu n'as pas compris, répliqua Landrover. Je vous demandais simplement si vous m'en vouliez ou pas. Enfin bon. (Il sourit et se frotta joyeusement les mains.) Que voulez-vous manger ? Il y a des harengs et du pain azyme… ça vous tente ?

Chapitre 6

C'est toujours dégueu et beurk sur Dégueubeurk

Pendant cet interlude, Luc s'était entraîné intensivement aux arts de la Farce. Il avait appris à glisser sur des peaux de banane, à faire des culbutes, à jongler avec des carafes d'eau de façon à se les renverser sur la tête, à présenter des verres à des bouteilles comme s'ils étaient en société, et à une multitude d'autres arcanes farceurs. Yodla avait surtout fait tenir Luc sur ses mains.

— Mais pourquoi, maître ? avait demandé le jeune apprenti.

— Tenir sur les mains plus dur est que sur les jambes tenir, avait répondu Yodla. Les étudiants souvent tombent. Avec la Farce, en rythme, ils le font.

Un jour, Yodla avait donné à Luc son propre sabre-lumière. C'était un fin tube de verre d'une opalescence perle, avec une base argentée où se trouvaient la source d'énergie et l'interrupteur.

— Du Jedognon l'arme, le sabre-lumière est. Prends-en soin.

— D'après ma modeste expérience, maître, lui avait dit Luc, ces sabres-lumière ont tendance à, eh bien, se casser facilement. C'est normal ?

— Doivent être utilisés correctement, avait répondu Yodla. Si incorrectement utilisés, alors cassure peut survenir, pour laquelle la Manufacture de Luminaires Yodla S.A. être tenue responsable ne peut, aucune somme remboursée ne sera, aucune plainte acceptée ne sera, pour le conseil d'administration, A. Gonzo.

— Euh, mais ça veut dire quoi en français ? avait insisté Luc.

— Allume-le, lui avait ordonné Yodla. Et tiens-le devant toi. Euh, je veux dire, avait-il ajouté rapidement, devant toi, tiens-le. (Luc avait obéi.) À présent, me toucher, tu vas essayer.

Luc avait essayé d'asséner un grand coup à la créature verdâtre, mais Yodla avait évité le sabre à la vitesse d'un lévrier donnant la chasse à un lapin. En l'espace d'une seconde, il avait sauté dans les airs pour atterrir sur la lame lumineuse de Luc. À la grande surprise du jeune homme, le petit homme vert était resté en équilibre sur le sabre-lumière, ses yeux au niveau de ceux de Luc.

— Désespérant, tu es, lui avait fait remarquer Yodla. (D'un saut périlleux arrière, il était retombé sur le sol de la forêt.) À présent, avait-il dit, un grand coup de poing à ce tronc d'arbre tu vas donner – mais à une distance de deux centimètres seulement. Toute ton énergie tu vas mettre dans ce coup – comme si passer à travers l'arbre tu allais essayer.

Luc avait éteint son sabre-lumière et l'avait posé délicatement contre un rocher.

— Est-ce un tour prodigieux de la Farce que tu es en train de m'enseigner ? lui avait-il demandé. Frapper un gros tronc d'arbre à deux centimètres de celui-ci ?

— Pas vraiment, avait répondu Yodla. Te briser les phalanges, tu risques, et crier : « aïe ! » va te faire. Mais très amusant un tel spectacle à regarder est. Yodel ay-itou-ay-*iiiii*.

Plus tard le même jour, Luc mangeait son dîner avec une main bandée.

— Alors si j'ai bien tout compris, fit Luc, tu es le Jedognon suprême, le maître des maîtres, le *capo di capo di Jedogno*. Tu maîtrises tous les arts Jedognon et possèdes un niveau supérieur de sagesse, d'intelligence et de puissance de la Farce, à n'importe qui dans la galaxie tout entière.

— Vrai cela est, répondit Yodla.

— Et pourtant, tu es incapable de prononcer la moindre phrase de standard galactique sans mélanger l'ordre des mots.

Yodla eut l'air de bouder.

— Dyslexie j'ai, fit-il. Corrélation avec problème intellectuel aucune cela n'a. Beaucoup de gens très intelligents dyslexiques sont. En fait.

— Mais la dyslexie affecte l'agencement des lettres au sein d'un mot, rétorqua Luc, vraiment interloqué. Pas l'agencement des mots dans une phrase.

— Grande gueule, tu as, grommela Yodla qui boudait de plus belle. Yodel-ay-i-*hiiiiii*. Vieux, je suis. Du respect pour tes aînés, tu pourrais montrer un peu. Quand il n'y avait que des champs à perte de vue, déjà ici je venais, te ferais dire je. Les médecins sont de plus en plus jeunes ces temps-ci, remarqué tu as ? Les policiers également. Et toute cette monnaie impériale, peu clair c'est ; cent centimes impériaux pour un crédit impérial ? À quoi cela rime ? Qu'est-ce qui n'allait pas dans le bon vieux système où il fallait quatre mille six cent sept zlapts pour faire un pdoing. Et vingt-sept pdoings et demi pour faire un bdapbamboum, et une virgule un bdapbamboum pour faire un heebijeebiblubbablubba-blubba ? Ça, un système monétaire logique c'était.

Luc mangea en silence le temps de digérer la phrase, mais aussi de digérer son souper, même si les deux digestions n'étaient pas semblables.

— Quel âge as-tu, maître ? demanda-t-il finalement.

— Dix-sept siècles j'ai, bientôt dix-huit, répondit Yodla. Beaucoup de changement j'ai vu.

— Je m'en doute, fit poliment Luc.

— Enfin bon, dit Yodla. Bon enfin. Ton entraînement terminé est.

— Vraiment ? s'exclama Luc, plutôt étonné. Mais j'ai l'impression de n'avoir pas appris grand-chose !

— N'as-tu attention pas fait à ce que dis j'ai ? Désapprendre tu dois. L'essence de la Farce n'est pas dans l'apprentissage. L'apprentissage, l'entraînement, le talent, toutes ces choses à l'encontre du pouvoir de la Farce vont. La Farce se trouve dans la non-préparation, dans l'ignorance et la stupidité, dans l'empressement imbécile de prendre des risques absurdes. Plus rien je ne peux t'apprendre. Partir tu dois.

— Partir ?

— Oui, partir. Tes amis en danger sont. Capturés par Dark Parter ils ont été, oui. Torture et mort il prépare.

T'attirer dans la Cité Flottante, il espère, afin de t'encastrer dans un bloc géant de cristal pour te transporter ainsi jusqu'à son empereur, en guise de cadeau. Tester, il est en train, la machine qui encastre les gens dans des blocs géants de cristal sur Yahun Salo, après quoi torturer et tuer la princesse Layette il va.

— Non ! cria Luc.

— Si ! répondit Yodla. Ne m'interromps pas.

— Mais comment sais-tu tout cela, maître ? Est-ce un pouvoir de la Farce ?

— Ça, et aussi un radio émetteur ondes très très courtes que j'ai dans ma hutte. Informé tout le quadrant de ses actions, Dark Pater a. Tout cela partie d'un plan pour t'attirer dans une tentative imbécile de sauvetage faire.

— Mais, fit remarquer Luc qui avait réfléchi très fort, si Dark Pater essaie de m'attirer dans la Cité Flottante pour me tendre un piège et me capturer… est-ce vraiment intelligent de m'y rendre ? Je veux dire, n'y a-t-il pas un risque que Dark Pater fasse exactement tout ce que tu as dit… qu'il me capture et me passe dans cette machine à encastrer les gens dans du cristal pour me livrer à l'empereur ?

— Un idiot tu es, répondit Yodla. À la Farce rien tu ne comprends. T'attacher le pouvoir incommensurable de la Farce en réfléchissant tu crois ? Comment fonctionner cela pourrait-il ? Idiot. En danger tu dois te mettre, et chute comique il y aura.

— Très bien, maître, fit Luc en baissant la tête.

— Prends le sabre-lumière que je t'ai donné, déclara Yodla. Mon vaisseau spatial, emprunter tu peux. Le casser ou l'érafler tu ne dois. Pas fini de le payer, j'ai, et très contraignants les petits caractères en bas du contrat de *Ron Dadouron Vaisseaux d'Occase à Prix Réduits* sont. Vole jusqu'à la Cité Flottante, sauve tes amis, et ici tu reviens, pronto, avec vaisseau immaculé sans une égratignure.

— Très bien, fit Luc en se levant. Je ne faillirai pas, maître.

— Verrons bien, nous, grommela Yodla en partant dans la forêt en chantant à tue-tête. Ô mon bateau-yodlo-itou-huuu, tu es le plus yodle-iiiiiii-beau de tous les yodle-bateaux-hiiii-ho !

Chapitre 7

Le sort funeste réservé à Yahun Salo

Tout ce que Yodla avait dit à Luc était vrai : Dark Pater avait bien espéré attirer Luc dans la Cité Flottante en capturant et en torturant ses amis, puis en diffusant l'info sur les ondes très très courtes du quadrant. Il avait misé sur le fait que Luc Skyterrier devait être la seule personne assez téméraire pour tenter une mission de sauvetage aussi désespérée.

Yodla avait également raison pour la « Technologie de Presse-Papiers à Grande Échelle », grâce à laquelle il espérait bien immobiliser Luc le temps de l'emmener devant l'empereur impérial. Il l'avait apportée avec lui et ses streumtroopers l'avaient installée à l'intérieur de la Cité Flottante. Mais pour être sûr que la machine fonctionnait correctement, il avait décidé de la tester d'abord sur Yahun ; après quoi il comptait remettre le corps du pilote à un certain chasseur de primes avec qui il avait passé un accord.

— AMENEZ-MOI CE SALO, ordonna-t-il. L'HEURE EST VENUE DE TESTER LA MACHINE.

Deux soldats firent entrer Salo. Bien que ses bras soient tenus par des streumtroopers mastocs, il essayait quand même de se débattre.

— Retirez vos sales pattes, grondait-il, saloperies d'Emp-Imp-Imp !

— ALLONS, ALLONS, MONSIEUR SALO, fit Dark Pater d'une voix sépulcrale. TOUTE RÉSISTANCE EST INUTILE.

— Que me veux-tu, Dark Pater ? demanda Yahun. Tu espères me faire parler ?

— NON, MONSIEUR SALO... J'ESPÈRE VOUS TRANSFORMER EN PRESSE-PAPIERS GÉANT.

Ce n'était pas du tout ce à quoi s'était attendu Yahun.

— Oh, fit-il.

— JETEZ-LE DANS LA MACHINE, ordonna Dark Pater.

Les streumtroopers traînèrent leur prisonnier jusqu'au bord de la machine.

— Attendez ! cria Salo. (Il tourna la tête par-dessus son épaule.) Je t'aime ! hurla-t-il. Je voulais juste que tu le saches avant qu'on me jette dans cette machine infernale... Je t'*aime* !

— Euh, c'est très flatteur, répondit le streumtrooper qui lui tenait le bras gauche. Même si c'est un peu soudain. Je veux dire, vous n'avez absolument pas préparé le terrain. Est-ce que vous ne croyez pas qu'il faudrait d'abord qu'on se connaisse un peu mieux avant de...

— Pas toi, cracha Salo, espèce d'idiot ! Pas toi !

— Ben, fit le streumtrooper en regardant derrière lui, c'est qu'il n'y a personne d'autre ici.

— Ah bon ? Oh. Je croyais qu'un autre groupe de streumtroopers avait amené la princesse Layette pour qu'elle soit témoin de mon triste sort ? Ce n'est pas la princesse que je vois là-bas ?

— Non.

— Oh.

— Cela ne servait à rien que la princesse soit là, expliqua le streumtrooper. Alors on l'a laissée dans sa cellule.

— J'aurais juré avoir vu quelque chose du coin de l'œil, pendant qu'on me traînait dans le couloir. Quelque chose qui ressemblait à deux streumtroopers en train d'escorter un autre prisonnier.

— Nan.

— Ah bon, fit Yahun. Désolé. Je me suis trompé. Évidemment, ce n'était pas facile de voir, vous me teniez plutôt violemment.

— ASSEZ ! gronda Dark Pater. JETEZ-LE DANS LE TROU !

— Nooon ! cria Yahun.

Mais c'était trop tard. Il fut balancé par-dessus bord, dans la machine. Des jets de fumée jaillirent du trou. Les monstrueux vérins se mirent en marche, se soulevant et s'abaissant pour pomper. Il y eut un fracas assourdissant et, semblant hésiter un peu, la roue sur le côté se mit à tourner. Finalement, à l'autre bout de la machine, un tapis roulant industriel se mit en branle. Un gigantesque cristal hémisphérique de trois mètres de diamètre et de deux mètres cinquante de haut émergea entre les dizaines de rabats en cuir qui pendaient à la façon d'un rideau rudimentaire à la sortie de la machine. Et au centre du cristal, capturé dans une position de surprise et d'effroi, juste à côté d'un hippocampe d'un mètre et d'une mauvaise imitation d'algues, se trouvait Yahun Salo. Complètement immobile.

— EXCELLENT, commenta Dark Pater. CELA DEVRAIT VRAIMENT EMPÊCHER QU'UNE GRANDE QUANTITÉ DE PAPIER S'ENVOLE AU PREMIER COURANT D'AIR.

De l'ombre derrière Dark Pater sortit une silhouette avec un casque ; c'était (plutôt inattendu comme nous n'avions pas encore vu ce personnage auparavant, mais c'est la vie, des fois des gens déboulent sans qu'on s'y attende) Gouda Fetta, le célèbre chasseur de primes.

— Avez-vous fini de vous amuser avec Salo ? s'enquit-il.

— FETTA, répliqua Dark Pater. SALO EST À TOI. RAMÈNE-LE À PIZZA LE HUTT.

— Comment avez-vous deviné ? demanda Fetta, sidéré par le niveau de prescience de Dark Pater. Que j'avais été contacté par Pizza le Hutt, je veux dire ?

— TOUS LES CHASSEURS DE PRIMES DE PIZZA LE HUTT ONT DES NOMS EN RAPPORT AVEC LE FROMAGE, LA VIANDE OU DES PETITS POISSONS SALÉS, déclara Dark Pater. TOUT LE MONDE SAIT ÇA.

— Évidemment, concéda Fetta. Ah, eh bien, j'aimerais bien pouvoir parler davantage, mais je dois partir.

Il enclencha un bouton d'antigravité sur le côté de l'énorme presse-papiers et fit avancer la chose facilement au-dessus du sol, à grands coups de pied, jusqu'à la sortie.

— ET MAINTENANT QUE NOUS SAVONS, fit Dark Pater d'un ton un rien suffisant, QUE CET ÉQUIPEMENT FONCTIONNE CORRECTEMENT, IL EST TEMPS POUR MOI D'AFFRONTER LUC SKYTERRIER. EST-IL ARRIVÉ ?

— Les senseurs confirment que son vaisseau s'est bien posé, déclara le premier streumtrooper.

— EXCELLENT. JE VAIS ME BATTRE AVEC LUI. IL CROIT QUE SON PÈRE EST MORT, MAIS JE VAIS LUI FAIRE UNE RÉVÉLATION DE CHOC SUR LA VRAIE NATURE DE SON ASCENDANCE. (Dark Pater posa les yeux sur le streumtrooper qui était à ses côtés.) POURQUOI JE *TE* DIS ÇA ? TU N'ES QU'UN MÉDIOCRE STREUMTROOPER. POURQUOI VOUDRAIS-JE ME CONFIER À TOI ?

— Je ne sais pas, Lourd Pater, répondit le soldat un rien nerveux.

— PEU IMPORTE. ASSURE-TOI SIMPLEMENT QUE LA MACHINE À FAIRE DES PRESSE-PAPIERS SOIT OPÉRATIONNELLE À MON RETOUR.

Sur ce, il sortit de la pièce, sa cape virevoltant de façon impressionnante.

Chapitre 8

Un duel et une révélation surprenante sur l'ascendance de Luc

Luc fit atterrir le vaisseau de rechange de Yodla sur une piste déserte. Il n'y avait pas un chat en vue.

— C'est trop calme, dit-il à l'unité DR^{2}DR. Bien trop calme…

— Eek ! couina DR en s'éloignant de Luc le plus vite possible pour disparaître par une porte ouverte.

Prudemment, Luc suivit le droïde et s'engouffra dans les couloirs. Quelqu'un avait scotché une feuille de papier A4 sur un mur. Un streumtrooper y avait écrit en pattes de mouche : « Confrontation et Duel avec Dark Pater, par là ⟶ »

— Pratique, fit Luc.

Il devait absolument avoir les idées claires. Il sortit le sabre-lumière que lui avait donné Yodla et essaya de trouver l'interrupteur, mais dut s'y reprendre à plusieurs fois. Après quelques toussotements lumineux, la lame tout entière s'illumina vivement. Il devait bien l'admettre, ça avait de la gueule.

— Bien, déclara Luc. Je suis prêt, Dark Pater. Je vais venger mon père !… qui a été tué par Dark Pater à ce qu'on m'a dit.

Il fit un pas en direction de la pièce où l'attendait sa Némésis, le test ultime pour ses jeunes pouvoirs de la Farce. Au même moment, le sol se pencha brusquement et plus dangereusement que d'habitude ; Luc trébucha, sautilla sur son pied gauche six fois et alla se cogner dans le mur, écrasant son sabre-lumière contre la paroi. La lumière s'éteignit.

En examinant son arme, Luc réalisa que le verre était légèrement fendu, compromettant de fait les gaz fluorescents qui se trouvaient à l'intérieur.

— Oh, zut ! fit-il.

Il vacilla. Qu'avait fait le vieux Benne, sur l'Étoile de l'Effort, juste avant d'affronter Dark Pater ? Il avait décroché un néon standard d'un plafond. Luc regarda le plafond du couloir. Pas un néon. Que de la lumière naturelle. De toute façon, cela n'avait pas été d'une grande utilité à Benne. Il ferait peut-être mieux de conserver l'arme qu'il avait. Est-ce que cela avait vraiment de l'importance que la lumière fonctionne ou pas ? Luc pensa que non.

Il franchit le seuil et entra dans un espace caverneux mal éclairé.

Dark Pater l'attendait.

— NOUS NOUS RENCONTRONS ENFIN, gronda-t-il.

— Maléfique Dark Pater, déclara Luc en brandissant son arme vacillante devant lui. Je suis venu venger mon père qu'apparemment tu aurais tué.

— TU AS BEAUCOUP À APPRENDRE, JEUNE SKYTERRIER. TU NE COMPRENDS RIEN AU CÔTÉ LOURD DE LA FARCE.

— Tu ne me convertiras jamais au côté Lourd.

— MAIS TU N'AS PAS ENCORE ENTENDU LES DÉTAILS. TU NE CONNAIS RIEN DU CÔTÉ LOURD. LA RÉMUNÉRATION, LES AVANTAGES, L'UNIFORME, *RIEN* !

— J'm'en fous !

— C'EST UNE ATTITUDE PLUTÔT ÉTROITE D'ESPRIT.

— Peut-être bien. Mais tu ne me convaincras jamais de te rejoindre.

— PAS AVEC DES MOTS, SANS DOUTE, déclara Dark Pater. MAIS PEUT-ÊTRE BIEN AVEC MON SABRE-LUMIÈRE ! PRENDS ÇA ! AH, NON, ATTENDS UNE MINUTE. QU'EST-CE QU'ELLE A, TON ARME ?

— Oh, répondit Luc un peu gêné. Elle est fêlée. Mais structurellement elle est toujours d'attaque. C'est juste que la lumière ne veut plus s'allumer.

— C'EST PLUTÔT BALLOT DE VENIR M'AFFRONTER AVEC UNE ARME DÉFECTUEUSE, NON ?

— N'importe quoi ! La lumière n'a aucun rapport avec l'efficacité de cette arme. J'ai vu comment tu as tué le vieux Benne Ken&barbie… et ce n'était pas avec de la lumière, mais avec des morceaux de verres coupants.

— PAUVRE KEN&BARBIE, fit Dark d'un air songeur. C'ÉTAIT MON MAÎTRE, TU SAIS. AVANT TA NAISSANCE. AH, C'ÉTAIT LE BON TEMPS. À L'ÉPOQUE, LES GENS VOUS MONTRAIENT UN PEU DE RESPECT. ILS NE COURAIENT PAS PARTOUT COMME AUJOURD'HUI. ET LE SYSTÈME MONÉTAIRE ÉTAIT PLUS LOGIQUE. J'AI PARLÉ À L'EMPEREUR IMPÉRIAL DE CETTE HISTOIRE RIDICULE DE CENTIMES DE CRÉDITS ET DE CRÉDITS IMPÉRIAUX, MAIS IL N'A RIEN VOULU SAVOIR. ENFIN BON, JE M'ÉGARE… PRENDS ÇA !

Le Dark Lourd des Sithweb se jeta sur Luc, faisant mouliner son sabre-lumière rouge vif dans une série d'arcs très précis. Luc essaya de parer l'attaque, et fit un pas en arrière pour avoir un meilleur appui, mais il trébucha sur une table basse qui se trouvait là. Il tomba à la renverse sur le sol, sur le dos... là. En l'espace d'une seconde – même moins que ça, en un dixième de seconde, le genre de temps qu'il faut à un ridicule héros japonais pour revêtir un scaphandre de combat en mousse – Dark Pater était sur lui. Il attrapa le bout du sabre de Luc et le lui arracha des mains. Ainsi armé de deux sabres, il se jeta sur lui.

Luc se releva en vitesse à quatre pattes et recula devant son ennemi. Ou, pour être plus précis, il s'enfuit. Il fit demi-tour et prit ses jambes à son cou, pour s'éloigner de Dark Pater aussi vite que ses longues jambes pouvaient le permettre. Mais Dark Pater était un maître de la Farce. D'un geste de la main, il déplaça un râteau de jardinage sur la route de Luc. Le pied droit de Luc se posa sur les dents du râteau, et la pression exercée releva prestement le manche en bois de l'ustensile de jardin en position verticale. Le manche percuta Luc en pleine face. C'est pour ce genre d'impact que l'onomatopée sonore « Shblam ! » a été créée dans les années 1930... Luc partit à la renverse en se tenant le nez et tomba une nouvelle fois par terre.

— TU NE PEUX PAS GAGNER, MON GARÇON, gronda Dark Pater en s'approchant de lui.

Mais Luc, bien qu'il ait très mal, n'avait pas perdu tous ses talents Farceurs. Alors qu'il rampait comme une loque sur le sol, il remarqua un certain nombre de trappes entre Dark Pater et lui. Dans un soubresaut, Luc agrippa un levier situé sur un mur. Dark Pater vit ce qu'il était en train de faire, mais il était trop tard : les rabats de la trappe s'ouvrirent et la gigantesque silhouette emmitouflée de noir tomba comme une pierre noire d'un mètre quatre-vingts et quatre-vingt-dix kilos.

Poussant un soupir de soulagement, Luc se releva et approcha du bord de la trappe par laquelle était tombé Pater afin de voir quelle fin tragique celui-ci avait connu. Mais, maladroitement, il marcha une nouvelle fois sur le râteau qui se trouvait à quelques centimètres à peine du trou. Une nouvelle fois, le manche en bois se dressa et entra en collision avec les sinus déjà endoloris de Luc.

— Aïe ! cria-t-il en fermant les yeux.

Il tituba et tomba dans le trou qui avait happé Dark Pater quelques secondes plus tôt.

Il dégringola un conduit de service et atterrit sur le sol métallique d'une vaste kitchenette souterraine. Un peu plus loin sur sa droite, derrière les placards en Inox et le plan de travail, il vit Dark Pater, son sabre-lumière et celui qu'il avait volé à Luc dressés devant lui.

Luc se releva en quatrième vitesse. Il n'avait pas d'arme ! Il devait s'en procurer une ! Il scruta désespérément le plafond à la recherche de quelque-chose-qui-aurait-pu-ressembler-de-près-ou-de-loin-à-un-néon afin de le dévisser. Puis, il baissa les yeux et découvrit quelque chose qu'il aurait dû remarquer plus tôt s'il n'avait pas paniqué. Il était séparé de Dark Pater par un grand plan de travail, qui faisait peut-être trois mètres de large sur douze mètres de long. Et sur cette surface, proprement alignées, se trouvaient des centaines et des centaines de tartes à la crème.

Pendant ce temps, plusieurs niveaux plus haut, la princesse Layette et G6P étaient détenus dans une cellule de sécurité moyenne, juste sous le niveau piéton de la cité. Layette n'arrêtait pas de secouer la tête en soupirant.

— Je n'arrive pas à réaliser que l'ami de Yahun nous ait trahis.

— Hé, ne me regardez pas comme ça, rétorqua G6P. Moi, je n'ai jamais fait confiance à un *Homo sapiens.*

Au même moment, la porte de la cellule s'ouvrit. Deux streumtroopers apparurent, portant Landrover Catcylindre à bout de bras. Ils le jetèrent dans la pièce et refermèrent la porte derrière eux. Ils avaient jeté Landrover suffisamment fort pour qu'il tourne à cent quatre-vingts degrés dans les airs, et que la première partie de son corps à toucher le sol soit sa boîte crânienne. Il rebondit dessus et prononça un seul mot avant de s'écrouler sur le dos : « Arrrgh ! » Puis, il resta par terre à gémir pendant plusieurs minutes.

— Notre traître, fit la princesse Layette en se plantant au-dessus de lui. Je ne peux pas dire que je sois heureuse de te voir. Espèce de salaud !

— Ouille, fit Landrover en essayant tant bien que mal de se relever. Ça fait mal.

— Si tu crois que je n'ai que cette insulte à mon vocabulaire…

— Je parlais de rebondir sur la tête. Mais j'avoue que votre commentaire était lui aussi douloureux.

— Je m'en moque, fit la princesse de manière inconsciente. Espèce de salopard de traître. Et d'abord que fais-tu ici ? Pourquoi est-ce que ces streumtroopers t'ont jeté par terre avec autant de force ?

— Eh bien, fit Landrover en massant les endroits les plus endoloris de son corps, je croyais avoir négocié un accord aux petits oignons avec Dark Pater. Je devais vous trahir et l'aider à encastrer Luc Skyterrier dans un gigantesque morceau de cristal afin de l'emmener devant l'empereur impérial. En échange de quoi, Dark Pater était d'accord pour ne pas détruire la cité et me laisser la diriger. Mais apparemment, il a changé d'avis. Il a placé la cité sous le contrôle de l'Emp-Imp-Imp et m'a jeté en prison avec vous afin de me torturer et de me tuer.

— Je vois, dit la princesse. Eh bien, je ne peux qu'apprécier ton honnêteté. Si tu étais quelqu'un de plus menteur, tu aurais pu dire que ta trahison n'était qu'une ruse afin de tenter un double bluff dans le but d'assassiner Dark Pater et de nous libérer de notre emprisonnement.

— Oui ! fit joyeusement Landrover. C'est *exactement* ça. Je suis un héros.

Le duel entre Luc et Dark Pater continuait dans les niveaux inférieurs de la cité. En fait, le duel se résumait principalement à ce que Dark Pater coure après Luc en brandissant ses deux sabres-lumière, pendant que Luc fuyait aussi vite que possible.

Luc était sorti du duel de tartes à la crème dans un moins bon état que son adversaire. La cape de Dark Pater était tissée, semble-t-il, à partir d'une matière futuriste qui repoussait les taches. Luc, lui, en revanche, était couvert de crème de la tête aux pieds. Et la crème ne facilitait pas ses déplacements sur le sol lisse et métallique.

— RENDS-TOI, MON GARÇON, gronda Dark Pater. VIENS AVEC MOI VOIR L'EMPEREUR. C'EST TA DESTINÉE.

— Ça m'ferait bien mal, rétorqua Luc.

Il plongea à droite sous une porte basse et ressortit dans la section de traitement des déchets de la Cité Flottante : un hangar géant rempli de trucs en métal et autres déchets dégoûtants. Au centre de la pièce se trouvait le noyau du système de traitement des déchets de la Cité : un grand trou béant qui donnait sur le ciel en dessous, par où les employés municipaux balançaient les ordures lorsqu'ils avaient le temps.

Luc eut à peine le temps de se faire à ce nouvel environnement que Dark Pater déboulait dans la pièce en agitant dangereusement ses deux sabres. Luc poussa un cri et bondit en avant, glissant sur une flaque d'huile et s'étalant tête la première dans un tas de têtes de poissons. Il se dégagea de là, mais les crânes pisciformes en décomposition lui collèrent au corps du fait de la crème. Il reprit sa course.

Luc se tourna brièvement pour voir où se trouvait Dark Pater. Deux sabres-lumière fendirent les airs et manquèrent la tête du jeune homme de quelques millimètres seulement. Luc partit à la renverse et se mit à escalader un mur de ce qu'il croyait être des briques, mais qui s'avérèrent en fait, comme il les retournait, être des stocks de romans de SF invendus, et prêts à être jetés dans le trou de traitement des déchets. Il escalada si rapidement cette gigantesque pile instable en s'agitant tellement qu'on aurait dit le film de quelqu'un en train de tomber passé à l'envers.

Mais la Farce était puissante chez Dark Pater. Il fit lui aussi un pas en arrière et trébucha sur une carcasse de vélo, tomba de tout son long sur un tas de vieux matelas, et fut projeté incroyablement haut dans les airs (le vent, franchement audible dans ce grand espace ouvert, émit un sifflement de va-et-vient) pour atterrir sur les pieds, après un roulé-boulé, à quelques mètres à peine de Luc.

— C'EST TA DERNIÈRE CHANCE, LUC. JOINS-TOI À MOI OU MEURS !

— Ni l'un ni l'autre ! s'écria Luc.

Épuisé et couvert de détritus qu'il était, Luc tituba jusqu'au bord de la pile d'invendus. Le trou se trouvait juste en dessous de lui : le vent sifflait de façon menaçante ; Luc, baissant les yeux, aperçut des nuages et une perspective vertigineuse sur le sol à plusieurs kilomètres de là. Il s'accrocha à une grande pile attendant d'être pilonnée de *Épisode Un : Le Compagnon Visuel*, de Larbin Thueurdenfanss et se pencha au-dessus du vide.

— LUC..., gronda Dark Pater. KEN&BARBIE NE T'A JAMAIS DIT CE QUI ÉTAIT ARRIVÉ À TON PÈRE.

— Je sais tout ce que je dois savoir sur mon père, haleta Luc. Je sais que la Farce était puissante chez lui.

Je sais qu'il a rejoint le côté Lourd. Je sais également que toi, Dark Pater, aussi puissant que soit la Farce du côté Lourd chez toi, tu l'as *tué*.

— J'AI FAIT QUOI ? AH, NON, NON, NON. JE CROIS QUE TU FAIS ERREUR. QUI T'A DIT ÇA ? KEN&BARBIE ?

— Euh, fit Luc. Oui.

— COMME C'EST BIZARRE. JE ME DEMANDE BIEN POURQUOI IL A DIT ÇA. PEUT-ÊTRE QU'IL VOULAIT TE FAIRE UNE BLAGUE ?

— Me faire une blague ?

— OUI, LUC. VOIS-TU… MOI, DARK PATER, J'AI UNE TRÈS IMPORTANTE RÉVÉLATION À TE FAIRE SUR TON PÈRE.

— Oui.

— TU VEUX QUE JE TE LA DISE ?

— Ben oui, vas-y.

— LA VRAIE IDENTITÉ DE TON PÈRE ?

— Mais oui, bon sang, accouche.

— LUC. JE SUIS TON PÈRE.

Le vent, comme mû par une étrange anomalie acoustique, résonna dans cette salle juste après ces mots, en trois sons musicaux, *tin tin tiiiiin !*

Luc était sur le cul (en fait sur le ventre, mais il était estomaqué, c'est ça que je voulais dire).

— Je te demande pardon ? répliqua-t-il. Je ne suis pas sûr d'avoir entendu correctement avec le vent et tout. Tu es mon père ?

— OUI.

— *Toi*, Dark Pater, tu es mon *père* ? Ce père qui est passé du côté Lourd de la Farce ?

— OUI.

— Que le grand cric me croque. C'est à marquer dans les annales. Tu es *vraiment* mon père ?

— VRAIMENT.

— Eh ben, fit Luc en se grattant le menton. Je dois dire que je ne l'avais pas vue venir *du tout*, celle-là.

— IL Y A PLUS. TU SAIS, LE ROBOT DORÉ, G6P-πTO ?

— Oui.

— C'EST MOI QUI L'AI FAIT. JE L'AI CONSTRUIT EN KIT. D'UNE CERTAINE MANIÈRE JE SUIS ÉGALEMENT SON PÈRE, ET PAR CONSÉQUENT VOUS ÊTES FRÈRES TOUS LES DEUX.

— Lui, mon *frère* ? Mais c'est un débile !

— NE DIS PAS DE BÊTISE. IL FAIT PARTIE DE LA FAMILLE. TU NE DOIS PAS EN PARLER COMME ÇA.

— Tu es mon *père* ? dit Luc comme si l'info venait simplement de l'atteindre. Eh ben ça alors. Si on m'avait dit. J'en suis comme deux ronds de flan... Tu es mon père ? Ça c'est une sacrée surprise, alors. C'est à marquer dans les annales.

— TU L'AS DÉJÀ DIT.

— Quoi ?

— TU AS DÉJÀ DIT : « C'EST À MARQUER DANS LES ANNALES ».

— Ah bon. Désolé, je suis un peu à la ramasse sur ce coup-là. Mon père ? Euh... hmm-dum-de-dah. Pfiou. Non, c'est... wao. C'est ça : wao. Wao. Oo. Qui l'eût cru ? Tsss. Je n'y aurais jamais pensé, jamais, jamais, jamais. C'est vraiment une surprise pour moi, je ne m'y attendais pas. Je suis aussi surpris qu'une surprise sur prise. Nom d'une pipe en bois. Eh ben…

— ALLEZ, gronda Dark Pater. ARRÊTE TA GLOSSOLALIE IMBÉCILE. REJOINS-MOI ET ENSEMBLE NOUS RÉGNERONS SUR LA GALAXIE ! NOUS POURRIONS FAIRE ÇA COMME UNE ENTREPRISE FAMILIALE, POUR RAISON FISCALE, MÊME SI, DE FAIT, C'EST SURTOUT MOI QUI RÉGNERAI. MAIS CE SERA NÉANMOINS UNE POSITION TRÈS PROFITABLE POUR TOI.

— Oh, fit Luc. Tu crois que je trahirais mes amis, comme ça ? Eh ben, laisse-moi te dire un truc…

Juste à ce moment-là, le plastique de la palette de conditionnement des livres à laquelle se raccrochait Luc cassa. Et il tomba droit dans le vide.

D'aucuns pourraient croire que c'en était fait de Luc Skyterrier. Mais non… Au lieu de tomber en chute libre sur plusieurs kilomètres et de s'écraser comme une bouse sur le sol, un coup de vent soudain le projeta contre un enchevêtrement de quincaillerie dont les dessous de la Cité Flottante étaient parsemés. Ne me demandez pas pourquoi : il est vrai qu'ils auraient pu construire la surface inférieure de la cité de manière complètement lisse ; mais au lieu de cela, ils avaient choisi d'y construire différents pylônes, des échelles, des antennes inversées et plein d'autres protubérances métalliques du même acabit.

Luc agrippa l'un de ces machins, et tint bon.

Dark Pater regarda par le trou et vit son fils qui pendait dans le vide. Il activa son communicateur incorporé dans son heaume et émit un ordre vers les niveaux supérieurs de la cité.

— ICI DARK PATER. ENVOYEZ UNE NACELLE EMP-IMP-IMP SOUS LA CITE IMMÉDIATEMENT... ALLEZ CHERCHER L'INDIVIDU SUSPENDU DANS LE VIDE ET FAITES-LE PRISONNIER.

— Comment, quoi ? fit une petite voix en guise de réponse. Qui ça ?

— ENVOYEZ UNE NACELLE EMP-IMP-IMP SOUS LA CITÉ IMMÉDIATEMENT, ET...

— Je suis désolé, je pense que vous avez fait un faux numéro. Ici, c'est la Boucherie Sanzo.

— EXCUSEZ-MOI, JE ME SUIS TROMPÉ.

— Y a pas d'mal.

Dark Pater poussa un juron et régla la fréquence de son communicateur avant de répéter ses ordres. Avec l'obéissance immédiate qui a fait la renommée des streumtroopers de l'Emp-Imp-Imp, une nacelle fut aussitôt appareillée et s'envola sous la cité.

La nacelle était un engin assez imposant, et son pilote n'était pas le plus doué. Ils repérèrent la silhouette désespérée de Luc qui pendait à un truc, et essayèrent de manœuvrer de façon à pouvoir l'attraper. Mais alors qu'ils passaient sous la cité, l'aileron de leur queue heurta le fond de la ville et alla se coincer dans l'un des enchevêtrements métalliques. Ce qui les arrêta net. Luc était à des centaines de mètres d'eux et ils avaient beau enclencher leurs moteurs à fond, ils étaient coincés pour de bon. Un peu paniqués, ils essayèrent la marche arrière, mais cela ne fit qu'aggraver les choses et l'on avait à présent du mal à faire la différence entre le métal de la nacelle et celui de la cité.

— BANDE D'IDIOTS ! cria Dark Pater qui avait vu toute la scène depuis le trou dans la salle de traitement des déchets. IMBÉCILES !

En entendant la colère de Dark Pater dans leurs intercoms, les pilotes de la nacelle paniquèrent davantage encore. Ils enclenchèrent la plus petite vitesse et mirent les gaz à fond. La nacelle de l'Emp-Imp-Imp, un petit vaisseau capable de partir en orbite en quelques secondes et d'aller plus vite que la lumière, luttait de toutes ses forces pour échapper à la captivité. Le métal se tordit et couina, mais de nouveau, cela ne fit qu'emmêler davantage l'aileron.

Et puis l'inévitable arriva. Le pylône géant sur lequel était perchée la cité tout entière trembla... Il trembla et, dans un bruit phénoménal d'abandon, il plia. Les énormes boulons de dix mètres de diamètre qui maintenaient le plateau couronnant le pylône au-dessous de la cité se déchirèrent. Dans un bruit de fin du monde, toute la cité bascula à quarante-cinq degrés.

Dark Pater fut soulevé de terre. Au-dessus, dans la cité, les immeubles s'effondrèrent les uns après les autres et les gens furent balayés comme des pissenlits dans une tempête.

L'espace d'un moment, la cité ne bougea plus : cassée au niveau du pylône, sur le point de tomber, la seule chose qui l'empêchait de chuter réellement était la nacelle Emp-Imp-Imp et sa propulsion lancée à fond. Mais le hurlement des moteurs laissait présager qu'elle ne pourrait maintenir bien longtemps son effort.

La princesse Layette hésitait entre gifler Landrover ou lui donner un grand coup de pied au menton ; elle avait finalement décidé de faire les deux lorsque la cité se pencha soudainement à quarante-cinq degrés, et que ses oreilles furent noyées par un son catastrophique.

— Au nom de Thog, qu'est-ce qui se passe ? s'écria-t-elle alors qu'elle, Landrover et G6P, étaient tous trois projetés contre le mur opposé de la cellule.

Presque aussitôt le plafond s'écroula. L'*Argent Trop Cher Trop Grand La Vie N'a Pas De Prix IV*, arraché à ses amarres par le séisme, avait fait un vol plané dans les airs pour atterrir sur le trottoir, juste au-dessus de la cellule, défonçant le plafond au passage. Le derrière de l'appareil avait pénétré l'asphalte comme du beurre. Et lorsque la poussière fut retombée, la princesse Layette, médusée, se retrouva nez à nez avec le sas d'entrée du vaisseau.

— Eh ben, fit-elle, pour un coup de chance !

Elle appuya sur le bouton d'ouverture et entra dans le vaisseau, suivie de Landrover et du droïde. Chikdutabac dormait toujours.

L'*Argent Trop Cher Trop Grand La Vie N'a Pas De Prix IV* décolla et fit le tour de la cité inclinée pour essayer de trouver l'origine des dégâts.

— Ma cité ! se lamentait Landrover. Ma belle cité ! Enfin bon, c'est sans doute mieux comme ça, vu que j'avais décidé, avant la destruction de la cité, de rejoindre à corps perdu la rebeldéchamps.

— Ce ne serait pas Luc, par hasard, s'enquit Layette, qui pendouille à ce truc, là ?

Elle rapprocha le vaisseau avec plus d'adresse que les pilotes de l'Emp-Imp-Imp et envoya Landrover sur le toit par le sas pour récupérer le jeune homme. Puis, elle fit virer le vaisseau de bord et s'en alla en plongée.

Quasiment au même moment, les moteurs de la nacelle de l'Emp-Imp-Imp rendirent l'âme. Le couinement infernal s'arrêta et la nacelle perdit toute sa puissance. La gigantesque cité au-dessus d'eux grogna, bougea, crissa, et dépassa ensuite le point de non-retour. Elle tomba à pic, emmenant dans sa chute des milliers de citoyens innocents vers la mort à quelques kilomètres de là… plus bas. Après tout, on ne peut pas faire d'omelette sans tuer quelques milliers de personnes, comme l'avait dit si justement Gandhi, je crois. À moins que ce ne soit Pol Pot ? En tout cas, c'est un homme politique important du continent asiatique. Mais bon…

— Thog merci, on a pu te sauver, s'écria la princesse Layette en se tournant sur son siège de pilote pour embrasser Luc, mais se retenant au dernier moment en sentant le mélange crème-poisson pourri qui lui collait à la peau. Beurk ! fit-elle.

— Merci Thog ? Ah non, merci la Farce, plutôt, affirma Luc. Moi je dis que tout cet épisode a été un vrai condensé de Farce. Bon : est-ce qu'il y a une douche sur ce vaisseau rebelle ? Ou un bain ?

— Non, répondit Layette.

— Ah, fit Luc, dont la puanteur commençait à remplir toute la cabine. Le voyage risque d'être long.

Comme il fendait la noirceur de l'espace sidéral, des croiseurs Emp-Imp-Imp convergèrent dans leur direction, déchirant le vide à grands coups de canon laser. Grâce à une série de manœuvres endiablées, Layette fit passer l'*Argent Trop Cher Trop Grand La Vie N'a Pas De Prix IV* à travers un vecteur d'évasion transpatiale assez complexe, avant d'enclencher la transmission d'hyperespace pour qu'ils quittent les lieux une bonne fois pour toutes.

Une fois dans l'hyperespace, Layette put enfin se détendre un peu. Elle se cala au fond du siège de pilotage.

— Luc ! cria-t-elle. Il faut que je te dise un truc important…

— Oui ? fit le jeune Jedognon puant. Quoi ?

— Tu sais qu'à l'envers ton nom ça fait « cul » ? lui demanda la princesse d'un ton sérieux.

— …

— Oh, c'est G6P-πTO qui me l'a soufflé. Je dois dire que je n'avais pas fait attention. Mais bon, c'est comme le nez au milieu de la figure.

— … C'est tout ? demanda Luc.

— Non. Non, en fait, il y a plus important encore. DR^{2}DR ! Yahun m'a dit qu'il te l'avait confié. Ce petit droïde détient dans ses mémoires le Grand Secret… Si nous pouvons le télécharger, je suis sûre que notre victoire face à l'Emp-Imp-Imp est assurée. Mais si nous l'avons perdu, alors nous risquons d'en subir les affreuses conséquences. Je t'en supplie, fit-elle, dis-moi que tu as laissé le droïde sur Dégueubeurk aux bons soins du grand maître Jedognon Yodla… Je t'en supplie, ne me dis pas que tu l'as abandonné stupidement dans la Cité Flottante et qu'il est à présent réduit en mille morceaux dans la tombe métallique de cette malheureuse conurbation ?

Luc déglutit.

— La première proposition, fit-il.

La princesse Layette poussa un grand soupir de soulagement.

— Alors donne-moi les coordonnées de Dégueubeurk…

— Ah, fit Luc en plissant le front, non, je me trompe à chaque fois entre première et deuxième. Ah ah. C'est la deuxième proposition. Enfin, celle avec les mille morceaux. Voilà.

— Oh, fit la princesse Layette.

Épisode Six :
Le Retour du Fils du Jedognon Vengeur Frappe Encore

L'Empire Impérial de l'Imperium a subi un terrible revers lorsque la puissante Étoile de l'Effort a été détruite lors d'un assaut de la rebeldé-champs. Mais étant déterminé comme pas deux, et manquant aussi cruellement d'imagination, l'Empire avait aussitôt débuté la construction d'une seconde Étoile de l'Effort, encore plus mieux que la première. Cette fois, cette super-arme n'était pas alimentée par une technologie capricieuse impliquant trou noir et fission de photons, mais par une série bien plus sûre de centrales nucléaires. Non, vraiment plus sûre, franchement. Aucune chance que l'une d'entre elles explose si jamais, disons, le réacteur principal était touché par le tir précis d'un canon de vaisseau. Aucune chance non plus que le personnel de la centrale, par un après-midi d'ennui, se mette à jouer avec les commandes sans aucune raison apparente et perde le contrôle de cette centrale, provoquant une fusion catastrophique du réacteur, déclenchant une explosion et créant un nuage radioactif qui durerait des dizaines d'années. Ah ça non, alors. Dark Pater surveillait personnellement ce nouveau projet.

Au fait, il fallait que je vous dise, il a échappé au chaos qui a suivi la chute et la destruction de la Cité Flottante. Personne d'autre n'a survécu, vraiment, mais lui, il a réussi. Bien qu'il se soit trouvé à l'intérieur de la Cité lorsque celle-ci est tombée, je sais, je sais ; mais ses, euh, je sais pas, moi… ses pouvoirs de la Farce l'ont aidé à s'échapper. Non, désolé, je ne peux pas être plus spécifique que ça. Non, n'insistez pas. L'important, c'est de savoir qu'il a réussi à s'en sortir.

Pendant ce temps, dans une forteresse au plus profond du désert de Tatoogouine, le corps en presse-papiers de Yahun Salo se trouvait sur une grosse pile de paperasse se rapportant aux intérêts financiers d'un gangster notoire et célébrité locale, Pizza le Hutt.

Chapitre 1

Tatoogouine. Vous vous souvenez ?

Il était midi bien passé sur Tatoogouine. Le soleil illuminait le sable du désert dans sa courbe décroissante ; la lumière se déversait dans l'air brumeux comme du cuivre fondu sur de l'or. À perte de vue, mile après mile, tout n'était qu'étendue désertique et aride. Kilomètre après kilomètre. Enfin, plutôt kilomètre que mile, parce que les kilomètres sont plus petits que les miles. Il existe un nombre précis pour réaliser la conversion, mais je suis désolé, j'ai oublié lequel. Il me semble que cette même proportion existe entre le nombre de lettres du mot « mile » et du mot « kilomètre », ce qui serait un moyen mnémotechnique bien pratique, n'est-ce pas, et qui voudrait dire que quatre neuvième d'un mile fait un kilomètre et vice versa. Par vice versa, j'entends « neuf quarts », ce qui ferait, à moins que je me sois trompé dans les retenues, qu'il faut deux kilomètres un quart pour faire un mile. Mais maintenant que je l'ai écrit, j'ai un doute. Si ma vie en dépendait (et peut-être que ce sera le cas un jour, qui sait ?) je ne jurerais pas qu'il y a deux kilomètres un quart dans un mile. Moins, en fait. Peut-être que le moyen mnémotechnique se fait avec deux autres mots, comme « toupie » et « tondeuse à gazon ». Ou peut-être pas. Je me demande s'il serait possible que les autorités fassent en sorte que la proportion de « mile » en « kilomètre » soit de quatre pour neuf ? Ce qui nous simplifierait grandement la vie. Non ?

Enfin bon, le soleil qui tape, le désert aride, mesure de distance après mesure de distance de désolation, et là, le voyageur pourra trouver les tours carrées en pierre du repaire de Pizza le Hutt, perdu au fond de la plus désolée de toutes les désolations. Ces protubérances rougeâtres et usées au sommet n'étaient en fait que les portions supérieures d'un vaste complexe souterrain de cavernes sonores, de salles ombragées et d'oubliettes sans fond.

Au cœur de ce repaire, Pizza le Hutt en personne se rendait à son trône : cette grande forme de limace circulaire, couleur limace, d'une dizaine de mètres de large, ondulait sur le sol, laissant derrière elle une sale traînée de bave hydrogénée, en montant sur son podium spécial. Ses potes se fendaient la poire. Pizza lui-même rigolait bien ; son rire ressemblait à une série de bulles fétides explosant dans une fosse septique, un « huh ! huh ! huh ! huh ! » gargouillant, ce qui, je vous enjoins de croire, est bel et bien le bruit que font des bulles qui explosent dans une fosse septique. Je ne vous conseillerais pas d'aller vérifier cette information par vous-même, car vous devriez pour cela aller enfoncer des appareils d'enregistrement assez chers dans une fosse, ce qui les abîmerait forcément ; croyez-moi plutôt sur parole.

Le corps de Pizza le Hutt était une masse imposante de pustules rouges et marron, et de cloques couronnées d'un amas de pus jaunâtre coagulé. Ses yeux ressemblaient à deux rondelles de pepperoni, positionnées sur le devant de son corps gonflé ; sa bouche était une grosse fissure au milieu de sa peau jaune marron. Rarement on avait vu créature plus ignoble et dégoûtante à la surface de ce monde ; c'était une répugnante bête à pois, qui ne payait pas ses impôts, un parasite doublé d'un sale ver mafieux, une ordure gluante en dessous de tout – même en dessous des choses qui sont en dessous. Ce monstre passait ses journées à engluer son repaire, ruminant ses projets de gangster machiavélique, emprisonnant à tour de bras et assassinant à tour de rôle, ordonnant l'emprisonnement et l'assassinat de ceux à qui il ne pouvait s'en prendre directement. Bref, de manière générale, il se comportait de façon salement répugnante. Un flot de propos insensés s'échappait constamment de ses ignobles lèvres d'où bavait un trop-plein de fromage. Bien sûr, je ne dis pas cela pour vous influencer avant même que vous rencontriez cette forme de vie. Vous vous ferez bien entendu votre propre opinion ; jugez-la par ses actions. Il serait effectivement bien superficiel de ne vouloir la juger que sur son apparence. Après tout, tous les Pizzariens se ressemblent. Ce n'est pas sa faute s'il a cette apparence. C'est sa personnalité, et pas la nature pustuleuse de sa peau, qui importe ici. Honnêtement.

Et au milieu de la grand' salle de Pizza, où il trônait, tournant le dos à un mur de fours au cœur de son complexe malfaisant, perché sur une pile gigantesque de papiers divers, de formulaires d'impôts, de lettres de fans, de publicités, se trouvait Yahun Salo, encastré dans un gigantesque cristal hémisphérique : le trophée de Pizza le Hutt !

Mais les amis de Yahun ne l'avaient pas oublié. Ils étaient venus un par un parlementer avec Pizza, supplier ou négocier, et finalement le soudoyer. Ils auraient peut-être eu plus de chance s'ils étaient tous venus ensemble ; mais cette idée ne les avait effleurés qu'une fois emprisonnés dans les cachots immondes de Pizza.

Landrover Catcylindre était venu le premier plaider pour la libération de Yahun, et ensuite pour son propre cas. Et quand je dis « venu »... En fait, il avait été livré pieds et poings liés à Pizza, parce que personne n'aimait cette petite frappe de traître. Et Landrover s'était adonné à toute une série de supplications, à plusieurs niveaux, concernant principalement sa propre personne, avant que Pizza ordonne qu'on le jette aux cachots.

Puis, ce fut le tour de G6P-πTO, le robot, de venir négocier la libération de Yahun mais également de Landrover, car ses amis se sentaient un peu honteux de l'avoir livré pieds et poings liés un peu plus tôt.

— Suprême Pizza, annonça G6P-πTO debout dans la grand'salle, je suis venu négocier avec vous la libération de Yahun Salo.

Pizza ne prêta pas attention aux négociations et décida de s'approprier plutôt le robot pour s'en servir de traducteur (parce que Pizza ne parlait pas le français, seulement le pizzalingua, alors que la majorité de ses contacts dans le monde de la pègre usait principalement du standard et pas du pizzalingua). Cet arrangement fonctionna assez bien un moment, jusqu'à ce que Pizza découvre que, plutôt que de traduire fidèlement ses paroles, G6P altérait le sens de ses propos.

Par exemple, lorsque le chef du terrifiant OPAC

(Organisme Privé des Arnaqueurs Cosmiques) envoya des émissaires dans la forteresse de Pizza pour négocier les termes d'un accord avantageux pour les deux parties afin de se diviser les profits du *Mont Casino* de Monte Casino, Pizza leur dit : « [J'accepte votre proposition. Que nos familles arrêtent cette querelle insensée ; trouvons donc un accord honorable. Nous partagerons l'argent sur une base de 50/50, et déduirons les frais sur la même base.] » G6P le traduisit par : « J'ai envie de niquer vos mentons, vos genoux et vos mentons. Jetons des dorades, des merlans et des harengs en l'air comme s'il en pleuvait afin de supporter la candidature d'une seule femme chauve aux prochaines élections municipales. Les nains font les grandes rivières. » Comme il ne parlait pas le standard, Pizza ne se rendit pas compte de ce qu'on lui faisait dire. En revanche, le petit Jimmy Cosmique avait été horrifié, inquiété pour ne pas dire interloqué, par les propos que ses hommes lui rapportèrent. Désireux de ne pas perdre la face, il avait ordonné une frappe nucléaire tactique sur le casino. Suite aux nombreux décès et aux retombées radioactives, les gains du casino avaient plutôt été en chute libre cette année-là.

À une autre occasion, au lieu de donner à un policier galactique des instructions pour toucher son pot-de-vin, G6P lui avait expliqué comment ouvrir « une boîte de fruits au sirop en se servant seulement de la tête, sinon Pizza lui enverrait des vagabonds et des, euh, chameaux, je crois, pour remplacer tous vos vêtements par de la nourriture pour chien ». Finalement, Pizza avait reçu un traducteur universel pour son anniversaire et lorsqu'il avait regardé les vidéos de surveillance, il s'était aperçu de la supercherie dont il avait été la victime.

— [Pourquoi ?] beugla-t-il à travers le TU. [Pourquoi as-tu fait ces terribles choses ? N'as-tu pas pensé que tu risquais mes foudres ?]

— Je ne l'ai pas fait exprès, répondit G6P terrifié en se jetant face contre terre devant son maître rageur. Je vous en supplie, ne me démontez pas ! Je ne suis pas un traducteur. Je suis un *dictionnaire* et un *thésaurus.* Il y a une différence. Je crois que je comprends seulement un mot sur sept dans votre langue. J'ai fait ce que j'ai pu.

G6P avait rejoint Landrover dans le cachot le temps que Pizza le Hutt triture l'esprit malin qui était le sien afin de concocter la mort la plus douloureuse qui soit pour son prisonnier métallique.

La princesse Layette tenta ensuite sa chance, apportant avec elle un modeste pot-de-vin et promettant davantage au maléfique Hutt s'il acceptait de libérer Yahun, G6P et Landrover. Pizza le Hutt lui rigola au visage : « [Huh ! Huh ! Huh !] » et la fit prisonnière.

Alors, comme il était vraiment méchant, il lui fit ôter ses vêtements et enfiler à la place un bikini en métal, même si aucun des pique-assiettes du Hutt ne comprit pourquoi. Après tout, Pizza était une forme de vie alien à base de pâte à pain. Princesse Layette était une humanoïde à base de carbone. Pizza ne pouvait la trouver sexuellement attirante, pas plus qu'un mâle humain n'aurait trouvé une femelle pizzarienne sexy. Le nombre de mâles humains qui pouvaient être excités sexuellement devant un tas de pus frétillant et de bave rougeâtre était, soyons honnête, relativement réduit. Le nombre de Pizzariens en bonne santé pouvant être excités par un amas de bras et de jambes d'un mètre cinquante enveloppé dans de la peau affreusement blanche et tendue était encore plus faible. Pourtant, pour une raison quelconque, Pizza lui avait fait revêtir un bikini en métal, bien qu'elle se soit plainte qu'il lui sciait les aisselles et qu'elle devait rentrer le ventre afin d'empêcher la ceinture métallique de lui comprimer les chairs. Finalement, Pizza la fit jeter elle aussi au cachot, pour rejoindre Landrover et G6P.

Au bout du compte, Luc Skyterrier vint en personne ; un jeune chevalier Jedognon aux pouvoirs et aux talents en pleine progression, afin de libérer tous ses amis d'un coup.

— Huh ! Huh ! Huh ! Huh ! rigola Pizza le Hutt à sa manière gutturale comme Luc se tenait calmement devant lui. [Alors, jeune Jedognon. Tu es venu négocier et me cajoler comme l'ont fait tes collègues malchanceux ?]

— Ben en fait, je me disais, répondit Luc grâce aux bons soins du TU, que vous deviez vous être lassé de Yahun Salo dans son confinement cristallin, ô Suprême Pizza.

— [Pas le moins du monde !] gloussa Pizza le Hutt. [Tiens, regarde.]

Il fit un geste de la tête à l'intention d'un de ses hommes de main, le Rockeur, une bête musculeuse de neuf mètres de haut de la planète Ouapdouwap. La masse de muscles alien s'avança, prit le cristal hémisphérique dans ses énormes griffes et le secoua avant de le replacer sur la pile de papiers. Autour du corps inerte de Yahun, du cheval de mer et des algues, des flocons de neige artificiels se mirent à danser.

— C'est très joli, convint Luc. Je ne savais pas qu'on pouvait faire ça avec.

— [N'est-ce pas ? C'est charmant et cela donne du brillant à l'ensemble, je trouve.]

— Oui. Mais ce n'est pas tout à fait logique, si ? Je veux dire, c'est censé être une scène sous-marine ? Pourquoi neigerait-il sous l'eau ?

— [Sornettes !] gronda Pizza. [La logique n'a rien à voir avec tout ça.]

— Ah bon ? Enfin, je me disais que je risquais de vous impressionner avec un petit truc. C'est un tour de Jedognon que je viens d'apprendre. Cela s'appelle « la Voix » et en fait, en me servant du pouvoir de la Farce, je peux vous forcer à faire ce que je veux, même si vous y êtes farouchement opposé. C'est un supertour.

— Huh ! huh ! huh ! [Je présume que tu fais référence au célèbre tour Jedognon qu'on appelle « la Voix ». Je dois te prévenir, « la Voix » ne fonctionne que sur les idiots ou les esprits simples. Je ne suis pas un simplet. Et même, je suis très fort. Il y a plus de cent mille piments rouges dans mon corps. Pas un seul vert, rien que des rouges, tellement rouges qu'ils sont presque violets. C'est dire à quel point je suis fort. Par conséquent, je me moque de ta « Voix » de Jedognon et je ris :] Huh ! huh ! huh !

— Nous verrons bien, répondit Luc en se préparant. (Il passa en mode « Voix » Jedognon.) Oh, allez, s'il vooooous plaît ? Sivouplé ? J'vous en prie ? Allez quoi, laissez Yahun partir, hein ? Vous voulez bien ? S'iouplaît ? Steup ? Allez. Je veux Yahun, je le veux, je le veux, et je vais hurler si vous me le donnez pas, je vais me rouler par terre en hurlant, je le veux, il est à moi, à moi, à moiii. Allez, s'il vous plaaaaaaaaît ! Je dois vous prévenir, fit Luc en arrêtant la « Voix » l'espace d'un instant pour parler normalement, que je peux faire ça pendant des heures.

Pizza fit jeter le Jedognon au cachot avec ses amis.

— Tiens, fit la princesse Layette. Te voilà.

— Ne soyez pas découragés, répliqua Luc. J'ai un plan.

— Oh, à quoi bon ? cria Layette d'une voix misérable. Le Grand Secret est perdu. Détruit pour de bon dans l'unité DR qui a été broyée lorsque la Cité Flottante s'est écrasée ! Malheur ! cria-t-elle avec véhémence. Malheur de malheur ! ajouta-t-elle un peu à la manière d'un chanteur d'opéra.

— Ne vous mettez pas dans cet état, fit Luc. J'ai de bonnes nouvelles à propos du droïde. Enfin, une bonne et une mauvaise nouvelle.

— C'est vrai ? demanda Layette. Est-ce que le droïde fonctionne toujours ?

— Ça c'est la bonne nouvelle. L'unité DR en question a échappé à la destruction de la Cité Flottante.

Le visage de la princesse s'illumina. Enfin, pas dans

le sens où son visage prenait feu, hein, ce serait idiot. Mais dans le sens où elle avait l'air soudain plus joyeuse.

— Pour de vrai ?

— Mais oui. Des espions rebeldéchamps ont confirmé que l'unité DR s'était échappée. Ça c'est la bonne nouvelle.

— Mais comment a-t-il pu s'échapper ? Ce ne sont que des toilettes mobiles… Comment auraient-elles pu se libérer d'une masse d'acier et de béton en chute libre ?

— Ben, en fait, c'est assez intéressant, expliqua Luc. Il semblerait que cette unité DR²DR puisse voler. Elle a des petites fusées, deux pour être précis, qui sortent des flancs de son châssis. Deux petits réacteurs qui peuvent lui faire quitter le sol.

— Je ne m'étais jamais aperçu qu'il pouvait voler ! s'exclama Layette.

— Non, ça a surpris tout le monde. Il ne l'avait jamais fait avant. Même lorsqu'il s'était retrouvé dans des situations vraiment périlleuses, des situations où ç'aurait été vraiment à son avantage qu'il montre qu'il pouvait voler. Toutes les personnes qui l'ont rencontré auraient pu jurer qu'il était incapable de voler. Même son concepteur. Mais en fait si. Alors il a mis les gaz et s'est échappé.

— Quelle est la mauvaise nouvelle ?

— Hein ?

— Tu as dit qu'il y avait une mauvaise nouvelle en plus de la bonne. Quelle est la mauvaise nouvelle ?

— Ah, eh bien, il semblerait que Dark Pater ait lui aussi échappé à la destruction de la Cité Flottante. Il a échappé au désastre en s'asseyant sur le dos de l'unité DR²DR, en fait. Donc il est toujours en vie, et d'après la rumeur, il superviserait la construction d'une nouvelle Étoile de l'Effort, plus solide que la première.

— Malédiction ! cria Layette. Enfin bon, c'est déjà une bonne nouvelle que le droïde n'ait pas été réduit en charpie. Nous devons récupérer la petite machine ; car à l'intérieur nous trouverons le Grand Secret. Et je suis sûre que si nous mettions la main dessus, la défaite de l'Emp-Imp-Imp serait à portée de main.

— J'ai déjà entendu ce discours, lui rappela Luc. Et Dark Pater détient le robot à présent. Il a très certainement téléchargé le Secret à l'heure qu'il est.

— Il a déjà eu DR²DR entre les mains auparavant, fit remarquer Layette. Alors soit il a déjà téléchargé le Grand Secret, soit il n'a pas réussi à y avoir accès. Je pencherais plutôt pour la dernière hypothèse…

— La dernière ? s'enquit Luc.

— La seconde. Je pense que la seconde hypothèse est la plus probable. La rebeldéchamps a eu ce droïde pendant des années et n'a jamais été capable de le pirater. Je ne crois pas que Dark Pater ait eu plus de chance.

— Je pourrais le pirater, fit Landrover du fond de la cellule. Je peux hacker n'importe quoi. Je suis doué pour ça.

— De plus, ajouta Layette, si Dark Pater a réussi à glaner le Grand Secret conservé dans les bases de données du droïde, il est d'autant plus impératif que nous apprenions également la nature de ce Secret.

— Mais vous êtes sûre que ce Secret nous donnera un avantage quelconque ?

— Certaine.

— Eh bien, déclara G6P, j'ai passé des années avec cette petite poubelle et il ne m'a jamais parlé de quelque secret que ce soit. Et puis, je crois que vous oubliez tous quelque chose.

— Quoi donc ?

— Nous sommes actuellement emprisonnés dans un cachot, répondit G6P d'une voix lugubre. Pizza le Hutt réfléchit à la meilleure méthode de nous annihiler de la manière la plus douloureuse qui soit. Nous serons certainement morts ou en pièces détachées demain à la même heure.

— Ne t'inquiète pas, dit Luc en souriant secrètement. J'ai un plan.

Du fond du cachot, il était impossible de distinguer le jour de la nuit. Le petit groupe dormit quand même d'un œil durant un certain laps de temps. Finalement, après plusieurs heures, la porte du cachot se leva en grinçant et plusieurs hommes de main de Pizza, dont le sinistre Rockeur, vinrent tirer Luc, Layette, G6P et Landrover de leur isolement.

Les quatre compagnons furent ainsi amenés en présence de Pizza le Hutt dans la grand' salle.

— [Écoutez voir,] annonça l'ignoble bête couverte de fromage à travers le TU. [J'y ai longuement réfléchi, et finalement j'ai décidé de votre sort : ce sera la mort !] Huh ! huh ! huh ! (La pièce tout entière se mit à rire ; tous les pique-assiettes de Pizza se mirent à applaudir.)

Huh ! huh ! huh ! [Nous allons partir dans mon hovercraft à roulis et tangage dans un recoin du désert où se trouve le Grand Salrac-Lure. Cette bête dévore du sable, comme vous le savez sans doute. Vous allez apprendre une nouvelle définition du mot « douleur » quand elle mettra un millier d'années à vous digérer. Bien sûr, vous serez sans doute morts de soif après deux ou trois jours, et peut-être même asphyxiés au bout de quelques minutes, mais il faudra toujours à Salrac-Lure mille ans pour vous digérer. J'aimerais bien que vous y pensiez en vous rendant vers votre destination finale.] Huh ! huh ! huh !

— J'crois pas, moi, déclara Luc d'une voix claire et forte, et s'avançant d'un pas, un objet en métal dans la main droite.

Toute la salle fit : « Oooooh ! »

Si Pizza en fut incommodé, il ne le montra pas.

— Huh ! huh ! huh ! rit-il. [Qu'est-ce que c'est ? Une bombe ? N'as-tu pas réalisé, petit Jedognon, qu'il y a un champ de force autour du dais sur lequel je me trouve ? Aucune bombe ne peut m'atteindre.]

— Mais cela pourrait nous atteindre, nous, fit remarquer G6P. C'était juste une observation comme ça, en passant, Luc. Si vous déclenchez la bombe, vous ne tuerez pas Pizza le Hutt, mais vous détruirez en revanche tout le reste, y compris les formes de vie à base de carbone comme vous-même, Landrover, la princesse Layette, et les formes de vie en zinc comme moi.

— Je sais, fit Luc un tantinet contrarié.

— Je voulais simplement être sûr que vous y aviez

pensé, c'est tout. Et que vous aviez compris que votre tentative était futile, ajouta G6P.

— Ce n'est pas une bombe, déclara Luc en montrant l'appareil de façon à ce que tout le monde puisse le voir. C'est un téléphone portable.

— [Un téléphone portable !] fit Pizza avec dédain. [Espères-tu me blesser avec les miniradiations émises par cet appareil ? Bah ! C'est vraiment n'importe quoi.]

— Peut-être bien que oui, répliqua Luc. Mais peut-être que ce n'importe quoi est vraiment dangereux.

— [Non. C'est n'importe quoi tout court !]

— Je suis d'accord avec le Hutt, dit Layette. Luc, à quoi joues-tu ?

— Si j'appuie sur ce bouton, déclara Luc, le téléphone composera un numéro préprogrammé.

Il montra le bouton et posa son pouce dessus.

— [Ben vas-y,] rigola Pizza le Hutt. [Appuie sur le bouton ! J'ai pas peur.]

— Non, vous ne comprenez pas, expliqua Luc. Je vous menace actuellement de ne pas appuyer sur le bouton.

Il fallut un petit moment à tout le monde dans la salle pour comprendre le sens des paroles de Luc.

— Voyez-vous, fit le jeune homme en se rapprochant du champ de force de Pizza le Hutt, avant de venir ici, je suis passé faire un tour dans certains bureaux de Mousse Nesley. Et dans ces bureaux, je me suis fait passer pour un de vos hommes de main, Pizza. Et oui. Quels bureaux ? vous demandez-vous. Eh bien, le siège local de la Corporation des Cartes de Crédit. Voilà. Celle qui produit entre autres les fameuses Jambarclay

Gold et Jamelgrov Premier. J'ai dit à certains responsables que les cartes de crédit du grand Pizza le Hutt avaient été volées. Et vous savez ce qu'ils ont fait ? Eh bien, ils ont annulé toutes ces cartes, et ils comptent vous en renvoyer de nouvelles sous quinze jours.

Pizza le Hutt se fit silencieux un instant.

— [Ordure !] grommela-t-il. [Tu paieras cet inconvénient mineur de ta vie !]

— Oh ! mais c'est pire que mineur, Pizza, renchérit Luc. Le numéro préprogrammé dans ce téléphone ? C'est celui de la hotline de la corporation d'électricité de Mousse Nesley. Je leur ai dit que vos anciens numéros de cartes n'étaient plus valides et je leur ai donné un nouveau compte de carte bleue. Mais ils attendent mon appel. Si je ne les préviens pas dans les cinq minutes qui viennent, ils couperont le courant de votre forteresse, Suprême Pizza. Et vous savez ce que cela signifie ?

Pizza était devenu tout pâteux.

— Non ! s'écria-t-il en proie à une terrible peur. Tu n'oserais pas ? !

— Mais si, Pizza : vos enfants ! Voyez-vous, fit Luc en se tournant pour faire face à toute la salle, il se trouve que je sais que les Pizzariens, comme toutes les formes de vie à base de farine, n'ont pas le sang chaud comme nous. Ils ont besoin d'une source de chaleur externe pour survivre. Bien sûr, un Pizzarien adulte comme le Hutt ici présent serait capable de survivre le temps de ramper à la surface pour profiter du soleil brûlant de Tatoogouine. Mais pour les fils de Hutt, c'est une autre histoire. N'est-ce pas, Pizza ?

— [Mon secret est découvert], avoua tristement l'alien géant. [Je suis venu dans ce trou perdu parce qu'il était temps pour moi de me reproduire. Nous autres Pizzariens ne portons pas nos jeunes à l'intérieur de nos corps comme vous autres formes de carbone avez la dégoûtante habitude de le faire...]

— J'espère que vous ne m'incluez pas dans cette généralisation à l'emporte-pièce, déclara G6P.

— [Nous couvons nos enfants dans des fours utérins spéciaux. Ils cuisent pendant des années à des températures bien supérieures à ce que l'on peut trouver dans les régions les plus chaudes de cette planète. Ils lèvent lentement, gonflent, jusqu'à ce que leurs bulles de fromage atteignent leur maturité ; alors seulement ils émergent et se taillent un chemin huileux dans ce monde. Mes fours sont au cœur de ma forteresse, quatre cents de mes enfants sont en train de cuire. Si on coupe le courant, ce sera un désastre ! Ils mourront tous ! Mes précieux !]

— Laisse-nous partir, Pizza, et j'appuie sur le bouton pour communiquer le code. Si tu refuses, il te faudra attendre deux semaines avant que ta nouvelle carte de crédit arrive. Décide-toi, Pizza. Est-ce que ta progéniture peut survivre quinze jours dans ces fours sans électricité ?

— [Tu connais déjà la réponse,] fit Pizza d'une voix brisée. [Gardes ! Relâchez-les. Placez le presse-papier Yahun Salo à l'arrière d'un hovervan et donnez les clés au jeune Skyterrier. Je sais reconnaître mes défaites...]

Une demi-heure plus tard, alors qu'ils surfaient sur les dunes de sable en direction de Mousse Nesley, Layette répétait la même phrase en boucle : « Je n'y crois pas. Nous avons réussi à nous en sortir. »

— Ce n'était pas gagné, convint Landrover. Ce que je ne comprends pas, c'est pourquoi les sbires de Pizza n'ont pas simplement abattu Luc pour passer eux-mêmes le coup de fil ?

— Sans doute que l'idée ne leur en a pas traversé l'esprit, répondit lentement Luc.

— On a vraiment eu de la chance sur ce coup-là.

— J'ai pris l'habitude de faire confiance à la Farce pour ce genre de choses, confia Luc.

— J'ai quand même l'impression d'avoir vécu une sorte d'anticlimax, objecta G6P. J'étais persuadé que vous viendriez nous sauver avec votre sabre-lumière pour couper l'infâme Pizza en une douzaine de parts.

— Il y a autre chose que j'ai appris, dit Luc, c'est que parfois la Farce prend la forme d'un anticlimax. Bathos et Pathos et un autre encore, qui fini en – athos.

Chapitre 2

Sur l'Étoile de l'Effort V.1.2 ?

À bord de l'Étoile de l'Effort V.1.2, il y avait comme de la nervosité dans l'air. Des régiments de streumtroopers se tenaient en rangs serrés dans le hangar principal, l'armure polie et étincelante comme de la porcelaine. Une rangée d'officiers supérieurs se tenait devant eux. Tous attendaient un visiteur de marque. Tous étaient nerveux ; surtout les officiers.

Une navette approcha, passa à travers le champ de force et vint se poser sur l'aire d'atterrissage. Les rangs de streumtroopers se mirent au garde-à-vous.

Les portes de la navette s'ouvrirent et les longues jambes vêtues de noir de Dark Pater descendirent la passerelle. Le Dark Lourd des Sithweb traversa le grand hangar, suivi de ses fonctionnaires en robe rouge, des individus à la fonction pas très claire, bien que Dark Pater n'aille jamais nulle part sans eux. Le général (et ancien commandant) Jean Fede Miette prit une profonde inspiration, ajusta son col et fit un pas en avant pour accueillir son supérieur.

— Lourd Pater, fit-il en emboîtant le pas à la grande silhouette noire. C'est un plaisir inattendu.

— GÉNÉRAL, gronda Pater. VOUS POUVEZ VOUS DISPENSER DES PLAISANTERIES D'USAGE. JE SUIS VENU M'ASSURER QUE CETTE ÉTOILE DE L'EFFORT SERA TERMINÉE DANS LES TEMPS.

— Mes hommes travaillent seize heures par jour, déclara le général Miette, mais je suis sûr de pouvoir les encourager à en travailler vingt-quatre. Tout sera en place et opérationnel à la date prévue.

— JE L'ESPÈRE POUR VOUS, GÉNÉRAL. LORSQUE L'EMPEREUR IMPÉRIAL ARRIVERA LA SEMAINE PROCHAINE, IL S'ATTENDRA À CE QUE L'ÉTOILE DE L'EFFORT SOIT ENTIÈREMENT OPÉRATIONNELLE.

— L'empereur impérial vient ici ? fit Miette alarmé.

— N'EST-CE PAS CE QUE JE VIENS DE DIRE ?

— Euh, si, Lourd.

— ESSAYEZ DE SUIVRE.

— Oui, Lourd. Nous allons travailler trente-deux heures par jour !

— EXCELLENT. ET, GÉNÉRAL…

— Oui, Lourd ?

— ENCORE UNE CHOSE.

Dark Pater s'arrêta et se tourna vers le général.

— Lourd ?

— J'AI COMMENCÉ À TRAVAILLER SUR UN ONE MAN SHOW.

Miette cligna des yeux.

— Vous avez… euh… Lourd ?

— RIEN QU'UN PETIT NUMÉRO, POUR LE MOMENT. DIX PETITES MINUTES, À PEINE. CELA POURRAIT PEUT-ÊTRE FAIRE UNE CHANSON COMIQUE. ON POURRAIT ALORS ORGANISER UNE PETITE FÊTE

POUR L'EMPEREUR IMPÉRIAL, SUR INVITATION SEULEMENT, DANS L'UNE DES PETITES SALLES DE L'ÉTOILE DE L'EFFORT.

— Ah… mais bien sûr, Lourd Pater.

— SEULEMENT…, fit Pater d'une petite voix.

Miette jeta un regard nerveux par-dessus son épaule aux rangs serrés de streumtroopers. Dieu qu'il avait envie d'être ailleurs. N'importe où, mais ailleurs.

— Oui, Lourd Pater ?

— J'AIMERAIS BIEN QUELQUES REMARQUES. SUR MON NUMÉRO. HISTOIRE DE… (Il se pencha vers Miette et lui planta un doigt ganté de noir en pleine poitrine.) PAR EXEMPLE – C'EST L'UN DE MES SKETCHS PRÉFÉRÉS – OK – AHEUM – VOUS N'AVEZ JAMAIS REMARQUÉ QU'APRÈS AVOIR FINI DE TORTURER UN SUSPECT AVEC UNE SONDE MENTALE CARELLIANE, IL MANQUE TOUJOURS L'UNE DES DEUX ÉLECTRODES ? À CHAQUE FOIS ! COMMENT EST-CE POSSIBLE ? À CROIRE QU'IL Y A UNE PETITE SOURIS SPÉCIALISÉE EN ÉLECTRODES DE SONDES QUI VIENT NOUS EN PIQUER UNE AFIN DE L'EMPORTER À *PARAPHERNALIA*, LE PAYS MAGIQUE DES ÉQUIPEMENTS DE TORTURE. HEIN ? VOUS VOYEZ CE QUE JE VEUX DIRE ? ÇA VOUS EST DÉJÀ ARRIVÉ ? HÉ, VOUS ÊTES UN PUBLIC SUPER, BONSOIR !

Dark Pater se redressa. Son visage était indéchiffrable, d'autant plus qu'il était caché derrière son masque noir. Miette dut exercer un contrôle musculaire pour que, de trouille, ses yeux ne sortent pas de ses orbites.

— C'est très bon… ah, euh, ah ah. Ah. Ah ah ah. Excellent, Lourd. Très drôle.

Il était impossible de deviner la réaction de Lourd Dark Pater. Sans un bruit, il se retourna et quitta le hangar.

Le corps de Miette s'affaissa, de joie manifestement.

Chapitre 3

Merde in Dégueubeurk,
Caca-poum, a-cacapoum !

Luc revint sur Dégueubeurk comme il l'avait promis à son maître. Malheureusement, il était incapable de rendre son vaisseau à Yodla car l'appareil avait été écrabouillé dans la destruction de la Cité Flottante. Mais, bonne comme du bon pain, la rebeldéchamps avait encore donné à Luc un autre vaisseau, et c'est avec celui-là qu'il se posa sur Dégueubeurk, non loin de la petite hutte du Jedognon.

— Yodla ? appela-t-il en se baissant pour se faufiler par la porte miniature. Yodla ? Tu es là ?

— Là par, répondit une faible voix. La chambre à coucher, dans je suis.

Luc se rendit à quatre pattes jusqu'à la chambre et trouva le maître Jedognon miniature assis dans son lit ; un très grand lit, incroyablement grand, assez pour qu'un homme de taille normale puisse se cacher sous le matelas, même si ce n'était pas évidemment pas le cas ici. C'était juste un grand lit.

— De retour tu es, fit Yodla en toussant de façon pathétique.

— Yodla ! Maître ! Tu es malade ?

— Mourant, je suis.

— Non ! Quelle sale nouvelle ! Mais tu ne peux pas mourir ?

— Ah bon, pourquoi ? rétorqua Yodla un peu trop brusquement, comme si Luc venait de lui lancer un défi. Regarde mieux, bien comprendre tu vas.

— Mais... il reste tellement de questions sans réponse. Dark Pater : est-il vraiment mon père ?

— Ton père il est. Pas seulement ça, mais Layette ta sœur est. Et Benne Ken&barbie un cousin éloigné, ou oncle, les détails précis oubliés j'ai.

L'esprit de Luc s'emballa. Et se mit à danser la gigue.

— Mais c'est incroyable ! s'écria-t-il. Layette est ma *sœur* !

— Luc, fit Yodla. Mourant, je suis. Seul j'ai vécu bien longtemps, avec personne à qui parler. L'histoire de ma vie pas enregistrée est. À toi je veux raconter toute l'histoire. Et puis, mon seul bénéficiaire tu seras ; de mes deux minicostumes en lederhosen hériter tu vas.

— Merci, répondit Luc, assez dubitatif.

— Le dernier de ma race, je suis..., murmura Yodla. Lorsque mort je serai, cette race oubliée de l'histoire sera. Une pensée triste c'est.

— Oui, d'ailleurs, je voulais te demander, maître... De quelle race es-tu ?

— D'après la mythologie de mon peuple, le premier d'entre nous est apparu lorsque le Balai à franges divin est tombé amoureux d'une certaine Marionnette quasi divine ; de leur union, nous naquîmes. Autrefois nous étions très nombreux, et prospères. Lorsque jeune j'étais – pas comme tu me vois maintenant, mais jeune et beau avec la peau douce – lorsque jeune j'étais, donc, je dirigeais un théâtre – avec beaucoup de succès. Mais tous mes compagnons les uns après les autres morts sont. J'ai eu la chance de pouvoir perpétuer notre espèce ; des opportunités de me reproduire j'ai eu, avec d'autres comme moi, petits, pas-facile-d'être-de-couleur-verte. Mais l'amour, une drogue dangereuse c'est ! Amoureux je suis tombé d'un être d'une race totalement différente. Porcine. Aucune chance de combinaison génétique de cette union il y avait. (Il secoua la tête.) Et me voici, ayant dévoué ma vie à la Farce.

Sa voix était à peine un murmure.

— Quelle triste histoire ! déclara Luc. Et, bien sûr, très intéressante aussi. Non, vraiment, super-intéressante. J'aimerais vraiment en apprendre plus et tout, franchement… mais, vu que tu n'as plus que quelques instants à vivre, est-ce que tu ne pourrais pas m'en dire un peu plus sur le fait que Dark Pater est mon père, Layette ma sœur, et que Ken&barbie me soit apparenté d'une manière étrange ?

— Te dire pourquoi les mots sont inversés dans mes phrases je vais. Pourquoi les verbes à la fin de mes phrases je mets. Te dire, je vais.

— … C'est génial, fit Luc. Sauf que j'avais espéré en apprendre un peu plus d'un point de vue familial. Sur ma famille, surtout. Tu sais, Dark Pater et tout ça…

— La vérité à toi l'avouer je vais. Important que tu écoutes il est. Le fait est que allemand je suis.

— Allemand… oh, super. C'est génial. Sauf que moi, ce qui m'intéresse…

— Tous les Allemands ne sont pas forcément grands

et blonds, même si c'est comme ça qu'on se les imagine dans cette galaxie. Certains Allemands petits comme des grenouilles sont. Difficile à croire, c'est, je sais, mais quand même, vrai aussi c'est.

— Euh, ben en fait, je m'en étais un peu douté, répondit Luc. Surtout à cause des lederhosen et du yodel. La syntaxe un peu étrange m'a aussi servi d'indice, mais moins.

— Ah, fit Yodla. Observateur tu es.

— Oui. Mais sans vouloir te maître la pression, mettre… ou l'inverse, mettre, maître… je sais que le temps presse et que tu vas mourir et tout ça, et que tu n'as peut-être pas super envie de parler et tout. Mais si tu pouvais, même brièvement hein, rien que brièvement, me briefer un peu sur le fait que Dark Pater soit mon père, Layette ma sœur et tout ça, je te serais très… très… reconnaissant… si… tu…

Mais Yodla était mort.

— Et merde, fit Luc.

Il enterra le petit corps et nettoya la hutte de Yodla, prenant avec lui les deux lederhosen qui lui revenaient de droit. Il les plia et les rangea dans sa poche. Puis il s'assit sur un tronc d'arbre afin de réfléchir un instant.

— Et maintenant qu'est-ce que je vais faire ? se demanda-t-il à voix haute.

— Allô ? fit une voix familière. Allô ? Est-ce que ce truc est branché ? Allo, tu m'entends ?

— Benne ?

Luc se retourna et découvrit un spectre lumineux vêtu des habits crème et marron typiques des Jedognon. L'apparition, ou l'hallucination, ou quoi que ce soit avait l'air très réelle : c'était le vieux Benne Ken&barbie dans les moindres détails, sauf que celui-ci brillait d'une vive lumière.

— Salut, Luc, fit le fantôme de Benne. Yodla est mort, n'est-ce pas ? Il était très vieux, tu sais.

— Benne ! s'exclama Luc sur un ton de reproche.

— Salut, dit joyeusement le spectre.

— Benne, fit Luc en plissant le front. Comment as-tu pu ? Tu m'avais dit que Dark Pater avait tué mon père.

— Ah bon ? répondit Ken&barbie. J'avais dit ça ? Euh…

Il regarda par-dessus son épaule comme si un travail urgent requérait son attention immédiate.

— Mais à présent, le pressa Luc, j'ai découvert que, loin d'avoir tué mon père, Dark Pater est en fait mon père. Enfin quoi, comment aurais-je pu deviner ?

— En effet, c'est à marquer dans les annales, convint Ken&barbie.

— Comment as-tu pu m'induire à ce point en erreur ? Pourquoi m'as-tu dit que mon père était mort ?

Le fantôme de Ken&barbie s'assit lourdement sur une souche.

— Jane Skyterrier, fit-il lentement comme s'il tâtait le terrain, était un chevalier Jedognon plein de probité et doué pour la Farce. Mais, vois-tu, lorsque… euh, lorsqu'il est passé du côté Lourd, il est devenu Dark Pater. Et ce jour-là, eh bien… ah oui, c'est ça, ce jour-là il est « mort ». D'une certaine manière. C'est ça, oui…

oui, ça le fait. Jane Skyterrier est mort et Dark Pater est né. Donc, d'un point de vue métaphorique, Dark Pater a tué Jane Skyterrier. C'est ça… parfait. (Il leva les yeux vers Luc.) Tu comprends ?

— Donc, lorsque tu m'as dit que Dark Pater avait « tué » mon père, en fait, ce que tu voulais dire c'est qu'il ne l'avait pas tué.

— Exactement.

— Donc, en fait, tu as employé le mot « tué » dans le sens de « pas tué du tout, mais changé son inclination morale ».

— Tout à fait.

Luc regarda l'apparition assez durement.

— Mais ce n'est pas le sens habituel du mot « tué », n'est-ce pas ? Je veux dire, réellement.

— Oh, c'est pourtant assez usité comme sens, répondit Ken&barbie de manière évasive.

— Par le plus grand des hasards j'ai un dictionnaire sur moi, fit Luc en sortant un petit livre de sa manche. Si je lis la définition du verbe « tuer »…

— Est-ce vraiment nécessaire ? s'enquit Ken&barbie en passant d'une fesse spectrale à une autre.

— « Privé de vie ou de vitalité », lut Luc à haute voix. « Provoquer la mort, faire mourir ou mettre fin à la vie. »

— Eh bien, quand un Jedognon emploie un mot…, déclara Ken&barbie comme s'il était sur le point de se lancer dans une longue tirade pour justifier son usage du mot « tué ».

Mais il s'arrêta là.

Luc rangea le petit dictionnaire dans sa manche.

— Donc, au bout du compte, il semblerait que Dark Pater soit mon père, dit Luc. Et Yodla m'a dit que Layette était ma sœur, malgré le fait assez gênant que j'en pince pour elle depuis que je l'ai rencontrée. Et toi, tu serais une sorte d'oncle. Et Yahun Salo dans tout ça ? C'est qui ? Mon frère secret ?

— Allons, répliqua le vieux Benne, ce serait ridicule.

Luc médita un long moment.

— Que dois-je faire ?

— Tu dois écouter tes sentiments et tout ça, lui dit Benne. Si j'étais toi, j'irais sur la lune forestière d'Andorre. Je tiens de source spectrale fiable que Dark Pater supervise là-bas la construction d'une nouvelle Étoile de l'Effort, qui n'aurait pas les points faibles de la précédente.

— Ça me semble un bon conseil, fit Luc en se relevant. Merci !

— Oh, de rien. Méfie-toi juste du côté Sourd de la Farce.

— Quoi ?

— Le côté Lourd de la Farce. Lourd.

— Désolé, j'avais compris autre chose.

Luc prépara son vaisseau pour le décollage et tout le tralala ; pendant ce temps, le spectre de Benne Ken&barbie resta assis sur sa souche, avec un air détaché… il devait y avoir droit à présent, en fait. Après tout, il était mort. Et il est difficile d'être plus détaché que ça.

— Alors comment ça marche, exactement ? s'enquit Luc. Le truc de l'apparition fantomatique et tout ? Est-ce que tous les Jedognon deviennent des fantômes lorsqu'ils ont été tués ?

— Eh bien, c'est une question très intéressante, répondit Ken&barbie dont le visage venait d'adopter un air perplexe. Maintenant que tu m'en parles, je ne me souviens pas que ce soit déjà arrivé. Jamais. De toute l'histoire de l'ordre Jedognon. Et pourtant, plein de Jedognon sont morts. En fait, même, pour être précis, les millions de Jedognon qui ont existé sont aujourd'hui tous morts, à part toi et Dark Pater.

— Et la princesse Layette, fit remarquer Luc. Puisqu'elle est ma sœur.

— Elle, elle compte pas. C'est une fille. Mais j'ai beau chercher, vraiment, je ne me rappelle pas avoir jamais entendu parler d'un Jedognon qui serait devenu un spectre après sa mort. Et c'est peut-être mieux ainsi. Sinon, on serait plutôt à l'étroit ! Non, à ce que j'en sais, aucun Jedognon ne serait assez fort dans la Farce pour devenir un spectre après sa mort.

— Pas même Yodla ?

— Ah si, il serait l'exception qui confirmerait la règle. Il est possible qu'il revienne. Et peut-être plus rapidement que moi.

— Donc, dit Luc, comment se fait-il que tu sois autorisé à revenir sous forme spectrale alors qu'aucun Jedognon dans l'histoire des Jedognon n'y ait jamais été autorisé ?

Le vieux Ken&barbie haussa les épaules de façon fluide et élégante.

— J'en sais rien. Peut-être que les choses s'améliorent pour les Jedognon. Des fois, je me dis – et ne le prends pas mal, Luc, vu que tu es le dernier espoir du Bien dans tout le cosmos – je me dis parfois que les Jedognon ont vraiment dû se comporter comme des manches par le passé. Non, mais écoute un peu : des millions qu'on était. Et aujourd'hui, on n'est plus que deux. Si tu présentais ces chiffres pour n'importe quel autre groupe ou espèce… les lemmings par exemple, ou, disons, les haddocks… eh bien il n'y a pas trente-six conclusions à tirer.

— J'ai un peu de mal à te suivre, avoua Luc. Et puisque je suis un peu pressé, je pense que je vais me casser. Adieu !

— Nous nous reverrons, déclara Ken&barbie. À bientôt.

Chapitre 4

Sur la lune forestière d'Andorre

Il ne fallut pas longtemps à Luc pour convaincre la rebeldéchamps de concentrer toutes ses forces sur l'Étoile de l'Effort en construction en orbite de la lune forestière d'Andorre. Le commandant en chef de la rebeldéchamps, l'amiral Hala, avait concocté une stratégie. La flotte tout entière, comprenant chaque vaisseau et chaque soldat de la rebeldéchamps, allait attaquer l'Étoile de l'Effort et la détruire avant qu'elle soit terminée. Pendant ce temps, un détachement spécial de troupes atterrirait sur la lune elle-même afin de désactiver la Machine de Cordon Sanitaire qui générait un champ de force autour de l'Étoile durant sa construction.

— Ça m'a l'air un plan infaillible, déclara Hala.

— Combien d'hommes allons-nous envoyer sur la lune ? s'enquit Layette.

— Quarante mille, répondit aussitôt l'amiral.

— Amiral ! s'exclama Oumouk Nadine, son second. On ne peut pas se départir d'autant de soldats…

— Je vois. Combien d'hommes pouvons-nous affecter à ce détachement, général Nadine ?

— Deux.

— Alors ce sera deux. Vous, princesse, et le capitaine Salo. Cela devrait suffire.

— Attendez voir, fit Layette. Si je vous suis bien, vous voulez qu'on attaque une concentration de forces de l'Emp-Imp-Imp dont des droïdes, soit, au bas mot, vingt mille troupes de choc… à deux.

— Eh bien, répondit l'amiral en écartant ses branchies de façon théâtrale, s'ils sont déjà sous le choc, cela ne devrait pas être trop compliqué.

— De choc, fit Layette. J'ai dit « de choc », pas « sous le choc ».

— Je m'excuse, répondit l'amiral. Mon audition n'est pas très bonne hors de l'eau. Je vois. Vous pensez que deux personnes ne suffiront pas ? Très bien : prenez le jeune Skyterrier avec vous. Mais sinon, je vois pas qui d'autre. Vous ne pourriez pas rallier la population indigène à notre cause ? D'ailleurs y a-t-il une population indigène sur cette lune ?

— Une race, répondit Nadine en feuilletant dans un classeur. Les Cuizinowoks.

— Excellent ! fit joyeusement Hala. Bon, alors tout est réglé. Vous débarquez là-bas et convainquez les hordes de féroces, sans-doute-puissamment-armés, faisant-peut-être-bien-dans-les-deux-mètres-de-haut-avec-des-griffes-géantes Cuizinowoks d'attaquer le générateur du champ de force. Une fois que celui-ci sera coupé, nous détruirons l'Étoile de l'Effort. Et puis nous ferons un débriefing à, qu'en pensez-vous, Nadine ? Vingt heures ?

— Disons plutôt vingt-trois heures, amiral. Pour être sûrs.

— Vous avez raison.

— Nous devons nous laisser une marge d'erreur, amiral.

— Et comment donc. Enfin bon, voilà : rendez-vous aux coordonnées delta zéro quatre à vingt heures trente, d'accord ? Y aura-t-il… ? Euh, je me demandais si… ah, Nadine, avant que vous ne partiez, juste une question…

— Amiral ?

— Y aura-t-il des sandwichs au débriefing ?

— Des sandwichs ? Je n'en avais pas commandé, amiral. Est-ce que vous voulez que j'en commande ?

— Si ce n'est pas trop vous demander. Un peu de viande, du fromage, de façon à ce qu'il y en ait pour tous les goûts. Et puis quelques cubi de vin. Ça sera plus sympa pour décider de ce que nous ferons du cosmos après avoir anéanti l'Emp-Imp-Imp. Très bien ! Alors au revoir tout le monde ! Allons-y !

Ce fut donc un groupe plutôt lugubre de trois personnes qui embarqua sur une navette camouflée en direction de la lune forestière. La princesse Layette pilota en silence ; Yahun et Luc étaient assis, l'air morose.

La morosité grandit davantage lorsqu'ils entrèrent en contact avec les indigènes de la lune et furent conduits au principal village des Cuizinowoks, situé dans une clairière au milieu des bois et constitué principalement de grosses boîtes et de cartons entassés les uns sur les autres.

En fait, le Cuizinowok moyen ne faisait pas deux mètres de haut, à peine trente centimètres des pieds à la tête. Ils n'avaient ni griffes ni crocs. En revanche leurs yeux étaient plats, ronds et durs, et en théorie, ils auraient pu blesser les streumtroopers avec, si par mégarde les soldats de l'Emp-Imp-Imp en avalaient un de travers.

Toutefois, ils semblaient belliqueux. Le chef des Cuizinowoks convoqua le conseil des villageois (un piic-niik, dans leur langue) et les diverses discussions montrèrent qu'ils étaient plus que ravis d'attaquer le camp des streumtroopers sous le commandement des trois étrangers.

— Hommes méchants ! annonça Sherpa, le chef Cuizinowok, en montrant du doigt le camp des streumtroopers. Très bruyants ! Ils se couchent à pas d'heure ! Ils doivent payer de leurs vies !

Une grande foule de Cuizinowoks ovationna ce discours ; c'était un son proche d'une chorale de sopranos s'entraînant au vibrato.

— Loin de moi l'idée de refroidir votre ardeur combative, intervint la princesse Layette, mais vous réalisez que ces streumtroopers sont armés jusqu'aux dents avec le nec plus ultra de l'armement laser ?

— Ils n'ont pas de dents ! couina Sherpa. Leurs visages être en plastique blanc !

— Euh, non, vous ne m'avez pas comprise, expliqua Layette. Je ne faisais pas référence à leurs dents d'un point de vue littéral. Je voulais simplement attirer votre attention sur le fait qu'ils ont des canons laser, des blasters lourds, des pistolets laser et plein d'autres équipements de mort automatique.

— Nous même pas peur ! cria Sherpa. Nous avoir concocté stratégie militaire à base de rondins de bois.

— Vous avez dit « rondins de bois » ?

— Oui.

— Je voulais être sûre d'avoir bien entendu. « Rondins de bois », c'est ça ?

— Oui.

— Pas de pistolets ? D'arcs ou de flèches ?

— Non, non...rondins. Rondins, terribles rondins ! Ya-haaah !

Et avec ce dernier cri, le niveau d'excitation des Cuizinowoks atteignit son paroxysme. Très vite toute la masse de villageois se retrouva à danser autour des genoux de Yahun et Layette.

Très vite, il fut aussi temps d'aller se mettre au lit... une croyance religieuse que les Cuizinowoks respectaient scrupuleusement. En l'espace de quelques minutes, le calme retomba dans le village.

À la lumière des feux, Luc alla trouver Layette.

— J'ai des nouvelles, lui dit-il. Nous avons intercepté des transmissions Emp-Imp-Imp. Dark Pater se trouve sur l'Étoile de l'Effort. Il a le droïde avec lui.

— Je vois, fit Layette dont le regard s'illumina. Ce qui veut dire que tout n'est pas perdu... Nous pouvons encore récupérer le droïde !

— Sans doute, répondit Luc. Je me disais que... puisque tu vas conduire les Cuizinowoks à la gloire, je devrais peut-être en profiter pour me rendre sur l'Étoile de l'Effort afin d'affronter Dark Pater, même si cela signifie une mort prématurée et douloureuse pour moi.

— Excellente idée, fit Layette tout excitée, mais

certainement plus à cause de la première partie de la phrase de Luc que de la fin.

Luc acquiesça.

— Je vais faire ça. Même si cela signifie une mort prématurée et douloureuse pour moi ?

— Chut, fit la princesse Layette. Tsss. Nous devons absolument récupérer ce droïde… l'unité DR. Une fois qu'il sera entre nos mains, nous pourrons le donner à Landrover qui téléchargera le Grand Secret depuis sa base de données. Alors, enfin, la victoire sera à nous ! Dark Pater a le droïde ; tu dois l'affronter.

— Il y a un ascenseur spatial dans la base Emp-Imp-Imp.

— C'est là que tu dois aller.

— Layette… avant que je parte, j'ai quelque chose à te dire.

— Quoi ?

Luc la regarda droit dans les yeux et secoua la tête.

— Non… ce serait un trop grand choc pour toi. Cela te distrairait dans ta mission avec les Cuizinowoks. Je te le dirai à mon retour. *Si*, ajouta-t-il avec un soupçon d'emphase mélodramatique, je reviens.

— Okay, répondit Layette. Bon, et si tu y allais maintenant ? La route est plutôt longue entre la base Emp-Imp-Imp et l'Étoile de l'Effort. Et puis nous devons aller nous coucher. Ces indigènes sont assez stricts sur l'heure du couvre-feu. Ne nous les mettons pas à dos avant la guerre de demain.

Chapitre 5

Et encore un duel épique au sabre-lumière. Vous devez commencer à saturer, je sais, mais c'est le dernier. Pour l'instant. Je dois quand même vous signaler qu'il risque d'y en avoir plusieurs autres par la suite (même si en fait ils se passent avant ; mais j'me comprends !)

En se servant de la Farce, Luc fut capable d'éviter les gardes, de tomber par une fenêtre, de dégringoler un escalier vers le haut (je sais ça paraît pas évident, mais il s'était entraîné), pour finalement arriver d'un pas chancelant et un peu sonné dans le centre de transit sans se faire repérer.

Il se rendit directement au Grand Ascenseur Spatial en Verre et l'emprunta pour accéder à l'Étoile de l'Effort en construction. Ses pouvoirs de Jedognon lui permirent d'accomplir le trajet : en fermant les yeux il réussit à se cogner le coude dans le panneau de contrôle, ce qui lui arracha un grand « Aïïe-euh ! ! ! », enclenchant accidentellement la bonne combinaison de touches.

La lune forestière d'Andorre disparut derrière lui dans des volutes compliquées de verts et de bleus. Derrière la lune, la planète Satourne se levait à l'horizon, rouge et marron sous la lumière vive de son soleil blanc. Luc baissa les yeux et vit les Mono et Multipodes de l'Emp-Imp-Imp patrouiller comme de juste et se vautrer dans les bois autour de la base. De sa position surélevée, les streumtroopers en armures blanches ressemblaient à de petites limaces entre les arbres. Il se retourna pour contempler l'Étoile en construction. Elle occupait presque tout le ciel ; on aurait dit le montage en Meccano d'une lune en phase ascendante ; l'énorme cercle semblait avoir été mangé à moitié.

Il se faufila dans les couloirs déserts et les pièces faiblement éclairées. Partout où il allait, il voyait du placoplâtre pas encore peint, des fils qui sortaient de trous carrés dans les murs tels des spaghettis en plastique, des centaines de pots de peinture dégoulinant sur le côté comme du nappage sur un dessert, des ampoules bringuebalantes, sans abat-jour, ressemblant à des pendus, et des planches d'échafaudage et des draps de protection à perte de vue.

Luc entendit des voix. Il se dirigea vers elles, trébuchant malencontreusement sur un poste radio, une tasse de café froid et un magazine populaire de l'Emp-Imp-Imp plié en deux, *Entrevue avec un Empire* (le gros titre de la couverture disait : « Les premières photos exclusives des fils de Hutt p. 12 ! Pizza n'est pas dans son assiette... ») Il retrouva l'équilibre et essaya d'avancer sans faire de bruit.

Après un tournant, Luc longea un mur, jusqu'à ce qu'il distingue deux voix en train de parler. L'une était clairement celle de Dark Pater ; mais l'autre, Luc n'arriva pas à la reconnaître – heureusement, l'identité du propriétaire fut vite révélée.

— Tout ce que je dis, fit la seconde voix, c'est que ce n'est pas un rayon modificateur de sas à champ de force qui était marqué sur ce bon de commande. C'est ça que j'dis, moi.

— ET QU'EST-CE QUI ÉTAIT MARQUÉ SUR LE BON DE COMMANDE, MONSIEUR BOBA ?

— « Un rayon modificateur, deux cents champs de force », répondit Boba. Ce qui n'est pas franchement la même chose, je peux vous le dire. Et je n'y suis donc pour rien. Ce n'est quand même pas ma faute si mon fournisseur n'arrive pas relire l'écriture de votre chef architecte.

— JE LUI BROIERAI LA GORGE À DISTANCE DÈS DEMAIN MATIN, NE VOUS EN FAITES PAS.

— Oh, mais je ne m'en fais pas, affirma Boba. Le truc c'est qu'avec ce léger méli-mélo je ne pourrai jamais vous installer votre rayon modificateur de sas pour mardi comme je vous l'avais promis.

— ALORS QUAND ? MERCREDI ?

— Oooouh, fit Boba comme si Dark Pater avait dit quelque chose de vraiment absurde. Je crains que non. Même en supposant que les bonnes pièces soient livrées, disons, vendredi – ce qui me paraît déjà optimiste – même là, eh bien, je dois vous avouer, monsieur Pater, que mon gars Wayne a pris des jours de congé en début de semaine prochaine.

— AH BON ? MAIS POURQUOI DONC ?

— Il passe son permis de conduire. Engin terrestre lundi-mardi, engin spatial mercredi-jeudi. Inutile de vous plaindre, monsieur Pater, je lui avais promis ces jours de congé. Il faut qu'il puisse me conduire le van. Avec les problèmes de câble, le fait qu'on ait dû repasser commande, sans parler de la mésentente (dirons-nous) sur la charte des couleurs, on est bloqués, c'est tout.

— MAIS JE VOUS DIS QUE CE N'EST PAS MA FAUTE, protesta Dark Pater. (D'après le son de sa voix, il semblait qu'ils avaient déjà évoqué tout cela un peu plus tôt.) LES ENTRÉES DU PROGRAMME VISUEL DE MON CASQUE INTERPRÈTENT PARFOIS LE BLEU MARINE COMME DU ROSE. J'Y PEUX RIEN.

— Peu importe à qui la faute, fit doucement Boba. À moins que vous soyez prêt à garder les murs en rose, nous devons tout repeindre. Et Garth a emmené la peinture sur un autre chantier – il ne sera pas de retour avant une bonne semaine. Maintenant, si les murs roses ne vous dérangent pas…

— SUR UNE ÉTOILE DE L'EFFORT CENSÉE ÊTRE TERRIFIANTE ? JE NE CROIS PAS, NON. CELA NE FERAIT PAS TRÈS PEUR, SI ?

— Ben, le rose peut choquer, quand même…, fit Boba, espérant convaincre Dark Pater.

— OUI, MAIS CE N'EST PAS PAREIL.

— Pourtant, le choc et la peur, ce ne sont pas des concepts très éloignés ? Si ?

— JE SUIS DÉSOLÉ, MONSIEUR BOBA, JE N'EN DÉMORDRAI PAS.

— C'est vous qui voyez. Après tout, c'est votre Étoile de l'Effort, monsieur Pater. C'est vous qui payez. Moi, tout ce que je dis, c'est que ça va nous retarder.

Luc en avait assez entendu. Il s'avança et vit l'homme

à qui son père s'adressait : c'était un joyeux humanoïde grassouillet qui écrivait sur un carnet interactif avec un crayon cassé.

— Père, fit Luc en sortant de l'ombre. Nous nous retrouvons.

D'une pression du pouce, il activa son sabre-lumière d'où jaillit une vive lumière blanche.

Dark Pater, sans un mot, dégaina à son tour le sabre qu'il portait à la ceinture et appuya sur le bouton « marche ». Sa lumière rouge se mit à luire vicieusement.

Les deux chevaliers Jedognon, père et fils, se mirent en garde ; les jambes légèrement écartées, les armes brandies devant eux. Puis ils se mirent à tourner.

— Bon, fit Boba l'entrepreneur, en les regardant l'un et l'autre. Je vois que vous êtes un peu occupé pour le moment, Dark Pater, alors si ça ne vous dérange pas, je me prends une petite pause syndicale.

Il prononça les deux derniers mots d'une voix plus aiguë, un peu comme s'il avait tiré sur les voyelles comme cela : « pozzz syndiiiiicaaaal, » parce qu'il courait si vite vers la sortie que l'effort et le souffle de l'air avaient altéré ses paroles.

Le père et le fils se retrouvèrent seuls.

— Je suis désolé d'avoir interrompu ta conversation, Père, déclara Luc. Mais nous avons une affaire en suspens.

— TU ES VENU POUR LE DROÏDE, répondit Dark Pater de son habituelle voix menaçante. L'EMPEREUR L'AVAIT PRÉDIT.

— Peut-être bien que je suis venu pour le droïde, ou peut-être pas, rétorqua Luc en tournant autour de Dark Pater, sabre tendu.

— NE DIS PAS DE BÊTISES, répliqua son p'pa. TU ES CONVAINCU QU'IL Y A UN GRAND SECRET CACHÉ À L'INTÉRIEUR DE CE DROÏDE. C'EST POUR CELA QUE TU AS TOUT TENTÉ POUR LE RÉCUPÉRER.

— Eh bien, fit Luc, peut-être. Ou peut-être pas. Ou peut-être. Tu ne me tireras pas les vers du nez. Peut-être… ou peut-être pas. Mais, à titre d'exemple, là, disons « peut-être » pour voir, une minute. Tu connais le Grand Secret ?

— ÉVIDEMMENT.

— Ah. Et je suppose que cela te terrifie, l'idée que je puisse l'apprendre à mon tour et le livrer à la rebeldéchamps. Alors nous serions capables de détruire l'Emp-Imp-Imp une bonne fois pour toutes et de libérer le cosmos de sa tyrannie.

— OU PAS, répondit Dark Pater.

Il passa à l'attaque de manière foudroyante ; son sabre-lumière rouge fendit les ténèbres. Luc répondit en faisant trois *S* et trois *Z* du bout de son sabre dans les airs. Les deux hommes se dansèrent littéralement autour, se décalant et tournoyant de façon à toujours laisser leurs sabres entre eux. Dark Pater fit tourner son arme si rapidement autour de sa tête que, l'espace d'un clin d'œil, on eut l'impression qu'il maniait en fait une dizaine de sabres. Luc recula le long d'un escalier en métal, suivi prudemment de Dark Pater, jusqu'à ce qu'ils arrivent tous les deux sur une plateforme. Une balustrade entourait celle-ci, agrémentée de pétales géants à intervalles réguliers.

— Tu n'arriveras pas à me tromper, Père, fit Luc. Je veux dire, père, corrigea-t-il. Je sais que si tu avais vraiment téléchargé le Grand Secret du droïde, tu l'aurais déjà utilisé contre la rebeldéchamps. Ergo, tu n'as pas le Grand Secret.

— ERGO ? s'enquit Dark Pater. TU PARLES COMME UN INTELLO.

— Depuis que j'ai suivi l'enseignement de Yodla, j'ai appris bien des choses.

— ET MALGRÉ CELA TU N'AS PAS APPRIS LA NATURE DU GRAND SECRET ?

— Eh bien, peut-être que non. Mais toi non plus, d'abord.

— MON GARÇON, JE CONNAISSAIS LA NATURE DU SECRET AVANT TA NAISSANCE !

— Inutile de te la péter, se moqua Luc. Tu perds ton temps.

Luc bondit en avant et asséna un coup de sabre comme il put. Dark Pater, imperturbable, ne bougea même pas pour intercepter le coup de Luc. Les sabres s'entrechoquèrent. Leurs deux lumières s'éteignirent simultanément et des éclats de verre volèrent dans tous les sens.

Luc partit en arrière pour éviter de prendre un morceau dans l'œil. Son sabre-lumière était à présent plus un tesson de bouteille qu'un tube de verre brillant. De fait, l'arme était devenue bien plus dangereuse ; mais elle nécessitait également un maniement différent. À la place du jeu d'escrime élégant déployé jusqu'à présent, les deux guerriers se tournaient maintenant autour comme dans une vulgaire baston, essayant de se mettre occasionnellement des coups de tessons dans le bide et la tronche.

— Tu as l'air essoufflé, père. Tu halètes.

— ESSOUFFLÉ ? balbutia Dark Pater. J'HALÈTE ?

— Oui, tu halètes.

— JE SUIS SIMPLEMENT SOUS LE COUP DE L'EXCITATION DU CÔTÉ LOURD DE LA FARCE, répondit Pater. SI EXCITÉ, D'AILLEURS, QUE J'EN AI UN PEU LE SOUFFLE COUPÉ, C'EST TOUT.

— Si tu connais vraiment la nature du Secret, pourquoi te bats-tu contre moi de cette manière ? Tu n'as qu'à utiliser le Secret pour me détruire.

— TU N'AS DONC PAS LA MOINDRE IDÉE DE CE QU'EST LE SECRET, PAS VRAI ?

— Mais si ! hurla Luc dont l'orgueil venait d'en prendre un coup. Je veux dire, j'imagine tout à fait à quoi il peut servir.

— VRAIMENT ? QUE CROIS-TU QUE SOIT LE SECRET, POUR VOIR ?

— Je ne sais pas. La clé d'un pouvoir capable de détruire la galaxie tout entière, peut-être ? La racine carrée de -1 ? La formule magique pour faire apparaître un génie qui exaucera trois souhaits ?

— RIEN DE TOUT ÇA, répondit Dark Pater.

— Genre tu sais, le railla Luc.

Mais sa raillerie était un peu moins railleuse qu'un peu plus tôt. Se pouvait-il que Dark Pater dise la vérité ?

— T'ES-TU DÉJÀ DEMANDÉ, MON FILS, gronda-t-il, POURQUOI JE ME SUIS CONVERTI AU CÔTÉ LOURD DE LA FARCE ?

— Pas vraiment, non, dit Luc.

— AS-TU CRU UN INSTANT QUE CELA POUVAIT

AVOIR UN RAPPORT AVEC LE GRAND SECRET DONT TU PARLES ?

— Bah, fit Luc. Nous parlons d'un secret qui a été dissimulé dans les bases de données d'un droïde toilettes. Comment est-ce que cela aurait pu conduire un jeune chevalier Jedognon à passer du côté Lourd ?

— TU SAIS QUI A CACHÉ CE SECRET ?

— Non.

— TA MÈRE.

— Encore des révélations sur la famille ? Honnêtement, elles ont perdu tout effet choquant sur moi à présent, je peux te le dire.

— SI ELLE A CACHÉ CE SECRET, IL Y A UNE RAISON, TU SAIS.

— Très bien, fit Luc, se sentant défié. Et si tu me disais simplement ce qu'est le secret ? Si tu le sais, pourquoi tu ne me le dis pas ? Dis-moi ce que c'est !

— TOUT VIENT À POINT À QUI SAIT ATTENDRE. LORSQUE TU AURAS ACCEPTÉ TA DESTINÉE. ALORS JE T'EMMÈNERAI DEVANT L'EMPEREUR ET IL TE RÉVÉLERA LE SECRET.

— Ouais, répondit Luc sur un ton moqueur. Encore une manière de me dire que tu ne sais rien.

— NON, C'EST PAS VRAI.

— Mais si.

— MAIS NON, C'EST PAS… ÉCOUTE, FILS, JE N'AI PAS ENVIE DE ME LANCER DANS UNE PRISE DE BEC AVEC TOI. RENDS-TOI ET VIENS AVEC MOI VOIR L'EMPEREUR IMPÉRIAL. IL T'EXPLIQUERA LES CHOSES BIEN PLUS CLAIREMENT QUE MOI.

— Et pourquoi pas l'autre alternative, fit Luc en

se jetant en avant, le tesson de bouteille tendu devant lui, je ne viens pas !

Dark Pater fit un pas de côté. Luc se mangea la rambarde à fond la caisse. Tout l'air fut expulsé de ses poumons dans un bruit à mi-chemin entre « ouuufff ! » et « arrrghh ! ». Il pivota et dut lâcher son sabre dans une tentative désespérée de se raccrocher à la rambarde avant de passer par-dessus bord. Il pendait dans le vide et regardait avec inquiétude en dessous de lui. Apparemment, sans doute grâce au pouvoir de la Farce, il se retrouvait suspendu au-dessus d'un puits qui descendait plus loin que ne portait l'œil. Tomber ou lâcher prise signifiait une mort sûre et certaine.

— IL SEMBLERAIT QUE TU SOIS À MA MERCI, déclara sinistrement Dark Pater en passant la tête par-dessus la rambarde. RENDS-TOI OU MEURS !

— Me rendre ? À toi ? Devenir ton *esclave* ?

— C'EST TA DESTINÉE.

— Ma destinée est de devenir ton esclave ? Jamais !

— L'EMPEREUR IMPÉRIAL L'A PRÉDIT.

— Tu n'arrêtes pas de dire ça.

— CELA N'EMPÊCHE PAS QUE CE SOIT VRAI.

— Ouais, bon. Enfin, fit Luc sur le ton de la conversation, histoire de changer de sujet. J'ai une question à te poser. Est-ce vrai que tu t'appelais Jane Skyterrier ?

Pendant ce temps, il essayait de ramener ses jambes au niveau de ses aisselles, afin de s'en servir comme levier contre la balustrade pour se dégager du puits sans fond qui était sous lui... bref, c'était un peu coton.

— CE NOM NE SIGNIFIE PLUS…

— C'est un peu un nom de fille, non ?

La respiration de Dark Pater semblait devenir plus audible d'un seul coup.

— QU'EST-CE QUE TU AS DIT ?

— Je me demandais juste pourquoi mon Papa avait un nom de *gonzesse*, c'est tout.

— C'EST TOUT ! gronda Pater. J'EN AI PLUS QU'ASSEZ DE TON INSOLENCE. TU ES PRIVÉ DE SORTIE !

— Euh, privé de sortie ? s'enquit Luc. Dans le sens de… ?

— DANS LE SENS, répondit Dark Pater, OÙ TU NE VAS PAS T'EN SORTIR.

Il abattit son tesson de sabre violemment sur les phalanges de Luc. Ce dernier poussa un grand « wouaille-euh ! » et lâcha prise. Aussitôt, il tomba dans le vide. Le sol, bien que très éloigné en apparence, se rapprochait de plus en plus vite. Tout en chutant, il hurla à la silhouette de son père qui rapetissait : « Je te hais ! *Je ne suis pas ton esclave !* Je te *hais*… »

Chapitre 6

Alors : comment se passe la bataille sur la lune ?

La bataille sur la lune ne se passait pas bien.

Pour être franc, les streumtroopers expédiaient les Cuizinowoks en vitesse. Leurs fusils et pistolets blasters faisaient de cruels dégâts dans les rangs en diminution des indigènes, leur arrachant des membres à la pelle. Les Cuizinowoks essayèrent de réagir, mais leurs armes étaient principalement à base de rondins. Donc, ils firent rouler des rondins le long des collines en direction des blindés tout-terrain de l'Emp-Imp-Imp. Le seul hic dans leur raisonnement, c'était que les rondins roulaient assez lentement et faisaient du bruit ; les Multipodes Emp-Imp-Imp étaient équipés de canons laser automatiques conçus pour abattre n'importe quel missile leur fonçant dessus, et se déplaçaient de toute façon beaucoup plus vite qu'un tronc d'arbre et bien plus silencieusement. Bref, ils firent du petit bois des rondins.

D'autres stratégies d'attaque à base de rondins inclurent : le pistolet-rondin, selon lequel un petit rondin était introduit dans un plus gros rondin, creux, et projeté en mettant le feu à un troisième rondin situé à la base du calibre. Ce canon, comme vous en avez peut-être eu l'intuition à cette brève description, fut l'arme la plus inutile jamais utilisée dans un conflit. Les Cuizinowoks essayèrent également de suspendre des rondins à des lianes pour s'en servir comme bélier ; cela aurait pu être franchement efficace si les Cuizinowoks avaient eu un peu plus de force dans les bras, afin de les armer suffisamment pour qu'en les lâchant, il y ait assez de puissance au moment de l'impact. Je dirais qu'en gros, il aurait suffi de les tirer à un angle d'environ cinquante degrés. Les Cuizinowoks ne dépassèrent pas quatre degrés.

Pourtant, tout cela ne les dissuada pas d'utiliser leur stratégie principale à base de rondins. Ils avaient taillé des troncs d'arbre en pointe et avaient essayé de défoncer les Multipodes avec ; mais même une centaine de Cuizinowoks ne purent porter l'arme avec suffisamment de vitesse pour toucher quoi que ce soit.

Pendant ce temps, les Cuizinowoks encaissaient d'énormes pertes. Des petits corps sans vie jonchaient le sol de la forêt. Il y avait du rembourrage un peu partout dans les sous-bois, s'échappant des nombreuses blessures. Quelques survivants essayèrent de s'échapper, bien que mortellement blessés ; certains de leurs membres ne tenaient plus à leur torse que par quelques attaches. Il y avait du rembourrage et des poils partout. Un petit Cuizi s'agenouilla devant le corps de son camarade réduit à l'état d'un tas de sciure et leva ses pattes au ciel en hurlant : « Pourquoi ? »

De son poste d'observation à l'arrière, la princesse Layette et Yahun Salo observaient l'assaut frontal catastrophique des Cuizinowoks.

— Bon, fit Layette. Je ne crois pas qu'on puisse faire plus « débâcle militaire » que ça.

— Je suis d'accord, convint Yahun. Alors, qu'est-ce qu'on fait maintenant ?

Soixante Octopodes Emp-Imp-Imp, de douze mètres de haut chacun et monstrueusement armés, se frayaient un chemin à travers les arbres. Les troupes au sol passaient de couvert en couvert, balayant toute la zone avec leurs tirs de laser. Le reste de l'armée cuizinowoke s'enfuit dans les sous-bois. La plupart furent exterminés au lance-flamme par leurs poursuivants, ce qui répandit une odeur très désagréable et toxique au moment de leur mort.

— Ce qu'on fait maintenant ? répéta Layette. On se barre.

— Je suis d'accord, convint Salo.

Chapitre 7

Le « der » des « der » des duels entre Dark Pater et Luke Skyterrier.

Luc tomba peut-être pendant cent mètres, persuadé qu'il allait mourir. Mais à la base du puits, il toucha autre chose que le sol.

Le puits s'ouvrit sur une pièce à moitié couverte de placo dans laquelle quatre Boba en pause syndicale se détendaient avec du thé et des biscuits, et pour mieux faire passer le tout, s'apprêtaient à faire un peu de trampoline – après, évidemment, ils comptaient bien retourner travailler. Ils avaient donc tendu leur trampoline, et après tant d'efforts, ils s'étaient allongés sur des caisses, une tasse de thé à la main afin de reprendre des forces avant de se détendre. Ils furent bien surpris d'entendre le rapide hurlement crescendo, du genre « aarrrrgh ! », de Luc comme celui-ci passait par la trappe du plafond et venait rebondir sur la toile du trampoline. Il disparut aussi vite qu'il était venu, et son « aarrrrgh ! » ne fut bientôt plus qu'un murmure au loin.

Les entrepreneurs regardèrent un instant l'endroit où Luc était brièvement apparu.

Pendant ce temps, Luc remontait de là où il était venu, et son cri était plus lié à présent à la surprise qu'au désespoir. En l'espace d'une seconde, il se retrouva au niveau du podium qu'il avait lâché un peu plus tôt. Il s'accrocha de toutes ses forces à la rambarde et tint bon.

— ENCORE TOI ? gronda Dark Pater.

Il avança et attrapa son fils par le col de chemise, puis il le fit monter sur le podium.

Tandis qu'il rampait sur le sol, Luc aperçut une silhouette qui descendait lentement les marches de l'escalier.

— BON, déclara Dark Pater. JE TE PRÉSENTE TON NOUVEAU MAÎTRE... L'EMPEREUR IMPÉRIAL DE L'EMPIRE IMPÉRIAL DE L'IMPERIUM.

Luc poussa un hoquet de surprise et leva les yeux. Il s'était attendu à un être relativement grand, vêtu de violet et d'or, flanqué d'une dizaine de streumtroopers prétoriens. Mais ce qui le surprit le plus à propos de l'empereur, c'était à quel point il était petit – à peine plus d'un mètre cinquante. Celui-ci avançait en s'aidant d'un bâton de marche ; de temps à autre il y avait des sauts dans sa démarche : soit il avançait subrepticement de plusieurs centimètres en avant sans logique aucune, soit sa main droite montait jusqu'à son menton sans raison apparente – c'était comme si le temps lui-même était fissuré et gondolé autour du maître du côté Lourd de la Farce.

— Ô GRAND MAÎTRE, fit Dark Pater en mettant un genou à terre.

Luc était abasourdi ; il n'avait jamais vu son père se rabaisser autant.

L'empereur impérial se tenait à un ou deux mètres de lui. Maintenant qu'il était assez près, Luc fut sidéré de constater à quel point le costume de l'empereur était usé : c'était un vieux manteau noir, un chapeau melon trouvé dans une boutique de bric à brac, un pantalon trop grand. Mais enfin, pensa Luc en son for intérieur, l'être le plus puissant de tout le cosmos pourrait quand même demander à un tailleur de l'habiller un peu mieux ! Et puis, une personnalité aussi effrayante que lui pourrait au moins avoir une canne à pommeau d'or et ivoire, peut-être même sculptée dans le fémur d'un ennemi vaincu ? Pourtant, la canne de l'empereur n'était qu'un maigre bambou, un objet qui se pliait de façon prodigieuse dès qu'on appuyait un peu dessus.

En baissant les yeux vers Dark Pater agenouillé devant lui, l'empereur redressa son chapeau melon du bout de sa canne. Puis il sortit des plis de sa robe une pancarte noire bien découpée avec des feuilles de vignes embossées sur les bords. Au milieu de celle-ci, des mots argentés apparurent sur le fond noir :

RELEVEZ-VOUS, MON AMI.
VOUS AVEZ BIEN AGI
EN CAPTURANT
LE JEUNE SKYTERRIER

Au loin, provenant certainement d'une autre pièce inachevée de l'Étoile de l'Effort, Luc pensa discerner le son joyeux d'un accompagnement au piano.

— Je ne vous rejoindrai jamais ! cria-t-il en faisant appel à toute sa dignité.

L'empereur impérial pencha la tête de côté et retourna d'un coup le rectangle qu'il tenait. Lorsque le recto fut de nouveau face à Luc, il vit que les mots avaient changé :

TU VAS NOUS REJOINDRE
JEUNE JEDOGNON
OU TU MOURRAS !

L'empereur fit de nouveau tourner le panneau :

HA HA HA HA !
HA HA HA HA HA !

Il n'y avait pas de temps à perdre. Luc bondit et profita que son père soit agenouillé pour lui voler son sabre-lumière. Puis il se rua sur l'empereur impérial. Avec une rapidité dévastatrice et une grâce similaire, le rectangle disparut ; alors que Luc allait asséner un coup de tesson dans la poitrine impériale, la canne en bambou jaillit. Non seulement elle dévia le coup de Luc, mais elle fit voler ce qui restait du sabre dans les airs. Puis, avec la même rapidité et la même grâce, l'empereur passa derrière Luc et lui donna un bon coup de pied au derrière ; ensuite, il fit quelques pas de danse en arrière, glissa sur le sol en relevant un pied après l'autre, et reprit sa position d'origine.

Luc en était bouche bée d'étonnement.

Dark Pater se releva et récupéra son sabre en vol. L'expression sur le visage de l'empereur était devenue sinistre.

TUEZ-LE, DARK PATER
SI NOUS NE POUVONS LE FAIRE
BASCULER DU CÔTÉ LOURD DE...

Luc et Dark Pater lurent les mots rapidement mais durent attendre plusieurs secondes avant que l'empereur retourne sa pancarte :

... LA FARCE. IL EST TEMPS DE
METTRE UN TERME À CETTE
INSIGNIFIANTE REBELDÉCHAMPS
UNE FOIS POUR TOUTES

— Non ! cria Luc.

Chapitre 8

Les événements ne se passent pas superbien sur la lune

Layette et Yahun, sur la lune, étaient en train de courir.

Malheureusement, ils n'étaient pas de bons fuyards. En quelques minutes les troupes de l'Emp-Imp-Imp les avaient encerclés, désarmés et capturés.

Mains sur la tête, Layette et Yahun furent conduits jusqu'à la base des streumtroopers. Tout autour d'eux, ils pouvaient voir des troupes en armures blanches rassembler les cadavres des Cuizinowoks en bûchers géants, ou avancer en colonne dans les bois à la recherche de survivants.

Layette et Salo furent introduits dans la base.

— Nos ordres sont de vous emmener dans l'Étoile de l'Effort par le Grand Ascenseur Spatial en Verre, leur annonça le capitaine des streumtroopers. Dark Pater aimerait vous dire un mot à tous les deux.

— Pourquoi ? s'enquit Layette. Qu'est-ce qu'il nous veut ?

— Je ne sais pas. Sans doute vous demander comment vous préférez être torturés.

Le streumtrooper rit de ses propres paroles.

La phrase sembla légèrement familière à Layette, mais elle n'arriva pas à la replacer.

Elle et Yahun furent forcés de se tenir côte à côte, mains derrière la tête, tandis que les streumtroopers victorieux sécurisaient le périmètre et allaient faire leur rapport à leurs commandants d'unité.

— On dirait bien que c'est la fin pour nous, ma p'tite, fit Yahun.

— La fin, convint Layette.

— Puisqu'on va mourir, dit Yahun avec une boule bien visible au creux de sa magnifique gorge, il y a quelque chose que je voulais te dire depuis pas mal de temps, princesse…

— Attends, répondit Layette.

— Non, ce n'est pas ça. C'est…

— Non, continua Layette. Je te disais d'attendre. J'ai une idée… une idée géniale !

— Tu ne peux pas la garder un instant dans un coin de ta tête ? rétorqua Yahun d'un air grognon. Cette chose que je voulais te dire depuis pas mal de temps… elle ne me prendra pas longtemps… et ce n'est pas facile de trouver les mots…

— Mais elle peut nous sauver et du même coup toute la rebeldéchamps…

— Tu vois, je prends mon courage à deux mains, et je pense maintenant…

— Derrière nous ! siffla la princesse. Il y a un panneau de contrôle, à portée de main…

— … tient en trois petits mots, continua Yahun. Mais ce sont les trois plus importants…

— … du coin de l'œil, fit Layette en tournant

légèrement la tête, je peux voir le manche de contrôle du régulateur du champ de force…

— … en vérité, cela fait longtemps que j'éprouve ces sentiments…

— … je pense que si j'attends que les streumtroopers regardent de l'autre côté…

— … et puisque nous allons mourir pour de bon, il est inutile que je garde cela plus longtemps pour moi…

— … je pourrais enfoncer le manche d'Intensité du Rayon Tracteur à fond…

— … et je sais que rien ne garantit que ces sentiments soient réciproques…

— … ce qui quadruplerait la force du Rayon Tracteur…

— … mais s'il y a une chance, même infime, alors je ne me pardonnerai jamais de ne rien avoir dit…

— … et de faire s'écraser l'Étoile de l'Effort…

— … franchement je t'aime…

— … sur la lune d'Andorre…

— … et je t'aimerai toujours, je brûle d'envie de t'embrasser et de te couvrir de baisers…

— … ce qui la détruirait ! Qu'en penses-tu ?

— … Euh ? Pardon, dit Yahun. Je n'ai pas vraiment fait attention. Qu'est-ce que tu disais ?

— Non, honnêtement, fit Layette un rien courroucée. Est-ce que tu penses que cela *vaut le coup d'être tenté* ?

— Mais bien sûr ! répondit Yahun, le cœur sautant de joie et un grand sourire venant illuminer son visage admirablement bien proportionné. Je suis tellement content que tu éprouves la même chose que moi !

— Ah bon ? Mais, euh, tu ne crois pas qu'un

streumtrooper risque de nous abattre tous les deux aussi sec ?

Yahun regarda les soldats.

— Tu crois qu'ils seraient si méchants que ça ? De toute façon, il ne nous reste que quelques heures à vivre.

— Comment ça, méchants ? Que veux-tu dire par là ?

— Je pense qu'ils comprendront, expliqua Yahun.

— Ils comprendront ? Je ne crois pas, moi.

— Je suis certain qu'ils ont déjà été amoureux, affirma Yahun. Je suis sûr qu'ils savent ce que c'est que de tenir une très belle femme entre ses bras…

— Mais de quoi tu parles ? Arrête de raconter n'importe quoi, Yahun, et dis-moi sérieusement ce que tu en penses : j'essaie d'atteindre le manche ou pas ?

— Fantastique ! répondit aussitôt Yahun, les yeux écarquillés de joie et de gratitude. Fonce ! Bon sang, je ne me doutais pas que tu aimais prendre ce genre d'initiative…

Layette se tourna légèrement vers la gauche et, au grand dam de Yahun, elle saisit le manche de contrôle du régulateur du champ de force et l'enfonça en position « maximum ».

Les deux streumtroopers les plus proches se retournèrent d'un bond, mais il était trop tard : le mal était fait. Ils ouvrirent le feu au moment même où Yahun et Layette se jetaient sur leur gauche ; les tirs manquèrent leurs cibles et touchèrent à la place le panneau de contrôle, qui explosa et – par le genre de chance incroyable qui ne peut survenir que dans une parodie de vie (si je puis me permettre) – bloqua le rayon tracteur en position « maximum ».

Dans un rugissement poussif, l'équipement géant attira l'Étoile de l'Effort en construction vers sa fin.

Chapitre 9

L'ultime et dernier duel entre Luc Skyterrier et Dark Pater, pour de vrai. Je sais que je l'ai déjà dit, mais cette fois, c'est vraiment le dernier, en tout cas en ce qui les concerne

Luc descendit les escaliers en courant et ramassa au passage un morceau de bois sur une pile qui traînait là. Dark Pater était sur ses talons, et essayait d'ailleurs de les lui trancher d'un grand coup de sabre. Mais Luc réussit à parer le coup. Le reste du sabre de Pater vibra et explosa en mille morceaux.

— Ah ! cria Luc en assénant un grand coup de bois sur le casque de Dark Pater.

Le choc fit un drôle de son de cloche.

L'empereur aussi descendait les escaliers, en tenant son gros rectangle devant lui :

EXCELLENT ! BATTEZ-VOUS !
LE GAGNANT ME SERVIRA
HA ! HA !

Luc prit le temps de lire le panneau et se tourna vers son père pour s'apercevoir que lui aussi avait ramassé un bout de bois. Et juste après, il ressentit une douleur abominable comme le bout de bois venait de le frapper en plein visage. La force du coup repoussa ses lèvres pour former un rictus. Des lumières défilèrent devant ses yeux. Une sonnerie retentit dans ses oreilles. L'une après l'autre, ses dents se désolidarisèrent de ses gencives et tombèrent sur le sol comme des lettres de Scrabble.

La Farce le sauva. Il manqua tomber à la renverse au moment même où Dark Pater lui assénait le coup fatal : il sentit un souffle de vent passer à quelques millimètres de son nez. Habitué à se servir d'un sabre-lumière plus léger que ce morceau de bois, Pater lui-même fut entraîné par la violence de son coup, perdit l'équilibre et tituba. Cela donna à Luc le temps qu'il fallut pour secouer sa tête sonnée et quasiment édentée avant de manier une nouvelle fois son arme de fortune.

Dans leur lutte, Luc et Dark Pater traversèrent pièce après pièce ; toutes inachevées, tant au niveau du placo que de la peinture. Ils passèrent devant des piles de briques ou des tas de bois ; devant des cartons remplis de pots de peinture et des brouettes chargées de bobines de câble. Et l'empereur les suivit partout, tout sourire ; ses cartons indiquaient qu'il appréciait vraiment le spectacle.

Ils franchirent les quartiers résidentiels et ceux des bureaux pour s'enfoncer au plus profond de l'Étoile de l'Effort. Ici, dans un état d'inachèvement quasi similaire, se trouvaient les gigantesques machineries et autres appareils complexes de l'artefact géant. Ils se battirent donc à coups de planches, sur fond de roues à pignons colossales – six mètres de diamètre, et tournant lentement dans un but inimaginable.

Luc fit une pause pour reprendre son souffle. Son regard passa du visage grimaçant de l'empereur impérial au masque sombre de son père.

— SI TU NE VEUX PAS NOUS SERVIR, fit Dark Pater, TU DOIS MOURIR.

— Tu tuerais ton propre fils ?

— TU NE COMPRENDS PAS LE POUVOIR DU CÔTÉ LOURD DE LA FARCE.

— Me menacer ne me fera pas trahir mes amis, répondit violemment Luc et aussi un peu de manière bégueule, il faut l'admettre.

— TRÈS BIEN. PEUT-ÊTRE AS-TU BESOIN D'UNE AUTRE FORME DE PERSUASION : JOINS-TOI À NOUS, SINON JE NE TE TUERAI PAS TOI, MAIS JE TUERAI TA SŒUR.

— Espèce de monstre ! cria Luc.

Il se précipita sur son père, mais Dark utilisa la Farce pour lui faire poser son pied droit dans une petite flaque de peinture fraîche, ce qui le fit partir en avant, alors que son pied gauche partait, lui, en arrière. Il tomba douloureusement sur le sol, adoptant malgré lui la position dite du « casse-noisettes ». La douleur était insupportable. Luc lâcha sa planche.

— OUI, renchérit Dark Pater. TA SŒUR. PEUT-ÊTRE DEVRAIS-JE LA COUPER EN DEUX AVEC MON SABRE-LUMIÈRE – QU'EN DIS-TU ? OUI… AINSI TU N'AURAIS PLUS UNE SŒUR, MAIS DEUX DEMI-SŒURS ! HA ! OUI…

Luc poussa un grognement et se releva prudemment.

— C'est ce que tu peux faire de mieux ? demanda-t-il.

Dark Pater s'arrêta net.

— COMMENT ÇA ?

— Ta blague. Elle était nulle.

— PAS DU TOUT. ELLE ÉTAIT FINE ET SOPHISTIQUÉE.

— Oh, allons, papa, fit Luc. Sois honnête deux secondes. Elle était nulle. C'était une blague que quelqu'un qui n'a pas d'humour trouverait drôle.

— J'AI UN EXCELLENT SENS DE L'HUMOUR, annonça Dark Pater d'une voix qui trahissait la colère qui montait dans sa poitrine.

— Manifestement, non.

— SILENCE ! rugit Dark Pater.

— Écoute, dit Luc. Tout ce que je dis c'est que le gag de la demi-sœur n'était pas très bon. Te frappe pas pour autant. Il te reste tout un tas de talents : comme le maniement du sabre-lumière, par exemple. Ou l'écrasement de la trachée à distance… J'ai cru comprendre que tu étais doué pour ça.

— COMMENT OSES-TU, fit son père d'une voix basse chargée de menace, COMMENT OSES-TU SOUS-ENTENDRE QUE JE N'AI PAS LE SENS DE L'HUMOUR ?

— Franchement, répondit Luc, j'ose. C'est tout. Je suis désolé, p'pa, mais tu sais que c'est vrai.

La respiration de Dark Pater devint incroyablement prononcée. Il était manifestement sur le point d'exploser de colère. Luc s'arma de courage. Mais lorsque l'explosion eut lieu, ce ne fut pas celle qu'il attendait.

Dark Pater prit une profonde inspiration et baissa la tête.

— OH, À QUOI BON… C'EST VRAI, C'EST VRAI, JE SAIS QUE C'EST VRAI. (Il lâcha son arme et s'assit par terre en tailleur.) JE SAIS QUE TU AS RAISON, gémit-il. J'AI LE PIRE SENS DE L'HUMOUR DE L'UNIVERS ! JE SUIS NUL EN HUMOUR ! Ô MALHEUR DE MALHEUR DE MALHEUR !

Cela prit Luc complètement au dépourvu.

— Oh, fit-il un rien gêné. Hé. Allons p'pa, c'est pas si terrible que ça.

— MAIS SI ! hurla Dark Pater.

— Mais non, franchement, c'est pas la mort… Hé, tu pleures pas, quand même ?

— BOU-HOU ! cria Dark Pater. PERSONNE NE COMPREND MON TRISTE SORT ! JE PASSE DES HEURES DANS MES QUARTIERS SPACIEUX AFIN DE M'ENTRAÎNER À DIRE DES GAGS ET DES REMARQUES SARCASTIQUES. J'ÉTUDIE TOUS LES CLASSIQUES… MADAME EST SERVIE, MAGGIE, PAS DE PITIÉ POUR LES CROISSANTS… MAIS CELA NE SERT À RIEN !

Cela prit Luc un peu à contre-pied.

— Euh, fit-il. Hé.

— WAAAAH ! cria Dark Pater.

— Allons, quoi, dit Luc embarrassé. Allons, allons. Franchement, c'est pas la fin du monde.

— SIIIIIIIIIIIIIIII ! IL N'Y A QUE LE RIRE QUI COMPTE. DANS LA VIE IL FAUT RIRE, PAS VRAI ?

— Je ne dirais pas ça comme ça, répondit Luc. Parfois… sans doute. Mais tout le temps ? Il y a des fois où le rire n'est pas approprié.

— MAIS…, fit remarquer Dark Pater. SI J'ARRIVE À FAIRE RIRE DES GENS… ALORS PEUT-ÊTRE QU'ILS M'AIMERONT.

— Oh, balivernes. Personne n'aime les comiques. Les gens aiment les gens normaux ; pas les clowns. Les clowns, c'est bien sur une scène ou dans un cirque, mais dans la vie de tous les jours, ils sont fatigants.

— TU CROIS ? demanda timidement Dark Pater.

— Mais bien sûr. Laisse-moi te dire autre chose, p'pa : tu es peut-être mauvais jusqu'au bout des ongles, mais je t'aime bien quand même.

— AH BON ?

— Ben oui. Tu es mon père, après tout. Et voilà. La voix du sang est la plus forte.

L'expression sur le visage de l'empereur tendait à montrer de façon assez claire qu'il trouvait la discussion fatigante. Il retourna son rectangle noir :

**ASSEZ ! FINISSEZ-LE
SUR LE CHAMP, DARK PATER.
IL NOUS DÉÇOIT.**

Dark Pater dévisagea son maître et se releva. Des signes d'impatience se firent de plus en plus évidents sur le visage de l'empereur. Le rectangle se tourna de nouveau :

**ALLEZ ! TUEZ-LE !
ET FAITES QUE CELA SOIT
DRÔLE...**

Au loin, un air de piano se faisait toujours entendre. Même si le son était assez étouffé, on aurait dit du Scott Joplin.

En un battement de cils, Dark Pater se retrouva aux côtés de l'empereur. Il attrapa la petite silhouette et la souleva dans les airs. L'empereur lâcha son rectangle. Comme celui-ci tombait, Luc eut le temps de lire les mots qui étaient inscrits dessus :

... LÂCHEZ-MOI... TRAHISON !
... INFAMIE... ESPÈCE DE PORC,
VOUS ALLEZ ME TUER...

Dark Pater balança l'empereur sur un tapis roulant et le regarda tranquillement passer par une écoutille. Luc vit alors le corps impérial se faire broyer par les roues à pistons géantes en suivant un parcours sinueux dans les boyaux de la machine, d'abord entraîné sur le haut de la première grande roue, puis englouti sous la seconde. Quelques secondes plus tard, il avait entièrement disparu.

— Où est-ce que ça donne ? s'enquit Luc.

— AU CŒUR DU RÉACTEUR NUCLÉAIRE. L'INSERTION D'UNE PERSONNE AUSSI PUISSANTE DANS LA FARCE RISQUE DE FAIRE EXPLOSER CETTE ÉTOILE DE L'EFFORT. NOUS DEVONS PARTIR SUR-LE-CHAMP !

— Bonne idée, convint Luc.

Pendant ce temps, sur la lune, la base Emp-Imp-Imp avait été plongée dans le chaos par l'idée lumineuse de la princesse Layette. La machine de contrôle était en train d'exploser sous l'effort que nécessitait la traction de l'Étoile de l'Effort.

Layette guida Yahun à toute vitesse par l'entrée principale. Ils coururent tous les deux vers une navette Emp-Imp-Imp garée à l'opposé.

Main dans la main, Yahun et Layette gravirent la passerelle.

— Nous devons nous barrer de ce monde au plus vite, haleta-t-elle alors qu'ils se dirigeaient vers le poste de pilotage. Lorsque l'Étoile va s'écraser, c'en sera fini de cette lune.

— Dommage pour les Cuizinowoks, fit remarquer Yahun.

— Quoi ? Ah, ouais. Je les avais oubliés ceux-là. Bah, fit-elle en accrochant son harnais de sécurité et en allumant les moteurs, leur sacrifice ne sera jamais oublié dans la lutte éternelle entre la tyrannie etc., etc., etc. Allez, barrons-nous !

À bord de l'Étoile de l'Effort, Luc et Dark Pater avançaient péniblement le long des couloirs branlants, évitant comme ils pouvaient le plâtre qui s'écroulait.

— Que se passe-t-il donc ? s'écria Luc.

— LE PROCESSUS DE DESTRUCTION A DÉBUTÉ, haleta son père. TU DOIS PRENDRE MA NAVETTE ET QUITTER LE HANGAR PRINCIPAL.

— Tu viens avec moi !

— J'AI BIEN PEUR QUE NON, MON FILS. JE NE SUIS MAINTENU EN VIE QUE PAR LA FARCE, ET MES POUVOIRS ÉTAIENT ÉTROITEMENT LIÉS AUX POUVOIRS FARCEURS SURPUISSANTS DE MON MAÎTRE. AVEC SA MORT, JE SENS MON PROPRE POUVOIR S'AFFAIBLIR.

— Pas d'bol, fit Luc.

Ils atteignirent cependant le hangar avant que Dark Pater s'écroule.

— RETIRE MON MASQUE, haleta l'ancien Dark Lourd des Sithweb.

— Mais je ne porte pas ton masque, rétorqua Luc.

C'était une blague nulle, indigne de la Farce, et ils le savaient tous les deux.

Avec difficulté et aussi avec les mains, Luc réussit à ôter les attaches du masque noir, révélant un visage grassouillet à la Oliver Hardy.

— Étrange, fit-il. D'après ta stature je m'attendais

à ce que tu sois grand et maigre. Mais en fait, tu es petit et gros. Les apparences peuvent décidément être trompeuses.

— Je suis les deux, à la fois petit, gros et pompeux, et grand, fin et stupide, haleta Pater. C'est l'un des mystères de la Farce…

À force de s'écrouler, le hangar était devenu un vrai pétrin.

— Tu dois partir, mon fils… siffla Pater.

— Vite, avant que je parte… Est-ce que tu peux me dire quel est le Grand Secret ? Il ne faut pas qu'il meure avec toi… dis-le-moi…

— Le secret est, fit Pater d'une voix étranglée, … aaaaaaaaaaaaahhhhhh.

— Est quoi ? le pressa Luc. Ça veut dire quoi ?

— Cela veut dire, expliqua Pater un rien contrarié, que je suis mort.

Ses yeux roulèrent vers le haut.

C'était vrai.

Luc sortit du hangar juste à temps. Dans le rétroviseur de sa navette il vit l'Étoile de l'Effort en construction prendre feu en mille endroits différents et quitter son orbite pour plonger vers la surface de la lune forestière d'Andorre. Comme sa navette était secouée par des vagues de gaz en expansion et de débris, Luc n'eut qu'une seule vision de la collision : l'Étoile de l'Effort percuta la lune par le flanc, mettant le feu à l'atmosphère, déclenchant une tempête de flammes apocalyptique qui se propagea à la vitesse de… heu, une tempête de flammes, détruisant l'horizon et réduisant tout en cendres sur son passage.

— Ouf, fit Luc. Un coup de chance que je me sois échappé…

Chapitre 10

La conclusion

Lorsque Luc, Layette et Yahun atteignirent le point de rendez-vous, il était près de vingt et une heures ; tous les sandwichs avaient été mangés et la majorité du vin bu. Pourtant, ils rejoignirent tous les trois les soldats et les officiers réunis dans la grand' salle du plus grand croiseur spatial de la rebeldéchamps.

— Nous avons triomphé ! annonça l'amiral Hala. Nous avons vaincu le maléfique Emp-Imp-Imp !

Tout le monde applaudit.

— L'empereur est mort !

Les applaudissements redoublèrent.

— Et Dark Pater aussi ! Ne l'oublions pas : Dark Pater était le dictateur le plus malfaisant de l'histoire de la civilisation galactique, fulmina Hala. Son nom mérite de vivre pour toujours dans l'infamie ! Il était le mal incarné.

— Eh bien, déclara Luc, il semblerait qu'au bout du compte il n'était pas si mauvais que ça.

— Ah bon ?

Il y eut un grand silence général dans la salle.

— Non, expliqua Luc en montant sur le podium. Je vous accorde qu'il est responsable de la mort de milliards de personnes. Et, d'accord, c'était un tortionnaire, un tyran doublé d'un dictateur militaire. Oui, il a opprimé des sociétés entières sur des milliers de mondes, broyant toute diversité culturelle ethnique sous les rollers sans visage de la conformité Emp-Imp-Imp. C'est vrai qu'il a travaillé sans relâche pour que le mal triomphe. Mais – et c'est ce qui compte finalement – à la dernière minute, il a sauvé *la vie de son propre fils.* (Il y eut des hoquets d'étonnement dans la salle.) Et ça, conclut Luc en regardant autour de lui, je crois que nous pouvons tous être d'accord sur ce point, cela mérite une disculpation totale. En fait, nous pouvons désormais le considérer à l'égal d'un saint.

Il y eut un murmure général dans l'assemblée et des hochements de tête.

— C'est vrai, convint Hala, c'est très vrai.

— Érigeons une énorme statue en son honneur ! cria quelqu'un.

— C'est un héros de la révolution, hurla un troisième. Que quiconque qui dira le contraire soit exécuté sur-le-champ.

Et c'est ainsi que Dark Pater, connu également sous le nom de Jane Skyterrier, devint l'un des flambeaux de l'éclat révolutionnaire.

Princesse Layette avait le cœur gros, aussi quitta-t-elle la salle. Luc la vit partir et la suivit. Il la rejoignit sur le balcon qui surplombait la salle. Les deux jeunes gens regardèrent la fête rock'n'roll qui battait son plein en dessous d'eux pour fêter la victoire rebeldéchamps :

on buvait, on dansait, on mangeait, on vomissait – tout l'éventail de l'amusement humain.

— Tu réalises, bien sûr, fit gentiment Luc de peur d'énerver sa sœur, qu'à présent nous ne saurons jamais ce qu'était le Grand Secret. Dark Pater m'a dit qu'il le connaissait, mais il est mort. Et DR^2DR a été détruit dans la déflagration qui a marqué la fin de l'Étoile de l'Effort.

— Je ne peux pas dire que cela me préoccupe plus que ça, répondit Layette. La seule raison pour laquelle je voulais connaître le Secret, c'était afin de vaincre l'Emp-Imp-Imp. Nous avons réussi à le faire sans connaître le Secret, donc cela n'a plus d'importance. Bien sûr, je suis toujours un peu curieuse…

— Curieuse, oui. Moi aussi.

— Mais bon, ce n'est qu'une de ces choses comme il y en a tant.

— Comme il y en a tant, oui.

— Luc, pourquoi est-ce que tu répètes tout ce que je dis ?

— Layette… J'ai quelque chose à te dire. Cela risque d'être un choc. Tu sais que Dark Pater était mon père ? Eh bien, il était aussi ton père. Toi et moi avons les mêmes parents. En fait, nous sommes frère et sœur.

— Je ne crois pas, répondit Layette d'un air détaché.

— Je sais que c'est dur à accepter. Moi aussi, au début, j'ai refusé de le croire…

— Ce n'est pas ça, fit Layette. Il n'est pas possible génétiquement que toi et moi soyons frère et sœur. Dark Pater ne peut pas être mon père.

— Tu as l'air sûre de toi.

Layette se tourna vers Luc.

— Allons, Luc. Ces tentacules repliés sur les côtés de ma tête ? Je sais que tu les as remarqués puisque tu m'en as parlé plusieurs fois.

— Tentacules ? répéta Luc, circonspect.

— Je suis une Goutdave, de la planète Goutdavegrave. Que crois-tu que seraient mes tentacules autrement ?

— Je ne sais pas, grommela Luc. Une espèce de champignon…

— Tu ne connais vraiment rien à l'univers, lui dit-elle, abasourdie par son ignorance de l'univers. Combien d'humains as-tu déjà vus avec des tentacules comme ça sur la tête ?

— Aucun, concéda Luc.

— Et pourtant, tu n'en as pas tiré de conclusion logique ?

— Donc, fit Luc qui réfléchissait lentement, … tu n'es pas humaine ?

— Non.

— Tu n'as pas la lèpre ?

— La lèpre goutdave, si. C'est une maladie assez proche de la lèpre humaine. Mais c'est sous contrôle médical.

— Je suis désolé, dit Luc. Tu as l'air si humaine… si joliment humaine. J'en ai simplement déduit que tu étais humaine. Et ce, malgré les tentacules enroulés de chaque côté de ta tête.

— Je suis humanoïde, déclara-t-elle. C'est le « oïde » qui fait toute la différence. Cela veut dire par exemple que mon peuple ne peut pas se reproduire avec le tien ; nous sommes incompatibles génétiquement. Je ne peux donc pas être la fille de Dark Pater ou ta sœur.

— Je me demande pourquoi il me l'a dit, alors, fit Luc.

— Qui sait.

— Benne Ken&barbie me l'a dit lui aussi.

— Une fois encore… mes épaules se haussent et se baissent. Peut-être que tu as remarqué ? Regarde… haussent, haussent. Cela signifie, ajouta-t-elle, que j'en sais rien et que je m'en moque.

Luc resta un moment silencieux pendant que des feux d'artifice explosaient dans le ciel en gigantesques lys scintillants, en jonquilles de lumières, remplissant le ciel noir et pourpre d'une brillance frissonnante.

— Donc, dit finalement Luc. Tu es humanoïde, c'est ça ?

— C'est exact.

— Ce qui veut dire, continua prudemment Luc, que tu es presque humaine ?

— Oui.

— Capable, persévéra Luc, de, euh, interagir avec des humains de… quoi ? N'importe quelle manière ? Seulement quelques manières ? Toutes les manières ?

— Interagir ? fit la princesse Layette, légèrement contrariée. Comment ça, interagir ? (Elle regarda Luc droit dans les yeux et sa contrariété disparut presque aussitôt.) Oh, fit-elle comme elle venait de comprendre. Interagir dans ce sens-là. Eh bien, en fait, la réponse est… oui.

— Vraiment ? fit Luc en se rapprochant d'elle pour lui passer un bras autour des épaules. Voilà qui est très intéressant.

Au fond de la salle, Chikdutabac – qu'on avait abandonné sur une chaise pour le laisser dormir – eut un soubresaut. Il secoua la tête et s'assit. Il se frotta les paupières et cligna des yeux plusieurs fois.

— Mon Dieu, fit-il dans un accent quasi Etonien à couper du verre. Quel drôle de rêve j'ai fait !

Épisode Un :
La Menace des Fans de Tron

Nous sommes dans la quatre centième année de la Consolidation Fédérale Galactique ; la planète Nabo est actuellement défavorisée par la sous-clause dix-sept du code Intergalactique des impôts qui stipule que le nombre d'exemptions déductibles par tête de pipe accréditée dépend de la déclaration faite au ministère des Douanes et du Commerce Interstellaire, ainsi que de la déclaration des revenus faite au ministère des Impôts, et que les instances de la planète ont oublié de prévenir le Centre Planétaire de l'Ursaff que leur DAS 9000 devait passer en DAS 9001 (un changement de liasse fiscale pour des raisons de commodité qui faisait passer Nabo de la catégorie « priorité faible » à « priorité moyenne » dans leurs Déclaration Trimestrielle de Transparence) et ce malgré la tolérance de deux semaines autorisées par la Consolidation Fédérale Galactique.

De fait, la planète Nabo nécessitait une réévaluation globale par le Bureau Censeur de Réformes Légales, afin d'établir un recensement fidèle de tous les citoyens pour des raisons d'imposition, en particulier à cause de la taxe professionnelle imputée aux PME. Du fait de la négligence du ministère de la Comptabilité, Nabo risquait de ne plus être éligible ni pour l'habituelle Réduction de Frais Douaniers, ni pour le Rabais Commercial que procurait automatiquement la DAS 9001 que le gouvernement de Nabo avait pourtant bien demandée. Sans ces facilités de trésorerie, le Gouvernement Élu Démocratiquement de Nabo risquait de devoir restreindre d'un demi pour cent leur budget déjà déficitaire, ce qui aurait pour conséquence de supprimer les bourses, les aides et subventions allouées généralement aux Arts et à la Culture, le temps évidemment qu'on réorganise la Sécurité sociale locale.

Devant une telle situation, la Consolidation Fédérale Galactique n'avait pas d'autre choix que de déclarer ce que l'Administrateur Fédéral Galactique en Chef avait appelé une « *krieg* du genre plutôt *blitz* » sur Nabo et de lâcher sur la planète « plus de droïdes de combat qu'aucune opération militaire n'a jamais réunis de toute l'histoire des opérations militaires. ».

La situation n'avait pas l'air rose pour la jeune contrôleuse des impôts, Pomé O'milieudetoussa.

À présent, vous pouvez lire…

Chapitre 1

Une regrettable situation sur Nabo

Deux chevaliers Jedognon sortirent de leur vaisseau dans un pré verdoyant de la planète Nabo : l'un, Qwite O'Gin, avait le charme suave d'un patricien entre deux âges ; l'autre était son bel apprenti, OB-mini Benne Ken&barbie. Kwai exsudait le calme par tous les pores de sa peau. Ken&barbie, en revanche, semblait un jeune homme un peu impatient. Ils furent aussitôt rejoints par la jeune contrôleuse des impôts, Pomé O'milieudetoussa.

— Bonjour, leur dit-elle avec froideur.

Pomé arrivait au terme de son contrat d'apprentissage comme fonctionnaire de la Consolidation Fédérale Galactique (avec une spécialisation en TVA à 5,5 %). L'esclavage avait été autrefois monnaie courante dans les cultures humaines. L'invention et la fabrication en masse de robots avaient depuis longtemps rendu inutile le besoin d'esclaves manuels – si l'on voulait construire, par exemple, une pyramide, ou récolter du tabac, il était plus efficace d'avoir recours à des êtres en zinc qu'à des êtres en carbone. Mais cela ne voulait pas dire que l'esclavage avait été aboli. Loin de là. En fait, le fardeau de l'esclavage était passé des niveaux les plus bas de la société (qui étaient à présent libres de crever de faim, mais de préférence pas en public) aux cadres moyens. Cela profitait aux riches d'avoir une catégorie de travailleurs en contrat d'apprentissage afin de remplir pour eux leurs déclarations de revenus, de contracter les assurances dont ils avaient besoin et de se dépatouiller avec les milliers de codes légaux contradictoires. Cette nouvelle catégorie d'esclaves avait tous les désavantages de l'ancienne, même si les plus intelligents d'entre eux étaient parfois à même d'être affranchis – par exemple, en acceptant des missions supplémentaires, particulièrement dangereuses. C'est ainsi que Pomé O'milieudetoussa (dans un climat rare pour la planète Nabo) s'était retrouvée à un crachat de distance de sa liberté. Ce qui ne voulait pas dire qu'elle allait cracher. Elle était bien trop jolie et éduquée pour cela.

— Ravi de vous rencontrer, fit Kwai Gone. Je suis Kwai Gone.

— Je suis OB-mini Benne Ken&barbie, dit timidement Ken&barbie.

Pomé ne se donna pas la peine de se présenter ; comme tous les apprentis elle avait un badge avec son nom dessus qui disait : « Salut ! Je suis **Pomé O'milieudetoussa**. Comment puis-je vous aider ? »

— Enfin, cracha-t-elle, le conseil nous a envoyé des représentants. Vous pouvez constater par vous-même les dégâts qu'a subis notre belle planète…

Elle fit un geste du bras en direction du paysage. Les collines verdoyantes des vallées fertiles de Nabo, visibles depuis leur plateforme d'atterrissage, étaient parsemées de cratères marron. Des villages en ruine fumaient encore. Et comme chacun le sait aujourd'hui, « fumer tue », ce qui n'est pas bon pour la santé.

— Nous sommes vraiment désolés, déclara Kwai. L'attaque de votre monde n'a été qu'un regrettable accident.

— Regrettable ! s'exclama Pomé en rougissant. C'est tout ce que vous avez à dire ? La législation de la Consolidation Fédérale Galactique stipule expressément qu'aucune planète ne sera bombardée durant les quinze jours suivant un pourvoi en appel devant un comité de Membres d'Arbitrage du Revenu indépendants ; dans le cas d'un non-paiement une majorité simple sera nécessaire pour qu'ils puissent rendre leur jugement, mais dans le cas de toute autre infraction, une majorité des deux tiers sera…

— Vous avez absolument raison, la coupa Kwai en levant la main. L'une des raisons pour lesquelles le conseil m'a envoyé ici est de vous présenter nos excuses.

— Des excuses ?

— Oui. Il est vrai que le comité, s'il a voté le bombardement à la majorité simple, n'a pas ratifié la motion d'annihilation requérant une majorité des deux tiers.

Le regard de Pomé passa du vieux Jedognon au jeune.

— Alors que s'est-il passé ? s'enquit-elle.

— Nous pensons qu'il existe une organisation secrète responsable de cette traîtrise. Nos services de renseignements parlent d'un groupe mystérieux appelé « Les Fans de Tron »… mais nous ne sommes pas sûrs de ce que ce nom signifie.

— Les Fans de Tron, répéta Pomé en essayant à haute voix. Non, cela ne me dit rien. N'y avait-il pas un film autrefois qui s'appelait Tron ?

— Si, c'était un classique du XXe siècle, l'âge d'or de Disney et Pokemon, comme les historiens l'appellent parfois. Mais nous ne voyons pas pourquoi une organisation terroriste prendrait ce nom-là. Et il y a pire. Il se pourrait que le côté Lourd de la Farce ait infiltré le conseil.

— Non !

— J'en ai bien peur.

Il y eut un énorme crissement au-dessus d'eux. Les trois relevèrent la tête et découvrirent les formes lisses et brillantes des avions de chasse des Mercenaires Viraux fendre le ciel ; des missiles jaillirent de tous les trous d'artillerie de leur fuselage, comme un chien en train de s'ébrouer après un bain.

— Vite ! s'écria Pomé. Rentrons dans un abri.

L'abri était gigantesque, mais rempli à ras bord. La moitié des gens à l'intérieur étaient humains ; les autres étaient principalement des Goutdaves, une race capable de vivre sous l'eau. Les Goutdaves étaient la résultante d'une symbiose étrange entre une pieuvre intelligente et un singe particulièrement débile. Le singe, comme la sélection naturelle le voulait, était devenu de plus en plus stupide, son cerveau rapetissant petit à petit, et sa tête se rétractant progressivement entre les épaules jusqu'à disparaître totalement. À un moment, il y a très très longtemps, la pieuvre proto-goutdave avait fait rentrer six de ses huit bras à la base de son cou, directement dans le système nerveux de l'anthropoïde, ne laissant ainsi que deux tentacules visibles, un de chaque côté de la tête. Cette combinaison de vie était plus réussie qu'aucune de leurs deux races d'origine, et elle s'était disséminée un peu partout dans le monde.

Jusqu'à l'arrivée des humains.

Il est vrai que la population humaine qui débarqua sur ce monde était principalement composée d'esclaves, mais des esclaves cadres moyens. Leurs maîtres avaient appris il y a bien longtemps que pour que des esclaves soient contents, il fallait leur donner des esclaves à eux. Aussi longtemps que des esclaves avaient quelqu'un pour cuisiner à leur place, laver, nettoyer, ranger, etc., il y avait nettement moins de chance qu'ils se révoltent contre leurs oppresseurs.

Kwai Gone et OB-mini étaient serrés sur un banc, entre Pomé d'un côté et un groupe de Goutdaves de l'autre.

— Bonjour, fit Kwai Gone, qui se targuait d'avoir les idées larges.

Il serra la main du Goutdave qui se trouvait sur le banc à côté de lui.

— Quoissa ? Toissa me parlassa à moissa ? répondit le Goutdave les yeux grands ouverts de surprise. Commenssa-vassa, monsieur ? Moi parlassa salussava. Toissa vouloira une tranchassa de pastequassa ? Ouisssa, jessa, youpla !

— Oh, pour l'amour de dieu, ferme-la Tar-Tar, fit une voix un peu plus loin sur le banc. (C'était un autre Goutdave.) Je vous demande de bien vouloir l'excuser.

— Je suis Kwai Gone et voici mon apprenti, OB-mini Benne Ken&barbie, se présenta Kwai Gone.

— Je sais, répondit le Goutdave. Ma maîtresse m'a parlé de votre visite. Je suis Psoriasis, sa servante.

— Pourquoi parle-t-il comme ça ? s'enquit OB-mini.

— Personne ne sait, fit Psoriasis en soupirant. Je dirais qu'il est idiot.

— Ah, répondit OB-mini en hochant la tête.

— En tant que Jedognon il s'y connaissait en idiots.

— Quissa ? demanda Tar-Tar. Yabba-dabba, tussa dissa noussa…

— Si tu la fermes pas, intervint Psoriasis d'une voix ferme, je vais te taper *très* fort…

— Oh, bon d'accord, fit Tar-Tar d'un ton boudeur.

Il croisa les bras et regarda fixement le sol.

Une sirène retentit comme un coup de gong.

— L'alerte est passée, leur apprit Pomé. Venez.

— Mademoiselle O'milieudetoussa ? Nous devons mettre un terme à cette… regrettable destruction. Voulez-vous nous accompagner jusqu'à Métroplanète afin de faire un rapport devant un nouveau comité de Douanes ?

— Ce n'est pas comme si je pouvais refuser, n'est-ce pas ? répondit Pomé amèrement. Je suis en contrat d'apprentissage, non ?

— Mais vous allez bientôt être affranchie, répliqua OB-mini. Enfin, si j'ai bien compris. Ce travail vous rapprocherait encore un peu de votre but.

Pomé lui décocha un regard acide.

Chapitre 2

Une course de landaus sur Tatoogouine

Pomé embarqua sur le vaisseau Jedognon, avec sa servante Psoriasis, qui elle-même avait emmené son serviteur goutdave, Tar-Tar Steak.

— Il semblerait, fit observer OB-mini, que le principe hiérarchique de servilité s'étende jusqu'à la base de n'importe quel système social esclavagiste.

— Kwaaa ? répliqua Tar-Tar. Toissa me parlassa à moissa…

— Bon sang, mais ta gueule, Tar-Tar, fit Pomé.

— Oui, convint OB-mini. Ta gueule. Arrête de parler et surtout ne dis plus rien.

— Bon, eh bien si vous avez tous décidé de le prendre comme ça, fit Tar-Tar en faisant la tête. Je vais aller faire un petit somme.

Sur ce, il sortit d'un pas lourd.

— Nous allons devoir faire un arrêt non prévu dans un trou paumé désertique nommé Tatoogouine, leur annonça Kwai Gone. Afin de… euh… faire le plein.

— Faire le plein ? répéta Pomé un rien incrédule. Mais qu'est-ce que c'est que ce vaisseau ?

OB-mini Ken&barbie rougit.

— Euh, dit-il, mon maître essaie de ménager mes sentiments, c'est tout, avoua-t-il à O'milieudetoussa. En vérité, lorsque mon apprentissage à moi sera terminé, je serai banni…

— Pas le mot qui commence par « b », OB-mini ! le prévint Kwai Gone.

— … *envoyé en mission secrète*, corrigea OB-mini presque de lui-même, dans un trou paumé désertique. L'ordre Jedognon pense que Tatoogouine est une destination potentielle. Nous devons nous assurer que l'endroit est typiquement paroissial, à des kilomètres de toute habitation, sans culture indigène, et loin de toute route commerciale. Idéalement, ce serait le dernier endroit au monde où l'on souhaiterait vivre. Tatoogouine remplit peut-être toutes ces conditions. Nous devons nous en assurer.

— Ça ne change pas grand-chose pour moi, répondit O'milieudetoussa d'une manière à la fois désintéressée et sincère.

Tatoogouine était aussi ennuyeux que Kwai et OB-mini l'avaient supposé. OB-mini avançait le visage sombre, contemplant la fosse sceptique métaphorique où il risquait de passer le reste de sa vie.

— Pourquoi es-tu banni ? s'enquit Pomé.

OB-mini jeta un regard en direction de son maître.

— C'est compliqué, fit-il. Problème de politique Jedognon interne. Disons que je dérange… certains membres supérieurs du conseil.

Les trois compagnons arrivèrent en haut d'un

grand escalier public qui redescendait vers une place poussiéreuse avec un artefact au centre qui aurait certainement été une fontaine s'il y avait eu de l'eau dedans. Une foule d'habitants surexcités de Tatoogouine y faisaient des paris.

— Qu'est-ce qui se passe ? demanda Kwai Gone à l'un des habitants.

— C'est la course de landaus hebdomadaire, répondit-il. Vous voulez parier ? La cote la plus basse est sur le jeune Jane Skyterrier. (Il désigna une jeune femme penchée au-dessus d'un grand landau à rabat noir.) C'est Robert, sa mère.

— Vous avez bien dit… Robert ?

— Tout à fait.

— Intéressant.

Kwai Gone rentra ses mains à l'intérieur des manches opposées de sa robe et contempla la scène en silence. Très vite, une dizaine de mères se trouvèrent en haut des escaliers, un landau devant elles. La foule s'était répartie en demi-cercle et chacun encourageait son favori. Un grand type maigre leva le bras et l'abaissa soudainement en criant : « Partez ! »

Toutes les mères poussèrent leur landau d'un seul coup.

La dizaine de landaus se mit à dévaler dangereusement les escaliers. Kwai Gone avait le regard rivé sur le landau où le favori, Jane Skyterrier, dormait. Les débuts de la course dépendaient principalement de l'impulsion que les mères avaient donnée au landau. Le landau de tête avait été poussé par une mère particulièrement bien proportionnée, avec des bras comme des balles de foin et une poitrine qu'on aurait pu mettre à l'avant d'un vaisseau dans l'Arctique pour briser la glace. Elle avait été capable de pousser son bébé avec une telle véhémence qu'il avait déjà parcouru un tiers de l'escalier alors que les autres étaient encore en haut des marches. Le landau poussé par Robert Skyterrier était dernier ; ce qui n'était pas surprenant vu la carrure fine et frêle de la mère.

Mais soudain, le pouvoir de la Farce se manifesta de façon presque trop évidente. Le landau transportant Jane Skyterrier heurta une sorte d'aspérité, peut-être une fissure, dans la pierre des marches ; et au lieu de tanguer légèrement suite à ce petit pépin comme les lois de la physique l'auraient exigé, le landau s'envola dans les airs. Il fendit l'espace et passa au-dessus des landaus concurrents (de nouveau en contradiction avec toutes les lois de la physique qui gouvernent les corps en chute libre), rebondit sur le rabat du landau de tête, le dépassa et finit par se retrouver en tête de la course.

Le landau de tête qui venait de se faire griller bondit en avant et essaya de doubler le véhicule de Skyterrier. Il bondit et dévala un peu plus rapidement l'escalier, jusqu'à arriver à la hauteur du landau de Jane ; là, il vira violemment, essayant de le faire sortir de l'escalier.

Soudain, deux lames incurvées jaillirent des enjoliveurs droits du landau. À l'aide d'une autre embardée, le métal tournoyant vint percer les roues du landau de Jane. Du plastique vola dans les airs comme une pluie d'étincelles et le landau de Jane partit en avant, à la renverse. Mais au lieu d'aller s'écraser, il fit un saut périlleux dans les airs, et percuta le landau de son agresseur dans le dos, le décrochant de ses roues.

Le landau de l'autre bébé alla s'écraser sur le sol, faisant plusieurs tonneaux sur les marches pour aller finalement percuter la rambarde de sécurité en métal sur les côtés, où il termina sa course. Pendant ce temps, sous un déluge d'applaudissements, celui de Jane Skyterrier descendit les dernières marches et passa en douceur la ligne d'arrivée.

Les autres landaus – ceux qui n'avaient rien percuté ou qui n'avaient pas connu de fin tragique – franchirent à leur tour la ligne d'arrivée. Les adultes dévalèrent les marches pour venir récupérer leurs bébés et leurs primes.

— Votre jeune fils est très doué en Farce, fit remarquer Qwite O'Gin à Robert Skyterrier.

— Et comment, répondit Robert Skyterrier en s'allumant une clope. C'est un p'tit farceur…

— Ouiiiiin ! déclara Jane Skyterrier.

— J'aimerais bien vous le prendre, traverser la moitié de la galaxie avec lui afin d'en faire un Jedognon. Il recevrait un bon entraînement en arts farceurs et serait ensuite dévoué à l'ordre Jedognon pour le reste de sa vie.

— Est-ce que je le reverrai un jour ?

— Probablement pas.

— Ach, eh ben, fit Robert en tirant une taffe. C'est la vie. Allez, prenez-le.

Chapitre 3

Devant le conseil Jedognon

Le vaisseau continua sa route jusqu'à Métroplanète – le centre de la Consolidation Fédérale Galactique. Comme vous le savez, j'en suis sûr, Métroplanète était un monde cité ; c'est-à-dire que la ville recouvrait la planète tout entière : à perte de vue ce n'étaient que bâtiments, tours, usines, cheminées, acier, béton et plastique. C'était un endroit merveilleux, avec plus d'agents immobiliers par habitant que n'importe où ailleurs, même si la façon dont l'écosystème produisait suffisamment d'oxygène pour rendre l'atmosphère respirable était un vrai mystère. Peut-être que c'était grâce à tous les pots de fleurs sur les balcons. Mais rien n'est moins sûr.

Qwite O'Gin amena Jane Skyterrier devant le conseil des Jedognon. OB-mini et Pomé se tenaient légèrement en retrait. Yodla était assis sur une grande chaise, une chaise dont la taille spacieuse jurait avec sa petite silhouette. D'autres doyens Jedognon étaient assis de chaque côté.

— Maître Yodla, fit Kwai Gone en tenant la forme gigotante de Jane Skyterrier dans ses bras. Je demande la permission du conseil pour former ce jeune homme à la Farce.

— Trop âgé, il est ! s'écria Yodla. Trop âgé pour l'entraîner.

— Trop âgé ? Mais il a à peine sept mois.

— Ouiiin-iiiiiiiin ! confirma Jane.

— Non ! Trop âgé ! déclara Yodla.

— Vous n'avez pas dit ça, intervint OB-mini Benne Ken&barbie dans le but de soutenir son maître, lorsque cette jeune étudiante danoise de dix-sept ans a postulé pour l'entraînement jeudi dernier. Comment s'appelait-elle déjà ?

— Le questionner, je vais, décida Yodla d'une grosse voix comme pour couvrir le discours d'OB-mini. Décider je vais si capable de devenir Jedognon il est.

— Ouin-ouin-ouiiin, suggéra Jane.

— Jeunot ! fit Yodla en regardant le petit corps. Beaucoup de peur en toi je ressens.

— Oui-in ! Oui-in ! Ouuiiiiiiiiiin ! protesta Jane.

— Peur il a, prononça Yodla.

— Je crois qu'il veut simplement qu'on lui change sa couche, déclara Pomé.

— Non ! Peur il a ! Peur ! Un Jedogon la peur ne doit pas connaître ! La peur à la colère mener, récita Yodla d'une voix pleine de bon sens. La colère à la haine mener. La haine à la souffrance mener. La souffrance au côté Lourd mener.

— Voyons voir, par exemple, intervint Pomé sur un ton du genre « résumé des épisodes précédents », j'ai peur de la mort. Ce qui me rend en colère à l'idée de mourir. Inévitablement, je vais haïr la mort. Ce qui va me faire souffrir, parce que… euh. Que vient faire la souffrance là-dedans, déjà ?

— Non, dit OB-mini. Voilà un meilleur exemple :

disons que j'ai peur des araignées. Je suis donc en colère contre les araignées, ce qui ne fait qu'accroître ma haine des araignées. Et donc cela m'amène à souffrir.

— Pour les araignées ?

— Non, pour moi… enfin je crois. C'est ça, maître Yodla ?

— Non, non, non. Les araignées, non, yodel-ay-hiii-*iiiiiiiiii*, rétorqua le petit homme vert. Rien appris, tu as. Bannissement pas assez tôt venir… euh, je veux dire, importante mission secrète pas assez tôt venir.

— Disons, dit Kwai Gone en secouant la tête plein d'indulgence envers l'ignorance de son apprenti, que je tombe sur un tigre arcturien en pleine forêt. J'ai peur, je me mets à courir. Est-ce que j'ai la vie sauve ? Non… parce que ma peur m'a mis en colère contre le tigre. Et ma colère m'amène à haïr le tigre. Je vais donc revenir dans la forêt afin d'affronter le tigre, ce qui risque de provoquer beaucoup de souffrance.

— Pour vous ? Ou le tigre ?

Kwai Gone réfléchit à la question, semblant osciller entre les deux réponses. Finalement, il hocha la tête avec vigueur.

— Pour les deux, affirma-t-il.

— Ben alors qu'est-ce qu'on doit faire si jamais on croise un tigre ? demanda Pomé. Ne pas avoir peur ?

— Exactement.

— Mais à ce moment-là, il n'y a aucune raison de s'enfuir.

— Non.

— Est-ce que cela ne ferait pas qu'accélérer le passage à la *souffrance* ? Au moins, si on court, on a une chance.

— Embourbé dans cette discussion j'ai l'impression nous sommes, les interrompit Yodla. En train de nous perdre dans considérations sans importance, nous sommes. Conseiller Palpelathune a demandé à nous voir ! D'importantes informations sur les Fans de Tron il a.

— Et l'enfant ?

Yodla contempla une nouvelle fois le bébé.

— L'entraîner tu peux, si ça te chante. Ou pas. Je m'en moque, conclut-il.

Le conseil des Jedognon, suivi de Kwai Gone, OB-mini et Pomé, se rendit jusqu'à la résidence du Conseiller Palpelathune en passant à travers les longs couloirs de Métroplanète.

Le Conseiller Palpelathune ne portait pas bien son nom. Il le savait. Tout le monde le savait. Quand on pensait à lui, on s'imaginait un type richissime, entouré d'objets d'arts et de pierres précieuses. Alors qu'en fait, il vivait plutôt chichement et ses vêtements étaient un rien usés. Mais son nom avait influencé son destin. Tenez, si à la naissance vos parents vous avaient baptisé : « N'g Le Rejeton du Mal », seriez-vous devenu un saint ? Bon, il est vrai également, qu'à ce moment-là personne ne se doutait encore que Palpelathune allait devenir l'Empereur du Mal. Après tout, ils ne pouvaient pas prédire le futur. Bref, tout le monde pensait que c'était un loser assez sympa. Ce qu'il était peut-être, après tout. Peut-être finalement qu'il ne va pas devenir l'Empereur du Mal. En fait, j'aimerais laisser un peu de mystère planer sur cette histoire.

Soyez honnêtes : vous ne pouvez pas êtres sûrs à

cent pour cent que le Conseiller Palpelathune va devenir l'Empereur du Mal, quand même ? Je veux dire, sûrs de chez sûrs ?

— Merci d'être passés me voir, fit Palpelathune. Et qui est ce jeune homme ?

Il se dirigea vers Kwai Gone qui tenait le bébé dans ses bras. Alors qu'il allait caresser la tête de l'enfant, par un hasard incroyable, il mit le pied dans une poubelle de bureau. De fait, il trébucha et s'étala de tout son long, tête la première, dans une autre poubelle qui traînait là.

— Eh ben, fit Palpelathune en s'extrayant avec difficulté. Il est incroyablement puissant dans la Farce.

— C'est le plus balèze que j'aie jamais vu, convint Kwai Gone.

— Intéressant. Vous allez en faire un Jedognon ?

— Mais oui.

— Intéressant, répéta Palpelathune. Enfin bon. Que je vous dise pourquoi je voulais vous voir. En fait, j'ai des nouvelles plutôt alarmantes. Il semblerait que l'un des agents des Sithweb, un grand fan des Fans de Tron soit ici… sur ce monde.

— Non ! s'exclama Yodla.

— Ben si. Il s'appelle Dark Moule. Vous le reconnaîtrez facilement parce qu'il a une carapace bleue et noire autour de lui, et son corps est jaune. Mais ne vous laissez pas avoir par son apparence : c'est un tueur redoutable. Comme en plus, c'est une moule géante, il pue pas mal, ce qui lui a donné dès le départ un avantage dans la Farce.

— Nous devons l'affronter !

— Oui. Je vais prévenir les forces de police de

Métroplanète afin de leur donner sa description. Avec un peu de chance, nous saurons bientôt où il se trouve.

Peu de temps après, la réunion se termina. Yodla et le conseil des Jedognon retournèrent dans leurs appartements luxueux. Kwai Gone et son jeune apprenti prirent un chemin différent et allèrent dans un hôtel minable.

À peine était-il seul que Palpelathune convoqua une image holographique de – oui vous l'aviez deviné – Dark Moule. La créature effrayante apparut : pas si géante que ça, en fait, mais elle irradiait le mal et la marée. Elle portait un pantalon en coquilles de moules, et un grand manteau… en coquilles de moules aussi (l'équivalent d'un assassin humain qui aurait porté un pantalon et une cape en peau humaine ; c'est dégueu, hein ?). Dark Moule plissa des yeux et sembla se refermer un peu devant la lumière du projecteur.

— Oui, maître ?

— Les chevaliers Jedognon Qwite O'Gin et OB-mini Benne Ken&barbie passeront bientôt dans le secteur soixante-dix-huit afin d'aller se coucher, déclara Palpelathune. Ils ont avec eux un enfant. Tu dois prendre cet enfant, Dark Moule. Emmène-le loin… il est impératif qu'il soit éduqué dans le côté Lourd. C'est l'enfant le plus farceur que j'aie jamais vu. Il sera un atout de poids pour les Sithweb.

— Très bien, maître. Et les chevaliers Jedognon ?

— Tue-les.

Un sourire passa entre les coquilles de la créature.

— Oui, maître.

Chapitre 4

Ah, un duel au sabre-lumière !
Cela faisait une éternité qu'on n'en
avait pas eu. Excellent : j'ai vraiment hâte
de lire ça. Espérons qu'il est franchement
excitant, qu'il tire en longueur, qu'il y a des
super cascades et que la musique dépote :
dm-dm-diddle-um, dm-dm-diddle-um,
DM-DM-DIDDLE-UM *DAH-DAHHHH*

Dark Moule tendit une embuscade à Kwai Gone et OB-mini lorsqu'ils passèrent par le secteur soixante-dix-huit. La bataille fut féroce. Kwai Gone fut poignardé en pleine poitrine, mais OB-mini réussit à tuer le sinistre Fan de Tron.

Chapitre 5

Ah bon, c'est tout ?

Tandis qu'il agonisait sur le sol métallique du secteur soixante-dix-huit, Qwite O'Gin essaya de prononcer des dernières paroles.

— Mon Thog, haleta-t-il. Qu'ai-je fait ?

— Vous vous êtes fait tuer, maître, fit OB-mini un rien contrarié. Voilà.

— Occupe-toi de l'enfant, OB-mini, lui demanda Kwai. Fais-en un Jedognon. Il apportera un déséquilibre comique à la Farce.

— OK, lui promit OB-mini. Rien d'autre ?

— Non, y a rien qui me vienne à l'esprit, là, comme ça. Oh... si, je me rappelle. Tu sais, ce paquet de biscuits que tu as acheté ? Et que tu ne retrouvais plus ? Tu te souviens, tu l'as cherché partout ?

— Je m'en souviens, maître, répondit OB-mini. Vous m'aviez dit que les Dark Lourd des Sithweb les avaient volés pour nourrir les Fans de Tron.

— Non, répondit Kwai Gone dans un râle. Je les ai mangés. J'avais les crocs. Désolé.

— C'est pas grave, maître, lui dit OB-mini. J'en achèterai d'autres.

Mais il était trop tard. Qwite O'Gin était mort ; et le mystère des Fans de Tron était loin d'être résolu. OB-mini Ken&barbie ramassa l'enfant endormi et l'emmitoufla davantage dans sa couverture avant de sortir du secteur soixante-dix-huit.

Épisode Deux :
L'Attaque des Clichés

Jane Skyterrier avait été accepté au sein de l'ordre des Jedognon afin d'être entraîné par OB-mini Benne Ken&barbie. Pendant ce temps, les actions des Fans de Tron étaient devenues de plus en plus désespérées. Coordonnées par un personnage énigmatique, Lourd Tyrannique, ces adversaires des Jedognon prétendaient avoir accès à une plus grande perception du réel – la vraie nature du réel, qu'ils disaient. Et, d'aucuns pourraient dire qu'il s'agit là d'un Grand Secret. Ce qui me rappelle quelque chose… mais quoi déjà… hmm hmm hmm…

Ah oui, je me rappelle. Le Grand secret caché à l'intérieur du droïde dans la première partie de cet ouvrage. Est-ce que ce nouveau secret (en fait, plus ancien) pourrait avoir un lien avec l'ancien (en fait, plus récent) ? Est-ce qu'ils ne pourraient finalement faire qu'un ?

Seul le temps nous le dira. (Clin d'œil) OK ?

Pendant ce temps, Jane Skyterrier
était devenu un beau jeune homme.
Lui et son maître Ken&barbie avaient
été convoqués sur la cité-planète
de Métroplanète afin de rejoindre
l'armée que Yodla et le Conseiller
Palpelathune avaient décidé d'envoyer
pour détruire Tyrannique...

Chapitre 1

Sur Métroplanète

Plusieurs années avaient passé et Jane Skyterrier avait grandi. À seize ans, il faisait déjà un mètre quatre-vingt-treize, ce qui, je suis sûr que vous en conviendrez, faisait bien de lui un grand. Il avait tout de l'échalas qu'on peut imaginer d'un garçon de seize ans d'un mètre quatre-vingt-treize ; mais il était doué pour la Farce, tant et si bien que sa stupidité physique frisait le génie. Il arrivait à trébucher sur le pas d'une porte en entrant dans une maison ; mais au lieu de se ramasser sur le nez, il était capable – instantanément – de dessiner un huit avec ses bras, et de traverser tout le couloir en faisant des claquettes pour finir dans la cuisine. Il pouvait jongler avec quatre vases en cristal sans même y penser. Et si on lui mettait une longue planche en bois sur l'épaule droite et qu'on lui demandait de faire quarante mètres avec, en se retournant de temps à autre, il était capable de faire plus de dégâts qu'une minigrenade à neutrons.

Il était clair que ses talents dépassaient de loin ceux de son maître, le vieux Benne Ken&barbie.

Les deux chevaliers Jedognon retrouvèrent Pomé

sur Métroplanète, où elle suivait son dernier séminaire sur les Plans Comptables d'Impôts Interplanétaires.

— Je suis contente de vous revoir, OB-mini, fit Pomé en descendant de son avion spatial. Et toi aussi Janette… mon dieu, ce que tu as grandi !

— Oh la vache, fit Jane Skyterrier en devenant rouge comme une pivoine.

Il serra ses mains dans son dos et les descendit le plus bas qu'il put en poussant de toutes ses forces. Il pivota son pied droit à quatre-vingt-dix degrés et baissa les yeux vers le sol à six mètres de là, environ en direction du nord, nord-est.

— La vache, répéta-t-il.

Pomé et OB-mini marchèrent vers la salle de conférence. Jane se mit à gambader derrière eux.

— Le Conseiller Palpelathune doit donner une allocution devant tout le conseil, l'informa OB-mini. Il semblerait que les Fans de Tron soient en train de rassembler leurs forces. Ils veulent faire scission avec la Consolidation Fédérale Galactique et ont déjà répudié l'ordre Jedognon. Leur slogan, un rien mystérieux, est : « Tuer ou Guérir. »

— Pas sympa.

— Je doute qu'ils puissent faire de réels dégâts à la Consolidation, dit OB-mini. Nous tenons tous les postes importants. D'ailleurs, le Conseiller Palpelathune espère se faire élire Chef des Armées. Il pense qu'il serait plus pratique que quelqu'un soit au centre de tout, ici, afin d'écraser la moindre opposition. Maître Yodla est d'accord avec lui.

— Je suis sûre qu'il a raison, fit Pomé.

— La vache, lâcha Jane derrière eux.

Il sembla sur le point d'ajouter quelque chose, mais sa langue resta collée à son palais.

— Je dois rentrer pour voir si le vote s'est bien passé comme nous le voulions. Si c'est le cas, alors nous mènerons bientôt une armée de Jedognon et de troupes en armure verte et jaune sur la planète Gstritis afin d'affronter face à face les Fans de Tron.

Ce fut un meeting houleux et beaucoup de protestations fusèrent chez les opposants au Plan du Conseiller Palpelathune. Heureusement pour ce dernier, un ancien statut déclarait que les Conseillers étaient censés participer en personne aux meetings. Bien que la technologie existante permît aux quarante mille Conseillers de parler entre eux de façon virtuelle, cette technologie était bannie au sein de la Chambre du conseil. Par conséquent, cette Chambre était un espace absolument titanesque : près de dix-huit kilomètres du plafond jusqu'à son dernier sous-sol. Les nombreuses cabines transparentes dans lesquelles des hordes de Conseillers s'exprimaient s'étendaient à perte de vue, telles une œuvre d'art optique, ou une gigantesque cotte de mailles accrochée aux parois intérieures d'un tonneau vide.

Les protestations ne pouvaient être entendues de la cabine du président du conseil que si elles émanaient des cabines situées directement à sa droite, sa gauche, ou en dessous. Et aucuns des Conseillers de ces cabines (tous des amis de Palpelathune) ne protestèrent.

— Puisque personne ne semble s'opposer à ma

proposition, fit la voix de Palpelathune dans un amplificateur, il paraît inutile d'attendre plus longtemps pour passer au vote.

Loin en dessous de lui, les visages tordus des Conseillers furieux ne furent visibles que pour ceux ayant apporté un télescope. Palpelathune mit ses écouteurs personnels, appuya sur un bouton de sa cabine, et sa voix fut aussitôt diffusée dans toute la Chambre grâce à des haut-parleurs gigantesques situés au plafond et réglés à fond.

La cabine du Conseiller Palpelathune était protégée par un haut-parleur monté sur le toit de l'habitacle, et diffusait une version de ses paroles sous forme d'onde inversées. Cela avait pour effet d'annuler l'onde de départ et le choc causé par l'amplification. Mais peu d'autres cabines disposaient de la même protection. À peine leurs glaces renforcées avaient-elles explosé sous l'impact de la voix du Conseiller Palpelathune que les oreilles de la plupart des autres Conseillers (où d'autres parties de leurs anatomies aliennes) se mirent à saigner telles des bouteilles de ketchup au cul desquelles on donne une bonne tape pour faire tomber ce qui reste de sauce rouge.

— Excellent, fit Palpelathune en se frottant les mains.

Puis, il quitta la scène du carnage.

Plus tard, Pomé présenta son bilan comptable de fin de période d'activité à Yodla, dans le bureau central des Jedognon.

— Vous constaterez que j'ai réussi à dépasser le maximum autorisé déductible de vos impôts.

— Excellent, c'est, déclara Yodla. Bien travaillé tu as, O'milieudetoussa. Venir avec nous tu dois, jusqu'à la planète Gstritis, afin que l'abattement par tête pour les déclarations de revenus de nos soldats comme le veut le protocole tu calcules.

— Vous voulez faire baisser votre résultat en inscrivant tous vos soldats à votre passif ? demanda d'une voix neutre O'milieudetoussa.

— Pioche bonne, répondit Yodla.

— Très bien. Mais ce sera ma dernière mission pour l'ordre Jedognon. Après cela, mon contrat d'apprentissage prendra fin.

— D'accord, répondit Yodla, Ay-iiiii ! Ay-iiiii ! Ay-iiiii !

Pomé se vit attribuer une cabine à bord d'un destroyer de la flotte de guerre de la CFG. Elle se trouvait dans le même couloir qu'OB-mini, Jane Skyterrier et maître Yodla, pas très loin en fait de la cabine du Conseiller Palpelathune.

Durant le vol, Pomé fut forcée de constater deux choses. Premièrement, que le Conseiller – l'un des politiciens les plus influents de la galaxie – était décidément intéressé par le jeune Janette. Le vieux politicien passait énormément de temps avec le jeune Jedognon, lui parlant et l'écoutant s'extasier en permanence. L'autre point, était qu'elle avait remarqué que Jane Skyterrier avait le béguin pour elle, d'une manière un peu embarrassante.

Peu de temps avant l'atterrissage sur Gstritis, elle

le croisa dans un couloir alors qu'elle retournait dans ses quartiers pour chercher un manuel des impôts.

— Pomé !

— Janette ! Comment vas-tu ? Nous n'avons pas eu franchement l'occasion de parler pendant ce vol, hein ?

— J'ai été pas mal occupé, répondit Skyterrier. Le Chancelier Palpelathune m'a aidé à améliorer mes pouvoirs de la Farce.

— C'est un homme très dévoué.

— C'est un as, répondit Jane avec passion.

Puis, comme s'il réalisait qu'il en avait trop dit, il tourna la tête, rouge coquelicot.

— Eh bien, on se reverra un peu plus tard, Janette, tenta Pomé, je dois y aller à présent…

Mais comme s'il était soudain arrivé brutalement à un moment qu'il avait retardé depuis trop longtemps, Jane se pencha en avant et attrapa Pomé par le coude.

— Tu me plais beaucoup, Pomé, bafouilla-t-il. (À peine avait-il parlé qu'il était devenu rouge tomate, aussi détourna-t-il une nouvelle fois le regard.) Je t'ai écrit ce poème…

Il lui tendit un papier tout taché ; on avait l'impression que celui-ci avait été froissé et défroissé plusieurs fois. Dessus était écrit :

Je suis un ver, tu es le soleil
Je t'aime Pomé, tu n'as pas ta pareille,
Je t'aime comme la lune aime les étoiles
Si tu pouvais m'aimer aussi, ce serait vraiment au poil.
Ô Pomé ! Réponds-moi franchement !
Est-ce que tu m'aimes aussi assidûment ?

Hein, dis ?
Dis-moi oui !
Youpi !
Trala-la tsouin-tsouin !
Toi et moi on sera bien !
Notre amour pourrait coller
(dans le sens où on serait ensemble).

— Oh, Janette, fit Pomé en lisant ces mots. C'est mignon. Je suis très flattée… vraiment. Mais…

— Oh, ne dis pas « mais »…, couina Jane en se prenant la tête entre les mains et en faisant un tour sur lui-même à trois cent soixante degrés.

— Janette, je t'aime beaucoup, franchement, mais…

— Non, ne dis pas « mais »…, grinça Jane. Ne finis pas ta phrase ! Ne brise pas tous mes espoirs, ne brise pas mon cœur ! Laisse-moi au moins espérer.

— Jane, répondit Pomé, doucement mais fermement. J'ai treize ans de plus que toi. C'est une sacrée différence d'âge… vraiment. Tu es très gentil, tout plein, et peut-être que dans dix ans nous en reparlerons… je ne sais pas.

— Alors il me reste de l'espoir ! cria Jane en croisant les bras sur sa poitrine et en adoptant une expression entre la joie et la tristesse.

— Il serait quand même préférable que tu arrêtes de me mettre sur un piédestal et que tu sortes avec une fille de ton âge… tu ne crois pas ? Je suis sûre qu'il existe quelque part une fille pour toi.

Jane eut l'air abattu, puis son visage se stria de toutes parts. Plutôt que de pleurer devant elle, il fit demi-tour et s'en alla le long du couloir.

Plus tard encore, Pomé buvait tranquillement un café dans le réfectoire du vaisseau lorsqu'OB-mini la rejoignit.

— Êtes-vous prête pour la bataille à venir, Madame la Contrôleuse des Impôts ? lui demanda-t-il en faisant le code pour avoir une tasse de café sur le clavier du distributeur de boissons chaudes Jack Vibre.

— Ce ne sera pas ma première, répondit-elle, mais avec un peu de chance ce sera la dernière.

— Envie d'en finir, Mme O'milieudetoussa ? s'enquit OB-mini horrifié.

— Non… ce que je voulais dire c'est que cette mission marquera la fin de mon contrat d'apprentissage en tant que Contrôleur des Impôts. Après cela je pourrai retourner sur mon monde et vivre une vie dans l'anonymat le plus obscur.

— Ah, fit OB-mini. Je vois. Et cela vous fait plaisir de disparaître de la scène publique ?

— Pas vraiment, soupira Pomé. J'adorerais rester sur Métroplanète pour faire de la politique, peut-être même devenir un haut fonctionnaire, voire – bien que je sache que c'est impossible – gouverner la galaxie. Mais cela ne risque pas d'arriver. La seule solution serait de devenir Conseillère pour Nabo et cela me prendrait une vingtaine d'années de campagne et de poignées de mains ; et même si je devenais Conseillère, je finirai en bas de l'échelle de la CFG. Je suis condamnée à vivre le reste de ma vie dans la médiocrité.

— Je compatis, dit OB-mini. Moi aussi je suis condamné à l'obscurité.

— Mais vous êtes un Jedognon !

— Très mineur. J'ai beaucoup d'ennemis au conseil des Jedognon, qui vont faire en sorte que je ne puisse jamais atteindre de hautes fonctions dans notre Ordre. D'ici une année ou deux, je serai envoyé en détachement semi-permanent sur un monde paumé, de façon à ce que le conseil soit débarrassé de moi une bonne fois pour toutes. J'ai même visité le monde en question ; Tatoogouine. Mais vous étiez là, suis-je bête. Vous savez donc à quel point c'est le trou du cul de la galaxie. Là, je vivrai une vie solitaire de moine, probablement dans un ermitage au fin fond du désert. (OB-mini soupira.) Enfin bon, ajouta-t-il comme pour se donner du courage, un chevalier Jedognon ne doit pas désirer la gloire, alors je serai certainement heureux.

Ils regardèrent tous les deux l'espace à travers un hublot géant.

— Chevalier, fit Pomé. Est-ce que cette bataille risque d'être dangereuse, d'après vous ?

— Oh oui. Le maléfique Lourd Duku est derrière l'opposition aux Jedognon, et il s'est forgé une grande armée.

— Lourd Duku ?

— Oui. Autrefois, c'était un Jedognon. Mais je crois qu'il a mal vécu son passage à l'académie ; il faut dire qu'avec un nom comme ça. On a dû pas mal le charrier, et finalement il a choisi de passer du côté Lourd.

— Est-il puissant ?

— Houlà, oui. Mais nous avons Yodla avec nous ; c'est un grand maître des arts farceurs. Et puis il y a Jane Skyterrier – il est peut-être jeune, mais il est incroyablement doué. Un prodige en matière de chutes et de tartes à la crème ; il maîtrise déjà formidablement bien les coups de gourdin.

— Il…, fit Pomé, pas franchement persuadée qu'elle devait révéler ce qui allait suivre, il m'a fait une déclaration d'amour, vous savez.

— Pas possible ! s'exclama OB-mini, souriant sous la surprise. Eh bé. Quand ?

— Un peu plus tôt dans la journée. Il m'a écrit un poème.

— Un Jedognon n'est pas censé se laisser aller à ce genre de… passion, lui apprit OB-mini. Qu'avez-*vous* répondu ?

— J'ai dit que j'étais flattée, mais que je ne pensais pas à lui de la même manière. Ce n'est encore qu'un enfant.

— C'est vrai, convint Ken&barbie. Mais un jour il grandira ; et il deviendra l'un des plus puissants Jedognon de la galaxie.

— Un jour, oui, acquiesça O'milieudetoussa.

Chapitre 2

Dans lequel cette portion d'aventure arrive de manière plutôt rapide à sa conclusion. Je suis limité en nombre de pages, désolé ; plaignez-vous à mon éditeur. Pour réduire les coûts de fabrication qu'ils m'ont dit. Les philistins !

Gstritis était un monde aride de roche rouge, strié de cavernes à sa surface, de crevasses, de crevisses, dans lesquelles les vices étaient créés, et les as étaient crevés, et les caves étaient... erne ? (ndt : zut, le jeu de mots marchait bien en anglais, mais c'est nul en français ! Vu le temps qui m'est imparti pour traduire, ne comptez pas sur moi pour trouver un truc rigolo en remplacement. Si j'étais rigolo, ça se saurait !) Les Fans de Tron avaient construit une vaste armée de robots dans un cratère géant avec l'aide d'aliens ailés indigènes. Ces êtres ressemblaient à des faucheux de taille humaine, au caractère sauvage et violent.

On se battit beaucoup. Malheureusement je n'ai pas la place de vous décrire toute l'action (pour les raisons évoquées dans le titre de ce chapitre), même si je vous jure qu'y en a eu un sacré paquet. Des gros vaisseaux planèrent au-dessus du sol, tirant des rafales de lasers ; des vaisseaux plus petits donnèrent la chasse à d'autres vaisseaux, en décrivant des arabesques dans le ciel, laissant des traînées d'échappement derrière eux, et se livrèrent un sacré combat, comme des chiens enragés, tiens. Des milliers de fantassins, certains clonés, d'autres robotisés, s'affrontèrent férocement.

Au cours de l'offensive générale, des Faucheurs Aliens capturèrent OB-mini, Jane et O'milieudetoussa afin de les emmener dans une arène gigantesque loin du champ de bataille. Là, ils décidèrent de tuer les trois amis sous les ordres du Lourd Duku. Ils choisirent alors une méthode particulièrement inefficace pour les exécuter. Au lieu de leur trancher tout simplement la tête, ou de les descendre à coups de blasters, ils les attachèrent à des poteaux et lâchèrent des reptiles géants afin qu'ils les dévorent. Mais la maîtrise que Jane avait de la Farce fut suffisante pour venir à bout de ces bestioles. Il se libéra accidentellement de ses liens et se dépêcha d'aller prêter main-forte à Pomé. Mais au lieu de la rejoindre, il se cogna dans le poteau où il avait été attaché… et ce avec une telle force que le poteau s'écroula par terre. Le poteau avait une sorte d'espar à son sommet. Lorsque le reptile géant le plus proche se rua sur Jane, encore allongé sur le sol, il posa la patte sur l'espar, ce qui fit relever le poteau de manière verticale, un peu à la manière d'un râteau de jardinage, et le monstre le prit en pleine poire, l'assommant pour le compte. Les deuxième et troisième bestioles firent exactement la même chose.

Sur ces entrefaites, l'armée Jedognon arriva et les sauva. C'était presque trop ridicule pour être vrai.

Comme ses troupes avaient perdu leur combat dans l'arène, Duku sauta sur son hoverbécane et s'enfuit dans le désert. OB-mini, Jane et Pomé s'engouffrèrent dans un hovercoptère et se lancèrent à sa poursuite. Ils fendirent les cieux en zigzaguant. Duku s'engouffra dans une caverne et ses poursuivants l'imitèrent.

À l'intérieur ils trouvèrent le Lourd patricien du mal en train de se débattre avec son hoverbécane.

— Apparemment, leur dit-il, je me suis coincé une botte dans les étriers.

— Tu es notre prisonnier, Duku, annonça OB-mini en s'avançant le sabre-lumière sorti.

— Tuez notre prisonnier ? s'enquit rapidement le Lourd.

— Es, répéta OB-mini en énonçant les mots de manière plus distincte, Tu ES notre prisonnier.

— Bon d'accord, répliqua Duku en soupirant. Vous me tenez. Je suis pris au piège. Vous avez gagné. Je me rends.

Jane dégagea la botte coincée de Duku et OB-mini lui passa des menottes à champ de force intégré.

— Tu vas payer pour tous tes méfaits, Duku, déclara OB-mini.

— J'en suis sûr, répondit calmement le Lourd. Néanmoins, ce que tu appelles « méfaits » ne sont selon moi que des maux « nécessaires ».

— Bah ! le railla OB-mini.

— Bah ! le railla Jane.

— Vous vivez tous les deux selon les préceptes moraux de l'ordre Jedognon, leur fit remarquer Duku. Mais lorsque comme moi on a vu la vraie nature du cosmos, de tels codes semblent… hors de propos. Vous voyez ce que je veux dire, Palpelathune, n'est-ce pas ?

Le Conseiller qui s'était tenu tout ce temps dans l'ombre fit un pas en avant.

— Salut tout le monde, fit-il.

Un silence gêné tomba sur le groupe. (Mais personne ne fut blessé, je vous rassure.)

— Alors, dit finalement Duku. C'est la prison pour moi, c'est ça ?

— J'en ai bien peur, répondit Palpelathune. Tu as comploté contre la CFG. Toi et ta mystérieuse organisation, les Fans de Tron. (Un autre silence.) Ben c'est vrai, quoi ! ajouta Palpelathune.

— Oui, c'est vrai, convint Duku.

Encore un silence. Qui commença à durer, à s'étirer, devenant plus que gênant, sans blague.

— Le temps sur cette planète…, commença OB-mini.

— J'ai une question, fit Pomé en même temps.

Ils s'arrêtèrent tous les deux.

— Après vous, lui dit Pomé.

— Non, non, je n'en ferai rien, insista OB-mini avec un sourire un rien exagéré.

— Eh bien, reprit Pomé, je me demandais…

Tout le monde la regardait fixement. Intimidée, elle hésita.

— Quoi ? l'empressa de continuer Duku.

— Non, c'est une question stupide, répliqua Pomé en rougissant un peu. Je me demandais simplement pourquoi votre organisation s'appelait les Fans de Tron.

Tout le monde regarda Duku.

— Mais ce n'est pas une question stupide, répondit-il

affablement. C'est même une très bonne question. En revanche, je ne suis pas sûr que vous vouliez connaître la réponse.

— Ben, maintenant que j'ai demandé..., fit Pomé.

Duku dévisagea lentement tout le monde dans la salle.

— D'accord, je veux bien répondre, dit-il. Mais je vous préviens : cela risque de tout changer pour vous.

— Un instant, que je vois si je comprends bien, intervint OB-mini en s'avançant. Vous dites que... si vous nous dites, de manière explicite, pourquoi votre bande s'appelle comme elle s'appelle, alors la façon dont nous percevons le cosmos risque de changer radicalement ?

— Oui, répondit tranquillement Duku.

— Eh bien allez-y, décréta OB-mini en souriant de façon incrédule. Je suis impatient d'entendre ça.

Duku resta silencieux plusieurs minutes. Puis, finalement, il leur expliqua tout.

— Vous vous souvenez de Tron, bien sûr ? L'œuvre visuelle ?

— Du XXe siècle ? clarifia Pomé. Évidemment. On a dû le voir à l'école. C'est un grand classique littéraire.

— Mais est-ce que vous vous souvenez de quoi cela parle réellement ?

— Oui.

— Bon, fit Duku. Bon.

Il resta de nouveau silencieux une bonne minute. Lorsqu'il reprit la parole, il y avait quelque chose de différent dans sa voix ; quelque chose qui palpitait de sens ; et son ton était presque hypnotique.

— Regardez dans quelle galaxie nous vivons, dit

Duku en s'adressant à la petite assemblée. Non mais, regardez-la bien. Est-ce qu'elle vous semble réelle ? Bien sûr que non.

— Comment ça ? s'enquit Jane.

— Comment ça, comment ça ? Allons. C'est évident. Vous connaissez tous les classiques de la Vieille Culture Terrienne ? Bien sûr ; tout le monde les connaît. Ce sont les classiques qui ont donné un sens à notre scolarité, l'art du verbe et l'art visuel de l'Âge d'Or, le XXe siècle.

Personne ne voyait le rapport avec la choucroute. Après une longue pause, Pomé tenta un : « OK ? »

— Vous vous souvenez des films de James Bond, et les publicités pour des bonbons avec des trous dedans, et la plupart d'entre vous connaissent tous les *Star Trek* et autres *Dune* : la science-fiction ?

— Naturellement, répondit OB-mini. Nous sommes tous des gens éduqués, éduqués dans la culture des classiques, en tout cas.

— Alors vous devez connaître la série de films *Matrix*.

— Évidemment.

— Ils sont la clé... de la vraie nature de cette prétendue réalité.

— Je ne vois pas ce que vous essayez d'insinuer...

— Ah bon ? Pourtant c'est évident ? Il est évident que ce soi-disant monde sur lequel nous vivons, sur lequel nous courons partout et où nous nous rencontrons les uns les autres en permanence, n'est rien d'autre qu'un tissu de citations d'œuvres de science-fiction. Choisissez n'importe quel monde de notre galaxie, et vous verrez. Métroplanète est tirée de *Fondation* d'Asimov. Tatoogouine, c'est le *Dune* de Frank Herbert.

Sans le vouloir, l'un d'entre vous a cité une réplique du *Guide Galactique* d'Adams. Ces vaisseaux spatiaux ont exactement le même détourage que ceux de *Babylon 5*. Ces aliens ressemblent comme deux gouttes d'eau à ceux de *Predator*. Y a-t-il quoi que ce soit dans notre monde qui n'ait pas un antécédent dans la science-fiction ? Oui, il y en a. Est-ce que ces choses viennent de notre cosmos ? Non : elles viennent d'un autre pan d'œuvres de l'Âge d'Or, des Monty Python, des comédies burlesques, de Benny Hill. Reste-t-il quelque chose d'autre ? Non, il n'y a *rien* d'autre. Tout, dans notre monde, dérive de l'une de ces deux sources. Notre monde est un gabarit de science-fiction, modifié par une sensibilité comique du XXe siècle. Vous ne le voyez donc pas ? (Personne ne répondit.) Je suppose, reprit Duku, que l'habitude a jeté son voile coutumier sur vos yeux et vos esprits. Nos nez sont tellement pressés contre le canevas de la citation et de l'allusion que nous ne le voyons plus tel qu'il est vraiment. Oui, ce qu'il *est* vraiment est inévitable. Nous ne pouvons échapper à la vérité.

— Quelle vérité ? demanda OB-mini.

— Celle comme quoi nous vivons dans une réalité virtuelle, un monde artificiel construit sur les déchets et les restes d'un XXe siècle science-fictif, parfumé avec des morceaux en vrac de comédie.

— C'est grotesque, fulmina OB-mini.

— Vraiment, mon jeune Jedognon ? Je ne crois pas. Palpelathune sait que je dis vrai. Il le sait depuis longtemps.

Tout le monde se tourna vers Palpelathune.

— J'ai bien peur que cela soit effectivement vrai ? fit le Conseiller de sa voix mielleuse habituelle. Je crois que Duku a raison. Notre monde est une illusion complexe, un programme détaille de réalité.

— C'est comme si notre conscience était prisonnière d'une réalité d'occasion, déclara Duku. Comme dans un roman de Philip K. Dick, ou dans *Matrix*, nos corps sont dans un endroit tandis que notre esprit arpente cette galaxie virtuelle. Et ce monde imaginaire – que tant d'entre nous prennent pour vrai –, ce monde programmé semble avoir été conçu, concocté à la hâte dirais-je même, par quelqu'un qui aime vraiment la science-fiction et les comédies du XXe siècle. Ce programmeur a puisé dans ce qu'il ou elle connaît, ou aime, et n'a pas été voir plus loin que ça.

— Mais... pourquoi ? s'enquit Pomé d'une voix angoissée.

— Ah, fit Duku. C'est là la question la plus pertinente. C'est également la question à laquelle il est le plus dur de répondre correctement. Notre... programmeur, dirons-nous – ou geôlier, peut-être –, nous savons qu'il a lu *Les hommes de poche* de H. Beam Piper, qu'il a vu *2001* et aussi *Metropolis* ; nous savons qu'il aime *Dune*, Asimov et les super armes interplanétaires chères à E.E. « Doc » Smith. Nous pouvons déduire tout cela du cosmos dans lequel nous vivons, cette galaxie dans laquelle chaque cliché de SF est roulé de façon à lui donner une texture de réalité. Mais la seule chose que nous ne pouvons pas déduire, c'est... pourquoi. Qu'avons-nous fait pour nous retrouver enfermés dans cette réalité ? (Duku haussa les épaules.) Peut-être le savez-vous, Conseiller Palpelathune ? Moi, j'avoue que non.

— Je sais une chose, répondit doucement Palpelathune. Je sais qu'une personne ordinaire n'a aucune chance de déchiffrer ce puzzle, ce rébus. Mais je me demande si... est-ce qu'une personne au-dessus de toutes les autres...

— Une personne puissante, convint Duku.

— La personne la plus puissante de tout ce cosmos virtuel... un président, ou plutôt un empereur... eh bien, je me demande si une telle personne ne serait pas bien placée pour découvrir cette grande vérité ?

— Je vois, fit OB-mini en se tournant vers Duku. Est-ce pour cette raison que vous avez rejoint le côté Lourd de la Farce ? Est-ce pour cela que vous avez essayé d'accumuler le plus de pouvoir possible ?

— Ah bon ? répondit Duku pris au dépourvu. Euh... Ben peut-être. C'est difficile d'être précis. Je crois que ma conversion au côté Lourd a initialement débuté lorsque j'ai pris conscience que j'étais prisonnier d'un monde virtuel. Il m'a semblé à l'époque, et encore aujourd'hui, que le moins que je pouvais faire c'était de m'opposer à cette mascarade. La combattre, tenter de la briser, de la détruire. Que pouvais-je faire d'autre ? Collaborer ? Accepter telle une mauviette tandis que le mystérieux programmeur nous utilise tels des jouets à ressorts ? Non ! J'ai résisté.

— Sauf que, fit remarquer Pomé, cette tentative pour briser la réalité virtuelle s'est en fait retournée contre les gens qui sont prisonniers de cette réalité virtuelle. Vous n'avez pas blessé la fabrique de ce cosmos imaginaire ; ce sont des gens que vous avez blessés.

— C'est effectivement le problème, admit Duku. Enfin, l'important c'est que je me sois rendu. Ma rébellion personnelle est terminée. Peut-être que toutes formes de rébellion sont condamnées dès le départ ; toute rébellion doit avoir une fin.

— Si ce que vous dites est vrai, fit OB-mini qui essayait toujours de se dépatouiller avec le concept, alors nous devons alerter la population galactique.

— Ah bon ? Sans doute. Mais je pense que tu constateras que les gens s'en moquent. Tant qu'ils peuvent faire ce qui leur paraît important : vivre, aimer, faire la teuf – ils sont contents. En quoi cela les toucherait-il de savoir si la toile de fond de leur vie est réelle ou simulée ?

Soudain, un cri retentit à l'entrée de la caverne.

— Duku !

C'était maître Yodla.

— Trouvé je t'ai ! Un terme à ta rébellion je vais mettre.

— Attendez, cria OB-mini. Maître Yodla, tout va bien, il s'est rendu et…

Mais Yodla, criant yodella-i-*iiiiiitou*, semblait ne rien écouter ni ne rien entendre des paroles de OB-mini. Tel un terrier, la petite silhouette verte sauta dans les airs. Son sabre-lumière s'alluma, brièvement ; d'un coup Yodla le brisa contre le sol rocheux de la caverne. Et d'un mouvement fluide enchaîné, le maître Jedognon sauta et alla trancher la tête de Duku avec le tesson de son arme.

La tête rebondit sur le sol comme un ballon de football, mais de forme irrégulière, avec un centre plus dur, et rempli de fluides.

— Maître ! cria OB-mini. Il s'était rendu !

— Ah bon ? répondit Yodla. Ah bon ? Flûte, oh. Pas grave, c'est.

Et sur ce, il sortit de la caverne en sifflant *En passant par la Lorraine avec mes sabots*, mais à l'envers.

Chapitre 3

Sur Nabo

Le Conseiller Palpelathune et Pomé O'milieudetoussa marchaient le long du lac turquoise de Nabo. Au loin, Jane Skyterrier essayait de faire des ricochets sur les eaux paisibles avec des galets.

— C'est difficile à admettre, disait O'milieudetoussa. Cela me semble pourtant si réel. Il est difficile de croire qu'il s'agisse là d'une simulation de réalité générée par ordinateur.

— Et pourtant, c'est le cas, ma chère, lui dit Palpelathune.

— Mais je me sens si… rabaissée… comme si ma vie n'avait aucune valeur.

— Tu ne devrais pas, ma chère enfant. Duku, avant sa fin tragique, a dit quelque chose de très important. C'est notre conscience qui compte, pas l'environnement où nous nous trouvons. Nos pensées, nos espoirs, nos rêves, nos amours et nos passions, tout cela est valide. Nos esprits sont les mêmes.

— Possible, répliqua-t-elle. Je présume qu'il me faut continuer de vivre comme avant. Sauf qu'une question me turlupine toujours autant : *pourquoi* ?

— Oui, pourquoi, convint Palpelathune. Pourquoi est une très bonne question (Ils étaient arrivés devant un banc en marbre.) Voulez-vous vous asseoir un peu ?

— Oui.

L'espace d'un instant ils profitèrent du silence et de l'air frais ; même si ce dernier n'était pas réel, il était agréable dans leurs bouches. Ils apprécièrent la beauté du paysage qui, bien qu'artificiellement construit, était beau à couper le souffle. Le plop-plop-plop des galets de Jane était à peine audible.

— Je ne crois pas me tromper en disant que vous êtes célibataire ? demanda soudain Palpelathune de sa voix mielleuse. Pas de partenaire ? De petit(e) ami(e) ? Ou qui que ce soit d'importance ?

— Ce n'est pas franchement vos affaires, rétorqua O'milieudetoussa en souriant gentiment.

— Non, c'est vrai, pas franchement, convint le Conseiller. (Il regarda au loin, de façon théâtrale.) Simplement, je sais que le jeune Skyterrier a... comment dire ? Développé une tendre passion à votre égard.

Malgré elle, O'milieudetoussa rougit légèrement.

— Je sais, fit-elle. Il m'a dit qu'il avait le béguin pour moi. Ça me fait tout drôle.

— Vous n'éprouvez pas les mêmes sentiments ?

— Jane est un beau jeune homme, et j'aime bien sa compagnie, avoua Pomé. Ses talents en Farce sont impressionnants. Et distrayants. Mais... l'aimer ? Il est un peu trop jeune. Qui sait, peut-être que dans cinq ans. Ou dix.

— Eh bien, fit doucereusement Palpelathune, j'ai peut-être une proposition à vous soumettre. Dans le genre proposition commerciale. Et je voudrais que vous preniez le temps de réfléchir avant de répondre. Et avant même que j'en dise plus, je tiens à ce que les choses soient bien claires entre nous : j'ai l'intention de devenir bientôt le personnage le plus puissant de la galaxie. Je compte faire du jeune Skyterrier mon lieutenant.

O'milieudetoussa retint sa respiration. Un froid venait d'être jeté sur la scène.

— C'est une sacrée déclaration, finit-elle par dire.

Palpelathune agita la main de façon dédaigneuse et rajusta son chapeau melon.

— Vous savez que je ne suis pas du genre à me vanter ; je ne dis que la vérité. Elle est inévitable. Je tiens déjà le conseil dans le creux de ma main.

— Vous avez une grosse main ! plaisanta Pomé histoire de détendre l'atmosphère.

— Pas une grosse main, répondit sombrement Palpelathune. Rien qu'un gros creux. (O'milieudetoussa essaya de démêler ce que cela voulait dire mais n'y parvint pas.) Laissez-moi vous dire quelques mots, ma chère, fit Palpelathune, quelques… vérités premières. En l'état actuel des choses, je serai bientôt l'homme le plus important du cosmos et Jane Skyterrier sera mon puissant second. Si une jeune femme épousait mon second, elle se retrouverait aussitôt à une place influente. Elle serait proche du centre du pouvoir. Elle pourrait même, ajouta Palpelathune d'une voix encore plus onctueuse que d'habitude, être en position d'en découvrir davantage sur cet univers de SF dans lequel nous sommes prisonniers… et peut-être même trouver un moyen de s'échapper…

L'espace d'un long moment, et ce en dépit de son

instinct, les yeux de Pomé s'écarquillèrent devant les possibilités offertes.

— Je peux voir que vous êtes intéressée, ma chère, fit Palpelathune en se relevant. Je peux le voir dans vos yeux. Réfléchissez, c'est tout ce que je vous demande. Et souvenez-vous : bien que vous ne trouviez peut-être pas le jeune Jane très attirant à l'heure actuelle, on dit que le pouvoir est un excellent aphrodisiaque. Et il deviendra en temps et en heure une personne très puissante.

— Je ne comprends pas, fit O'milieudetoussa. Qu'est-ce que vous y gagnez ?

— Ce que j'y gagne ? Un adjoint comblé. La possibilité de lui dire : « Tu désires O'milieudetoussa ? Eh bien je peux te la donner », et de fait l'impressionner par mon autorité et le lier à moi par les liens de la gratitude. Voilà ce que j'y gagne. Au revoir ma chère. Oh... une dernière chose.

Pomé avait la tête qui tournait.

— Quoi ?

— Cette liste de classiques de la SF, dont l'énorme simulation complexe a été tirée... vous vous en souvenez ? *Dune, Fondation, Tron, Le Guide Galactique...*

— Je m'en souviens, répondit O'milieudetoussa.

— Il y a un texte que Duku n'a pas mentionné, mais qui est en fait le plus important de tous. Le plus important parce qu'il souligne tout le reste.

— Lequel est-ce ?

— *Les Anges du Cancer*, répondit Palpelathune comme s'il avait fait une blague que lui seul pouvait comprendre.

— Je ne crois pas l'avoir lu, avoua Pomé.

— Ah bon ? Quel dommage. Parce que c'est vraiment éclairant, dans des circonstances comme les nôtres. Au revoir, ma chère.

Épisode Trois :
La Revanche du Retour du Fils du Sithweb qui se Réveille : la Nouvelle Génération... au Début

Lourd Duku est mort et les Fans de Tron ont été contenus. Pourtant, le côté Lourd de la Farce – cette affreuse perversion des principes Jedognon connue sous le nom de « Sithweb », continu d'étendre ses tentacules dans toute la galaxie. Sur un millier de mondes, des actes sombres sont commis. Personne ne sait où se trouve le centre de leur pouvoir. C'est un mystère. Enfin bon, je veux dire, vous, vous savez qui est le Lourd secret des Sithweb, c'est Palpelathune, évidemment ; mais vous avez le bénéfice du recul, quand même. Oui, oui, Jane Skyterrier va devenir Dark Pater ; et oui, le Conseiller Palpelathune va devenir l'empereur impérial et l'incarnation du mal, et tout ça. Ce que je veux dire c'est qu'à ce moment précis, les gens ne pouvaient pas le deviner.

Et puis, dans le dernier épisode, il y eut aussi la révélation stupéfiante que la galaxie n'était pas franchement réelle, plutôt un genre de réalité à la Matrix, concoctée

par un qui-sait-qui de citations de
la science-fiction du XXe siècle, pour
on-ne-sait-quelle raison. Vous ne vous
y attendiez pas, hein ? Mais, bon sang.
Vous croyez que cette révélation risque
d'avoir des répercussions sur ce dernier
épisode ? D'après vous ?

— Tu es devenue un peu grosse, déclara tout de go Jane Skyterrier en marchant bras dessus bras dessous avec sa femme, la belle et mature Pomé O'milieudetoussa.

Ils marchaient le long d'une palissade en marbre sur les bords d'un lac turquoise, et passèrent devant des rhododendrons en fleur, jaune et rouge, de la planète-jardin, Nabo.

— Je te demande pardon ? rétorqua Pomé.

— Un peu..., fit Janette en regardant l'eau, ... grosse.

— Janette, répondit-elle, je crois qu'il faut que je te parle franchement.

— Comment ça ?

— Je suis enceinte, Janette.

— Oh la vache !

— Euh, oui. En fait, cela fait huit mois et demi que je suis enceinte maintenant.

— Et c'est bien ?

— Euh… je crois.

— Bon. Tu vas guérir ?

— Guérir ? Janette, je ne crois pas que tu comprennes… la grossesse est un état pendant lequel un enfant se développe dans un utérus femelle.

— Mince alors ! Est-ce que je peux aller jouer avec ma console paravidéo maintenant ? Steup' ?

— Janette, attends une minute. C'est important. Tu sais ce qui arrive lorsque la grossesse arrive à son terme ?

— Mais c'est que j'ai ce nouveau jeu, *Catherine Lara Croft IV* – c'est un combo entre un karaoké et un shoot em' up avec des zombies dans une ancienne pyramide maya. C'est de la balle !

— Écoute, j'aimerais bien que tu te comportes en adulte un instant. Lorsque l'enfant va naître, toi et moi allons devoir nous en occuper : l'élever. C'est une grosse responsabilité…

— OK, OK, fit Jane Skyterrier et se dégageant du bras de sa compagne, c'est pas la peine d'insister. J't'aiderai à éduquer cette saleté de môme. Et maintenant, je peux aller jouer à ma paravidéo ?

— D'accord, mais fais-moi un bisou d'abord…

Mais Jane était déjà loin. La princesse O'milieudetoussa le regarda un instant s'éloigner, un mélange de tristesse et de colère sur le visage. De derrière un rhododendron, un personnage familier apparut : OB-mini Benne Ken&barbie. Il se positionna derrière Pomé.

— Il est parti ?

— Oui, tuer des zombies dans une réalité virtuelle informatique, répondit-elle en soupirant. Parfois j'aimerais qu'il soit un peu plus mâture.

— Bon, fit OB-mini en passant un bras autour de la princesse, s'il est parti s'immerger dans sa Vid-R, cela nous laisse un peu de temps seuls…

Un peu plus tard, dans une chambre en marbre blanc avec une grande fenêtre ouverte qui donnait sur des prés éclairés par le soleil, Pomé et OB-mini étaient allongés côte à côte dans un lit double. Les rideaux blancs virevoltaient comme des méduses sous le vent. Le son apaisant d'une flûte provenait d'un haut-parleur dissimulé.

— Je suis écœuré que tu sois mariée à lui, déclara OB-mini. Je voudrais tellement pouvoir t'épouser.

— Je sais, répondit Pomé. Mais il est inutile d'être jaloux. À sa façon, il est gentil ; mais ce n'est qu'un enfant. Il n'est pas un homme mature, comme toi. Regardons les choses sous tous les angles. D'un côté il y a Jane – c'est le disciple favori de Palpelathune et quand ce dernier prendra le contrôle du Sénat (ce qui est prévu apparemment pour jeudi prochain) il deviendra son second. Si je suis sa femme, et toi son ami, alors nous aurons tout le loisir d'être influents. Et l'influence, à un tel niveau, c'est un sacré pouvoir. De l'autre côté, il y a toi – et malgré tout l'amour que j'ai pour toi, tu n'es qu'un Jedognon mineur, intéressé principalement par les arcanes et les tours de magie. Peu de gens au conseil te font confiance, parce que ton accent passe d'Oxford à Edinburgh en quelques secondes. Quant à moi, je ne suis qu'une petite fonctionnaire d'un monde rural et paumé. Si je n'avais pas levé la jambe, nous ne serions pas dans la position où nous sommes aujourd'hui.

Si toi et moi étions mariés, nous serions condamnés à une vie de pauvreté, exclus des couloirs du pouvoir. C'est mieux ainsi, je pense.

— Il a vraiment un sale caractère, fit OB-mini. Ton mari. Ce n'est peut-être qu'un enfant, mais il est plus grand que moi et il a plus de charisme... il ne fait pas tampon sans cesse... il sait rentrer dans le lard des gens quand il le faut... Et si jamais il apprenait pour nous deux...

— Mais il ne l'apprendra pas.

— Mais s'il l'apprenait.

— Il ne l'apprendra pas, répéta fermement Pomé. Nous ferons en sorte qu'il ne l'apprenne jamais. Tu comprends ?

— Ben c'est pas moi qui lui dirai, en tout cas.

— Tu ne le diras à personne d'autre, non plus.

— Non, à personne.

— Promis ?

OB-mini soupira.

— Pomé, la promesse d'un Jedognon est quelque chose de sacré ; un engagement total. Si je te le promets, alors je ne pourrai jamais rompre cette promesse. (O'milieudetoussa le regarda d'un air sévère.) Et, je te le promets, ajouta-t-il.

— Bien, fit-elle en rapprochant sa silhouette enceinte mais toujours hautement désirable du sien.

Plus tard, alors qu'ils se reposaient dans les bras l'un de l'autre pour la deuxième fois de l'après-midi, Pomé prit la parole.

— C'est étrange, fit-elle.

— Quoi donc ?

— Tout cela, dit-elle en faisant un geste en direction de la fenêtre.

— Quoi ? Les rideaux ?

— Non, je voulais dire tout le cosmos. Penser qu'il ne s'agit que d'une métaphore… une réalité virtuelle élaborée. Pourtant tout à l'air si *vrai*.

— Mais c'est vrai. C'est vrai à nos yeux. Et c'est tout ce qui compte. De plus, tu oublies que la conscience à l'intérieur de cette Ré-Virt est une vraie conscience. Comme un grand philosophe l'a dit autrefois : *cogito ergo sum*. Je pense donc j'additionne. Et je pense que notre addition est quelque chose de très spécial, peu importe l'environnement dans lequel nous nous trouvons. Il faut se focaliser sur ce qui est important.

— Sans doute, répondit Pomé en se saisissant d'une chose… d'importance. Mais c'est pour cela que nous devons aller au sommet – ou du moins nous rapprocher le plus possible – du pouvoir. Nous avons besoin d'être en position de découvrir tout ce que nous voulons à propos de cette réalité virtuelle science-fictive. Nous devons trouver s'il y a un moyen de s'échapper…

— En ce qui me concerne, roucoula OB-mini, je n'ai pas vraiment envie de m'échapper maintenant.

Les jours passèrent. Puis, une navette du conseil apparut dans le ciel d'azur immaculé, transportant à son bord le Conseiller Palpelathune. Celui-ci, à peine arrivé, se rendit au palais et gravit les marches en marbre.

— Bonjour, jeune Jedognon, déclara Palpelathune en entrant dans la chambre en pagaille de Jane.

— Ça alors ! Bonjour ! fit Jane en se relevant d'un bond. (Il était en train de jouer aux *Sims : Récurrence.*) Quel plaisir de vous revoir !

— Tu sais, jeune Jane, je me considère un peu comme ton patron.

— Je vous serai toujours éternellement reconnaissant pour tout ce que vous avez fait pour moi, balbutia Jane. Sans vous, je pense que je n'aurais jamais pu courtiser ma bien-aimée, ni accumuler autant de pouvoir et de respect.

— Nous nous entraidons, mon ami. Nous nous entraidons. Je m'abreuve à la force de ta Farce. Tu es un adjoint hors pair. Ensemble, nous sommes un vrai team de groupe !

— C'est gentil, déclara Jane en rougissant.

— Je suis gentil. Tiens, au fait, je viens de voir O'milieudetoussa sur la promenade en marbre.

— N'est-elle pas merveilleuse ! s'exclama Jane. J'ai tellement de chance de l'avoir… et je sais que c'est à vous que je le dois.

— J'ai cru comprendre que tu allais bientôt devenir père ?

— C'est exact. Les scans montrent que ce sera un garçon. J'ai déjà décidé comment j'allais l'appeler : Luc. Qu'en pensez-vous ?

— Je pense que c'est un nom formidable. À l'envers, ça fait cul ! Ha ! Ha !

— …, fit Jane.

— Enfin bon, c'est pas tout ça. Je voulais te parler de quelque chose d'autre. Tu sais que c'est jeudi que…

Le sourire de Jane devint encore plus grand. Il souleva plusieurs fois ses sourcils de façon suggestive, et tapota l'arrête de son nez du doigt.

— Plus un mot, fit-il. Je serai là. À vos côtés.

— Oui, répondit le Conseiller. Nous savons tous les deux que ce jour-là, j'utiliserai les protocoles du conseil pour m'autoproclamer empereur à vie et faire jeter en prison tous mes opposants. Et tu seras mon adjoint. Oui ? Mon seul second dans toute la galaxie ?

— Oh oui ! s'extasia Jane. J'ai vraiment hâte.

— Eh bien, il me reste encore une pièce du puzzle politique à t'expliquer. Prends un siège mon garçon, que je te raconte tout ça.

Jane s'assit par terre. Palpelathune l'imita mais dans un fauteuil.

— Bon, fit le Conseiller. Je suis sûr que tu as entendu parler du côté Lourd de la Farce ? Ainsi que des Lourds des Sithweb ?

— Oui monsieur, fit Jane dont le front se fronçait de désaccord. Des types affreux, affreux, affreux.

— C'est un préjugé assez commun, convint Palpelathune. Que dirais-tu, si je te disais, qu'en fait, j'en suis un ? Qu'en fait, je suis même le chef architecte de la puissance Sithwebe ?

— Pour être honnête, je crois que j'en resterais comme deux ronds de flan, monsieur, répondit Jane à la fois étonné et confus – une combinaison faciale que peu de gens sont capables d'effectuer, mais que Jane Skyterrier parvenait à exécuter sans peine.

— Laisse-moi te donner quelques informations sur le côté Lourd, mon garçon, déclara Palpelathune.

Une fois que je t'aurai expliqué la vraie nature des choses, tu pourras décider lequel des deux côtés est le meilleur pour toi. Mais d'abord que je te dise mon vrai nom : c'est Dark Raoul...

Et il commença à tout raconter. Et plus il racontait de choses, plus les yeux de Jane Skyterrier s'écarquillaient.

Après cela, il y eut du changement. O'milieudetoussa ne fut pas longue à s'apercevoir que son jeune mari était devenu morose ; un peu comme s'il était passé d'une phase joyeuse de l'adolescence à une phase plus lugubre. Il commença à s'habiller en noir et squattait dans sa chambre pendant des heures. Lorsque la servante en chef (une Goutdave nommée Psoriasis) essaya un jour d'entrer pour changer les draps et faire un peu de ménage dans le foutoir, Jane la chassa.

Puis, le fameux jeudi arriva. Jane monta à bord d'une navette en compagnie de Palpelathune à destination de Métroplanète afin d'aider son mentor à s'emparer du pouvoir.

Comme il était parti, Psoriasis eut enfin la possibilité de faire le ménage dans sa chambre. Et alors qu'elle époussetait et tout, elle trouva le journal intime de Jane. Naturellement, elle le feuilleta ; vingt minutes plus tard, elle se trouvait devant sa maîtresse, et l'inquiétude se lisait sur son visage.

— Votre mari, déclara-t-elle, est passé du côté Lourd de la Farce. C'est dans son journal intime.

— Non, s'exclama O'milieudetoussa. Fais voir.

Vendredi 13. Me suis levé. J'ai mangé de la tarte. Finalement, j'ai réussi à maîtriser le passage du ré mineur au sol septième diminué sur l'électro-luth. Ai décidé que mon nom soit à présent celui d'un maléfique Lourd des Sithweb. Puisque je dois bientôt devenir papa, j'ai pensé à Dark Pater. Ça le fait grave. Enfin, je crois. Tous les méchants Lourds des Sithweb doivent avoir un nom qui commence par Dark. Et en fait, je trouve que ça assure trop top, et puis c'est quand même mieux que Jane, qui m'a toujours fait penser à un prénom de gonzesse. Enfin bon, le Conseiller Palpelathune m'a dit qu'OB-mini et O'milieudetoussa ne rejoindront jamais le côté Lourd et que par conséquent il serait bien de les envoyer sur un monde pénitentiaire, ou alors de les exécuter, nous verrons plus tard. La semaine dernière cela m'aurait ennuyé, surtout pour O'milieudetoussa qui est vraiment sympa. Mais elle est devenue tellement grosse (enceinte, je sais, mais quelle est la différence ?) que je me suis un peu détaché d'elle – et puis : une fois qu'on a rejoint le côté Lourd, on ne doit plus être influencé par des connexions personnelles ou émotionnelles, c'est ce que m'a dit mon pote Palpelathune.

— Grand Thog ! s'écria O'milieudetoussa. Nous devons en informer immédiatement OB-mini Benne Ken&barbie !

Loin de tout cela, sur Métroplanète, le coup d'État se passa comme prévu. Tous les opposants du Conseiller Palpelathune – l'empereur Palpelathune comme on l'appelait maintenant – avaient été envoyés sur un monde pénitentiaire. Une tentative pour arrêter le nouvel empereur, un coup désespéré de la part des Conseillers sortants, fut désamorcée par une démonstration comique de la Farce par le jeune acolyte de Palpelathune, et les gardes des Conseillers se retrouvèrent assommés à l'aide d'une assiette de sandwichs au jambon, d'une chaise et d'un crayon.

Le vendredi, le nouvel empereur avait placé ses hommes de main à tous les postes de pouvoir de Métroplanète, et s'en retourna sur Nabo avec skyterrier.

— Nous allons devoir nous occuper de ta femme, à présent, mon ami, annonça Palpelathune. On ne peut pas lui faire confiance.

— C'est bête, répondit Skyterrier. Mais je présume que tous les soufflés doivent un jour retomber.

— Les soufflés, oui. Je propose qu'on l'emprisonne sur Monde Pénitentiaire XII. Nous pourrons toujours envoyer Ken&barbie sur Monde Pénitentiaire XIII – c'est moins joli, mais comme c'est un chevalier Jedognon, il devrait pouvoir se faire aux conditions de vie.

— Est-ce que je pourrais rendre visite à O'milieudetoussa de temps en temps ? s'enquit prudemment Skyterrier.

— Mon cher jeune apprenti, fit sombrement Palpemathune. Te souviens-tu de ce que nous avons évoqué ? J'espère que tu ne laisses pas tes sentiments t'influencer ? Le Côté Lourd ne s'embarrasse pas des sentiments.

— Vous avez raison, comme toujours, répondit Skyterrier d'une petite voix.

— Je pense donc qu'il vaut mieux que tu ne la revoies plus. À moins – bien entendu – qu'elle change d'idée et qu'elle passe du côté Lourd. Mais je ne crois pas qu'il nous faille attendre quoi que ce soit de ce côté-là. Nous savons tous les deux à quel point c'est peu probable.

— Mais, fit Jane. Il y a l'enfant. Mon fils…

— Je prendrai soin de l'enfant, murmura Palpelathune. Laisse-moi l'éduquer.

— Mais, dit de nouveau Jane, c'est mon enfant, quand même.

— Très bien, répondit Palpelathune un rien contrarié. Si tu tiens vraiment à t'occuper de lui, lui donner à manger la nuit, changer ses couches, te payer les coliques, le vomi, et tout le tralala, grand bien te fasse.

Jane réfléchit un instant.

— Euh, en fait non, fit-il à contrecœur.

— Tu ne préfères pas plutôt améliorer tes High Scores sur *déZingues les Zolis Zombies au Zoo* ? Ou t'entraîner au côté Lourd ? Il y a un bon tour que je peux t'apprendre, qui consiste à écraser la trachée-artère des gens sans les toucher ! – ça va te plaire.

Et cela semblait effectivement une meilleure utilisation de son temps.

— Mince alors, déclara Jane. Ça a vraiment l'air plus sympa que de changer des couches.

— Tu seras réuni avec le jeune Luc lorsqu'il sera devenu adulte, promit Palpelathune. Je te le garantis. Et lorsqu'il sera grand, je pressens qu'il te rejoindra dans le côté Lourd de la Farce. Alors, toi, lui et moi, régnerons sur la galaxie en triumvirat.

— En quoi ?

— Une structure où trois personnes se partagent le pouvoir.

— De la balle ! Est-ce que je peux aller jouer de mon électri-luth altarien à présent ? J'ai une nouvelle partition de Death Metal et une cassette de chant.

— Vas-y vite.

Jane Skyterrier ne se fit pas prier et courut dans sa cabine.

Palpelathune s'assit pour regarder à travers le hublot qui donnait sur l'espace étoilé, étiré de manière quasi élastique grâce aux impossibilités topologiques du voyage en hyperespace. Ses yeux semblaient tout absorber, comme si, vraiment, tout lui appartenait : comme s'il avait cet univers dans sa poche. Soit parce qu'il avait une grande poche, soit parce que tout cet univers simulé à la *Tron* était en fait plutôt petit et flou.

Puis, le vaisseau sortit de l'hyperespace en orbite autour de Nabo.

— Nous devons partir immédiatement, insista OB-mini pour la dix-septième fois. Ton mari – et le nouvel empereur – peuvent revenir à n'importe quel moment.

— Je ne peux pas partir maintenant, haleta O'milieudetoussa, parce que je suis en plein accouchement. Gniiiiiiiiii !

— Poussez, ma dame, fit Psoriasis. Poussez !

— Je pousse, je pousssssssggggniiiiii-ggggniii-gni, répondit Pomé.

OB-mini faisait les cent pas dans la salle d'accouchement.

— Nous ne pouvons pas nous permettre d'attendre, grommela-t-il.

La sage-femme goutdave se retourna courroucée.

— Ma dame ne sera pas en état de voler pendant plusieurs semaines, insista-t-elle. Le choc du passage en hyperespace pourrait la tuer.

— Plusieurs semaines ? gémit OB-mini. C'est affreux ! Palpelathune et son mari risquent d'arriver dans les prochaines heures. Qu'allons-nous faire ?

O'milieudetoussa était entre deux contractions. Elle soupira bruyamment et Psoriasis lui essuya le front.

— C'est pas de chance niveau timing, convint-elle. Si les contractions avaient patienté pendant encore un ou deux jours, nous aurions pu déguerpir. Mais là, je ne vois pas ce qu'on peut faire.

— Oublie le « on », fit OB-mini. Pensons à notre enfant, plutôt. Nous ne pouvons pas permettre qu'il tombe entre les mains du côté Lourd.

— Tu pourrais l'emmener avec toi, répondit O'milieudetoussa d'une petite voix. Une fois qu'il sera né. Prends-le, ainsi qu'un synthétiseur de lait et un fabricateur de couches et partez loin d'ici – vous, vous pourrez vous en sortir, même si moi j'y reste.

— Te laisser ? Jamais ! s'écria OB-mini.

— Réfléchis un instant, répondit O'milieudetoussa. Ainsi, toi et le bébé seraient en sûreté. Tu peux partir loin d'ici et organiser la résistance face à ce Nouvel Ordre Mondial.

— Mais et toi, dans tout ça ? Et puis, lorsque ton mari verra que l'enfant a disparu il fouillera tout le cosmos à sa recherche.

— Tu as peut-être raison, fit O'milieudetoussa contrariée. Ce n'est qu'un… ararrrgh ! Gniiiiiii !

Psoriasis se pencha sur sa maîtresse et essaya d'atténuer la douleur de la naissance.

— Excuse-moi, Psoriasis, dit OB-mini. Je vais peut-être te poser une question bête. Mais c'est quoi cette grosseur hideuse à l'arrière de ta tête, entre tes deux tentacules ?

— Est-ce bien le moment ? haleta Pomé les yeux écarquillés. Tu parles d'une quest-gniiiiiiiii-on !

— Ça ? répondit Psoriasis en touchant l'arrière de sa tête avec sa main gauche tandis qu'elle épongeait sa maîtresse de la droite. J'en sais trop rien. Une fille, je crois.

— Une *fille* ? Tu veux dire qu'un enfant est en train de grandir là-dedans ?

— Évidemment. C'est comme cela que les Goutdaves donnent naissance. C'est quand même un peu mieux que les humains, si vous voulez mon avis – toute cette souffrance et tout ce sang, et pousser, pousser. Non merci, très peu pour moi. Au moins, avec nous, un bébé pousse directement derrière la tête. Lorsqu'il est prêt, il se détache et puis voilà.

— Et ensuite ?

La Goutdave haussa les épaules.

— Je sais pas et je m'en moque. On les laisse se débrouiller seuls.

— Dès leur naissance ?

— Ben oui, c'est comme ça chez les Goutdaves.

— Chéri, fit OB-mini en prenant la main de Pomé. Je crois que j'ai une idée…

Mais la dernière syllabe de son dernier mot se

transforma en un cri de : « aaaaargh ! », car O'milieudetoussa, le corps en proie à une nouvelle contraction, venait de lui serrer la main assez fort pour lui briser les phalanges.

Lorsque le vaisseau se posa sur la desserte municipale de Nabo, le nouvel empereur abandonna Skyterrier à bord de sa cabine et se rendit seul au palais, la démarche chaloupée, une canne tordue dans sa main droite. Alors qu'il approchait des portes principales, il s'autorisa un mouvement rapide – un saut de côté dans les airs, comme s'il pivotait sur sa main droite en équilibre sur le pommeau de sa canne, et se frappa les talons l'un contre l'autre, avant de retomber sur ses pieds et de reprendre sa marche.

Il franchit les portes du palais, gravit les grands escaliers, et rentra dans les appartements de Pomé. O'milieudetoussa était assise dans son lit, cajolant un bébé dans ses bras.

— Palpelathune ! s'exclama-t-elle d'une voix pas-si-contente-que-ça-de-le-voir. (Il s'était laissé pousser une petite moustache.) Que faites-vous ici ?

— Je suis juste passé te faire un petit coucou, répondit Palpelathune d'un ton graisseux. Puis-je m'asseoir un instant ?

— J'aimerais mieux pas, rétorqua O'milieudetoussa. Je connais vos vraies motivations, Palpelathune. Je sais que vous vous êtes associé avec les forces des ténèbres. Je sais que vous êtes un Sithweb, et que vous avez pris le contrôle du conseil, et qu'à présent vous allez certainement devenir un tyran maléfique, et essayer de purger le cosmos des Jedognon.

— Tu sembles savoir beaucoup de choses, répondit Palpelathune plaisamment. Je vais donc m'asseoir quand même malgré ton manque flagrant d'hospitalité.

— Vous ne l'emporterez pas au paradis, répondit O'milieudetoussa sous le coup de la colère.

— Quoi donc ? La chaise ? Ou mon plan machiavélique pour m'emparer du pouvoir ? Quoique, j'ai déjà le dernier, ma chère ; ce qui veut donc dire que je suis enfin l'homme le plus puissant de la galaxie. Alors je ferais ce que je veux de cette chaise ou de n'importe quelle chaise que je trouverai ; et toc !

— Je sais que vous avez attiré mon mari du côté Lourd de la Farce ! s'exclama O'milieudetoussa. Il est trop jeune et trop exalté pour penser clairement. C'est un fétu de paille dans la brise. Vous l'avez séduit !

— Dans un sens purement politique, c'est exact. Mais je suis d'une grossièreté impardonnable – je ne t'ai pas encore félicitée pour ton enfant ! (Il se retrouva en une seconde debout au chevet du lit.) Un bébé magnifique… oh ! Mais c'est une *fille* ? !

— C'est exact, répondit O'milieudetoussa d'un air de défi.

— Mais les scans montraient un garçon…

— Ils se trompaient.

Palpelathune regarda O'milieudetoussa l'air mauvais.

— Je vois. Jane attendait un garçon, tu sais. Il avait déjà choisi un nom. Non pas que cela m'importe. Ce n'est pas comme s'il allait voir l'enfant un jour…

— Espèce de monstre !

— Oui. Vois-tu, Jane est très puissant dans la Farce, et il sera un allié important dans ma campagne pour s'emparer de la galaxie. Mais comme tu le faisais justement remarquer, il est exalté, d'humeur variable, une vraie girouette. Jc vais avoir besoin d'un moyen de pression pour qu'il me reste loyal. Toi et ton enfant ferez parfaitement l'affaire. Au moment où je te parle, mes troupes personnelles sont en train de débarquer dans la cour. Ils vous emmèneront sous peu sur un Monde Pénitentiaire que j'ai sélectionné pour vous. Ne t'inquiète pas ; on prendra bien soin de vous. Vous serez dans des appartements spacieux et sûrs. Vous aurez toute la nourriture et tous les divertissements dont vous aurez besoin. Tu peux même emmener ton droïde avec toi si tu veux de la compagnie. Ça va te faire de chouettes vacances, non ?

— Vous pouvez me jeter dans un cachot, je m'en moque ! cria O'milieudetoussa. Je ne succomberai jamais ! Je dépérirai et mourrai en captivité…

— Peut-être bien, ma chère, d'ici quelques années, répondit Palpelathune de façon désinvolte. Cela n'a pas d'importance. Les robots du Monde Pénitentiaire pourront s'occuper de l'enfant, et il n'y a que l'enfant qui compte. Tant que Jane sait que je contrôle l'enfant, il n'osera pas me trahir. Et par conséquent, ma chère, ni toi ni votre progéniture ne pourrez jamais vous échapper… du moins tant que votre babychou, là dans vos bras, n'a pas atteint l'âge adulte.

— Je vois que vous vous êtes laissé pousser la moustache, Palpelathune, fit férocement O'milieudetoussa. Il semblerait que vous ayez pris celle d'Adolf Hitler comme modèle – c'est de circonstance !

— Ma chère, répondit Palpelathune plaisamment, tu es on ne peut plus à côté de la plaque.

OB-mini Benne Ken&barbie tenait son fils dans ses bras tout en faisant entrer son vaisseau dans les complexités du super-subespace. Il faisait route vers Tatoogouine où il avait repéré un couple de parents adoptifs potentiels. Il avait pensé un instant élever l'enfant tout seul ; mais il avait réalisé que cela risquait d'attirer l'attention sur le garçon. Non, il était préférable de le confier aux Svennsons, dans la banlieue sauvage d'une ville paumée, sur un monde économiquement pauvre. OB-mini s'était convaincu de rester dans les environs, et de se construire, pourquoi pas, une sorte d'ermitage, afin de garder un œil sur tout ça – du moins pour l'instant. Une fois que la menace Sithweb aura été écartée par ce qu'il restait de l'ordre Jedognon (et OB-mini était persuadé que cette victoire était imminente) il réapparaîtrait au grand jour dans la galaxie. Mais d'ici là, il allait faire profil bas.

Il espérait n'avoir à attendre que jusqu'à l'évasion d'O'milieudetoussa et qu'elle vienne le rejoindre sur Tatoogouine. Il était persuadé qu'O'milieudetoussa allait vite trouver un moyen d'échapper aux griffes de Palpelathune. Il ne savait pas encore comment, mais il savait qu'elle trouverait bien un truc…

— Vous êtes l'incarnation du mal ! s'exclama O'milieudetoussa.

— Au contraire, ma chère, murmurait Palpelathune. Je ne suis pas mauvais. Et je vais t'expliquer pourquoi. Je vais te dire mot pour mot ce que j'ai dit au jeune Jane – la chose qui l'a persuadé de se joindre à moi et de venir de mon côté de la bataille. Tu sais, Jane Skyterrier est peut-être jeune, mais il a bon cœur.

— Je le croyais aussi, rétorqua O'milieudetoussa. Jusqu'à ce que j'apprenne qu'il vous avait rejoint.

— Mais il ne l'a fait que parce qu'il pense que c'est la bonne chose à faire. À présent il sait ce que je sais : le secret du Cosmos.

— Le secret ! se moqua O'milieudetoussa. Quel secret ?

— Tu sais, bien sûr, que notre vie n'est pas une vraie vie ; pas une vie authentique. Que nous ne vivons qu'une métaphore, dérivée des œuvres de SF du XXe siècle. Oui ?

— Vous oubliez que j'étais là, fit O'milieudetoussa, lorsque Duku nous a révélé tout ça.

— Une fois qu'on a réalisé qu'on vit dans un monde virtuel, la question la plus naturelle au monde est de se demander ce qu'il y a de l'autre côté. Duku pensait qu'il y avait un programmeur, et que notre conscience avait été placée délibérément ici. Mais la vérité est un tant soit peu différente…

— Vous m'avez dit autrefois, intervint O'milieudetoussa, que *Les Anges du Cancer*…

Mais elle s'arrêta.

— Tu ne l'as toujours pas lu, n'est-ce pas, très chère ?

Non, je m'en doutais. Alors que cela aurait pu t'ouvrir les yeux. Nous sommes tous réfractaires à la vérité ; c'est dans notre nature. Notre conscience ne désire qu'une chose : vivre dans le monde dans lequel nous nous trouvons. Même si l'on sait – comme c'est ton cas, ma chère ; ou le mien depuis déjà longtemps – que notre monde n'est que la métaphore de quelque chose d'autre, nous persistons à ignorer l'évidence.

— L'évidence ?

— Allons, ma chère. Regarde les faits... regarde les indices. Il y a de *l'ordre* dans la galaxie, et du *désordre*. Les deux choses sont en conflit. Il y a l'autorité, et ceux qui la combattent, qui vouent leur existence au rock'n'roll, à l'excès et à l'indulgence.

— Comment ça, des *indices* ?

— Comment l'ordre se manifeste-t-il ? Des croiseurs phagocytes de la police. L'élimination des radicaux libres. Globules blancs. Et comment le désordre se manifeste-t-il ?

Il parut attendre une réponse d'O'milieudetoussa.

— Je ne sais pas, finit-elle par dire.

— Par la maladie. Chaque ennemi de l'ordre présente une maladie différente. Un rebelle incarnera la lèpre. Un autre, l'acné, avec des boutons blancs. Ces ennemis de l'État sont les différentes incarnations de l'astigmatisme, de la grippe, du cancer, du nanisme, de l'aphasie nominale. Une personne verra son existence déterminée par un grave hirsutisme corporel. Y a-t-il quelqu'un associé à ce futur mouvement qui ne sera pas l'incarnation d'une maladie ? Et son épitomé sera l'ordre Jedognon : un groupe dont le chef n'est qu'un tas de phlegme animé de quatre-vingt-dix centimètres de haut.

— Yodla... soupira Pomé.

— N'as-tu pas trouvé que c'était un peu trop pratique qu'il apparaisse au moment même où Duku s'apprêtait à nous révéler la vraie nature du cosmos ? Pourquoi est-il arrivé précisément à ce moment-là afin de le réduire pour toujours au silence ? Parce qu'il ne voulait pas que nous comprenions la vraie nature des choses, voilà pourquoi.

— Mais les Jedognon..., fit Pomé, complètement paumée.

— Leur ordre n'est qu'une déjection fécale. Un corps sain représente l'ordre, l'équilibre, l'harmonie. En revanche, la maladie donne un effet comique, crée des désastres, des globules qui entrent en collision avec d'autres globules, des organes qui s'effondrent. La Farce.

— Mais l'ordre Jedognon a apporté la paix dans le cosmos...

— La paix d'une victime dans le coma. L'ordre Jedognon est un problème, pas un remède. Le remède, même si cela ne t'enchante pas, c'est l'autre côté. (Palpelathune secoua la tête.) Les gens ne sont vraiment pas perspicaces pour deux sous ! Tu sais que le cosmos dans lequel tu habites n'est qu'une métaphore, et pas une réalité. Mais tu ne te demandes pas une métaphore de quoi ? La réponse est évidente dès qu'on y réfléchit un peu. Le cosmos, cet univers, est un corps. Le corps est un champ de bataille où s'affronte santé et maladie. Et ce corps est presque mort – car les Jedognon ont régné si longtemps que le corpus cosmique est au seuil de la mort. Voici donc l'affreuse vérité : lorsqu'il sera mort, nous mourrons tous avec lui, car c'est l'horizon de notre existence. L'infection s'est répandue d'une cellule à une autre, d'un monde à l'autre, jusqu'à ce que la maladie soit quasi totale. Quasi, mais pas entièrement. Parce qu'un autre agent a été introduit ; un cocktail de drogues, dirons-nous. Une puissance qui fait de l'ombre à cette infection omniprésente. Tu l'appelles le côté Lourd, mais elle est là pour sauver, pour guérir.

— Tout l'univers ? dit O'milieudetoussa. Une seule personne ? Et nous sommes ses composantes ? C'est... incroyable.

— Cette bataille entre les forces de l'Ordre et les forces de la Farce... ce n'est pas un champ de bataille éthique, ma chère ; c'est quelque chose de plus direct que ça. C'est une bataille entre la santé et la maladie. D'un côté, on fume, on boit, on fait la fête, on copule sans se protéger... c'est fun, oui, mais cela mène à la mort. La santé est moins... « fun » ; c'est l'ordre, la discipline, la routine, manger des légumes verts, prendre les escaliers plutôt que l'ascenseur. Moins fun, mais c'est la *vie*.

— Je, fit O'milieudetoussa, je ne sais pas quoi dire.

— Je ne m'attendais pas à ce que tu dises quoi que ce soit, ma chère. Je n'attends pas non plus que tu changes d'avis. Je n'attends pas que tu trahisses tes amis. Tu n'as pas choisi d'être un germe, pas plus que je n'ai choisi d'être un anticorps. C'est ainsi. Mais maintenant que j'ai pris le contrôle, je vais produire des globules blancs afin de combattre l'infection sur tous les fronts. Je vais revendiquer ce corps au nom de la santé. Et même si tu ne peux que t'opposer à moi, tu dois quand même prier pour que je réussisse. Car si j'échoue, le cosmos tout entier mourra, et avec lui, chaque conscience qui le compose.

— Mais la science-fiction... les comédies du XXe siècle...

— Les choses auxquelles notre corps cosmique tient. Les forces qui forment son esprit. En fait, ce n'est que la grammaire métaphorique des pensées de notre corps cosmique, la grammaire qui détermine notre existence.

O'milieudetoussa contempla l'espace. Elle essayait de ne pas croire Palpelathune, mais quelque part elle n'y arrivait pas. Elle ressentait la vérité de ses paroles ; elles résonnaient comme quelque chose qu'elle avait toujours su au plus profond d'elle.

— C'était un long discours, surtout pour moi, dit-il d'une voix rauque. Je n'ai presque plus de voix... d'ailleurs bientôt je n'en aurai plus du tout. C'est le prix à payer pour ma nouvelle position. Je lutte contre les agents infectieux et cela m'a donné un affreux mal de gorge. Mais vous comprenez à présent pourquoi ton mari n'avait pas d'autre choix que de rejoindre le côté Lourd. Il n'est pas comme toi, il n'est pas prisonnier d'un attachement sentimental envers des agents infectieux.

— Cela fait beaucoup à assimiler d'un coup, répondit O'milieudetoussa d'une petite voix. Ce n'est pas tous les jours qu'on apprend le secret du cosmos.

— C'est vrai.

— Mais pourquoi se battre ? Tuer et opprimer les gens ? demanda O'milieudetoussa. Pourquoi ne pas simplement dire aux citoyens du cosmos quelle est la vraie nature de la réalité ?

— La masse n'accepterait pas. Ils vivent dans la logique de la métaphore, c'est donc dans cette logique qu'ils doivent être affrontés. Comment faire autrement ? Si je devais dire à notre ami OB-mini qu'il est la manifestation d'une dysménorrhée, tu penses franchement qu'il déclarerait aussi sec : « Oh, mon dieu, c'est horrible, je vais me coucher et mourir » ? Bien sûr que non. Ce n'est pas dans la nature des inconvénients physiques d'abandonner. Il faut les combattre de manière efficace. Moi et mes forces devons être le paracétamol du peuple. Et toi, ma chère : tu dois choisir entre dire à ton enfant la vérité ou la garder dans l'ignorance. Elle grandira pour incarner une maladie, je te le dis ; si tu la forces à accepter la vérité, cela risquera de nuire à son identité et de la détruire. Mais sachant ce que tu sais à présent, peux-tu lui cacher la vérité ? (Il se leva.) Au revoir, ma chère. Je suis désolé de te dire que nous ne nous verrons plus jamais.

Coda

— Ô maître, fit Dark Jane en enfilant son casque noir en forme de crâne sur la tête. Est-ce que vous croyez que nous pourrons vaincre l'incursion… l'infection ? Pourrons-nous sauver le corps cosmique ?

— Mais oui, mon jeune ami, murmura Plapelathune.

Sa voix était presque entièrement partie… sa gorge lui faisait atrocement mal. Ses mots ressemblaient à du papier qu'on froisse.

— Évidemment que nous vaincrons. Avec toi à mes côtés, pour organiser les défenses anti-infection, nous purgerons le corps cosmique des maladies.

— Pardon…, dit Skyterrier. Je n'ai pas bien entendu… vous parlez très très bas.

— Je sais, soupira Palpelathune. Je n'aurai bientôt plus de voix ; il va me falloir développer une nouvelle façon de communiquer avec toi. Mais pour l'instant, mon jeune apprenti, mettons-nous au travail.

— J'ai confiance, marmonna Skyterrier en ajustant son masque sur sa tête. Un instant, ajouta-t-il. Le plastique étouffe mes mots. (Il farfouilla à l'arrière du crâne à la recherche de l'interrupteur de l'ampli.) AH, fit-il enfin. VOILA QUI EST MIEUX. OÙ EN ÉTAIS-JE... AH, OUI, MAÎTRE. J'AI CONFIANCE : NOUS VAINCRONS LES FORCES D'INFECTION.

— Nous le devons, répondit Palpelathune. Ou le corps cosmique mourra. Nous devons coordonner et centraliser l'attaque. Mais ne sois pas impatient, mon jeune ami. Je vais diriger tout cela d'une poigne de fer.

— QUOI ? fit Skyterrier.

— Oh, laisse tomber, je ferais mieux de l'écrire.

Il alla cherche un morceau de plastique Véléda noir dans un tiroir et écrivit dessus :

JE SUIS PEUT-ÊTRE UN DÉBUTANT, MAIS JE TE PROMETS UNE CHOSE, MON AMI : JE NE COMPTE PAS DEVENIR UN MÉDIOCRE TYRAN...

Il sourit et retourna le rectangle :

J'AI L'INTENTION DE DEVENIR LE DICTATEUR !

Aubin Imprimeur
LIGUGÉ, POITIERS

Achevé d'imprimer en avril 2005
N° d'impression L 68275
Dépôt légal, avril 2005
Imprimé en France